U0782405

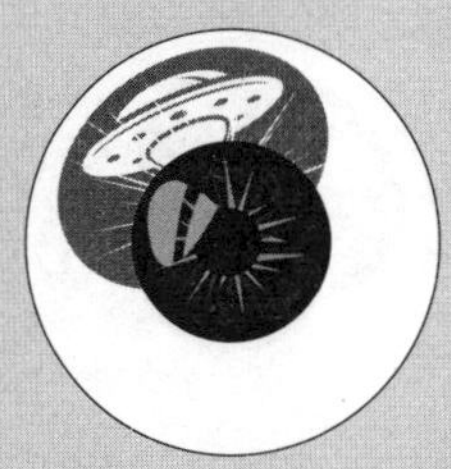

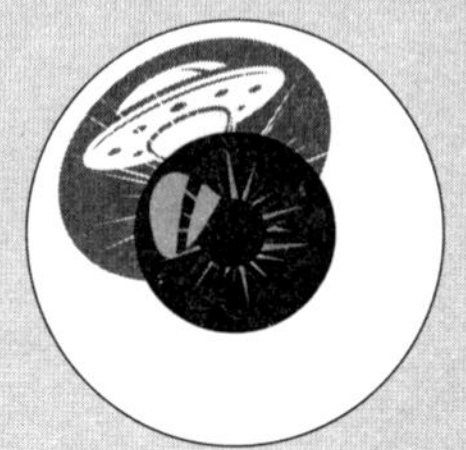

华语实力科幻作品
群星奖大满贯

Sci-Fi

量产超人

陈　茜——著

民主与建设出版社
·北京·

图书在版编目（CIP）数据

量产超人 / 陈茜著 . — 北京 : 民主与建设出版社，
2022.1

ISBN 978-7-5139-2619-5

Ⅰ . ①量… Ⅱ . ①陈… Ⅲ . ①幻想小说—小说集—中国—当代 Ⅳ . ① I247.7

中国版本图书馆 CIP 数据核字（2022）第 009335 号

量产超人
LIANGCHAN CHAOREN

著　　者　陈　茜
责任编辑　刘　芳
封面设计　宋双成
出版发行　民主与建设出版社有限责任公司
电　　话　（010）59417747　59419778
社　　址　北京市海淀区西三环中路 10 号望海楼 E 座 7 层
邮　　编　100142
印　　刷　三河市冠宏印刷装订有限公司
版　　次　2022 年 1 月第 1 版
印　　次　2022 年 3 月第 1 次印刷
开　　本　880mm × 1300mm　1/32
印　　张　11
字　　数　270 千字
书　　号　ISBN 978-7-5139-2619-5
定　　价　42.80 元

《科幻文学群星榜》编委会

总策划：**李继勇**　北京书香文雅图书文化有限公司总经理
主　编：**中国科普作家协会科幻专业委员会**
总统筹：**韩　松　静　芳**

想象新时代

“科幻文学群星榜”是由中国科普作家协会科幻专业委员会联合其他科幻组织共同推出的一套科幻书系。这是一个规模庞大的工程，目前来看，也是独一无二的工程，基本囊括了中华人民共和国成立以来老中青几代具有代表性的科幻作家的佳作。这些作家的年龄，最早的是20世纪20年代出生的，最晚的是“90后”。

科幻文学作为一种年轻的文学品类，本身就是现代化的产物。1818年，世界上第一部科幻小说《弗兰肯斯坦》诞生在第一个实现革命的国家——英国。然后，科幻文学在法国、美国、日本等工业化国家繁荣起来，进入蓬勃发展的黄金时代。科幻作品反映着科技时代人类社会的变迁和走向，反思当代人类面临的多重困境，力图打破所谓世界末日的预言，最终描绘出一个五彩斑斓、生机勃勃的新未来。

早在20世纪初，中国的一些有识之士便把科幻作品译介进来，掀起了第一次科幻热潮。它承载起“导中国人群以行进”“改变中国人的梦”的使命。20世纪50年代至60年代，随着中国的工业和科技体系的建立，科幻作家们以满腔热情擘画了一个欣欣向荣的新世界。1978年改革开放后，中国再次向现代化进军，科幻迎来新的勃兴。作家们满怀豪情地书写科学技术为实现现代化，为谋求人民的幸福生活所创造出的神奇美景。进入21世纪，随着新时代的来临，这个文学门类也进入成长的新阶段。随着《三体》等作品的问世，中国科幻迎来了新一轮热潮。作家们描绘着古老的中华民族在实现全面小康和建成现代化强国的过程中所面临的新机遇、新挑战，谱写着中国走向世界、步入太阳系舞台中央并参与宇宙演化的新篇章。

科幻文学的发展折射着中国国运的巨大变迁。当今，海内外不同领域的人们对中国的科幻文学的空前关注，实际上是关注中国的未来，关注世界第二大经济体将如何持续演进，关注14亿人的创造力将怎样影响这个星球。从现实意义上来说，这套书系不但包含这些丰富的信息，而且集中梳理了新中国科幻文学取得的辉煌成就，整理出新中国科幻文学发展的广阔脉络；而且从一个特殊的侧面，反映了中华民族从站起来、富起来到强起来的进程，见证着中国走向更加灿烂辉煌的未来。

这套书系具有以下三个特点。

一是权威性。它由中国科普作家协会科幻专业委员会主持编选，并与国内多个科幻文化组织合作，得到了包括中国科普作家协会科学文艺专业委员会、《科幻世界》杂志社、南方科技大学科学与人类想象力研究中心、未来事务管理局、八光分文化、重庆钓鱼城科幻中心等的鼎力相助。编者从中华人民共和国成立以来的海量科幻文学作品中，精选出足以体现时代特征的作品。收入书系的作者，涵盖了雨果奖、银河奖、星云奖、晨星奖、光年奖、未来科幻大师奖、引力奖、水滴奖、冷湖奖、原石奖、坐标奖、星空奖等中外各类科幻大奖的获得者。

二是系统性。它收集了中华人民共和国成立以来不同时期作家的代表作。作者中有新中国科幻奠基者和老一代作家，如郑文光、童恩正、萧建亨、刘兴诗、潘家铮、金涛、程嘉梓、张静等，也有改革开放后崛起的新生代作家，如刘慈欣、王晋康、何夕、韩松、星河、杨鹏、杨平、刘维佳、赵海虹、凌晨、潘海天、万象峰年等，以及以“80后”为主体的更新代作家，如陈楸帆、飞氘、江波、迟卉、宝树、张冉、程婧波、罗隆翔、七月、长铗、梁清散、拉拉、陈茜等，还有在21世纪崛起的全新代作家，如杨晚晴、刘洋、双翅目、石黑曜、王诺诺、孙望路、滕野、阿缺、顾适等，从而构成比较完整而连续的新中国科幻光谱，同时也是对中国科幻文学发展历史的一次系统检阅。

三是丰富性。它比较全面地展现了广域时空中新中国的科幻生态和创作风格。这里面既有科普型的，也有偏重文学意象的；既有以自然科学为主体的“硬”科幻，也有侧重社会现象的“软”科幻；既有代表科幻未来主义的，也有反映科幻现实主义的；既有传统风格的写法，也有实验性质的探索。作品的主题涵盖了中国科技、社会、文化和民生的热点。从中可以看到，一个曾经积弱的民族，如今正活跃在地球内外、大洋上下、宇宙太空、虚拟世界、纳米单元、时间航线、大脑意识等各个空间。这里有中国政府和人民引领抗击全球灾难的描述，有脱贫的中国农民以新姿态迈出太阳系的故事，也有星际飞船和机器人在银河系中奏唱国际歌的传奇。

这套书系力求构建起一个灿烂的星空，并以此映射人们敏感而多样的心灵。爱因斯坦说，想象力比知识更重要。科幻是相伴人类发展进步而产生的新兴事物，是一个民族想象力的集中反映，是科技创新的艺术表达，在人们面前呈现出一幅幅奔向明天、憧憬和创建未来的美好画卷。许许多多杰出的科学家、工程师和企业家在年轻时受科幻文学的熏陶和影响，因此走上了创造神奇新世界的道路。中国正在稳步建设创新型国家，需要更多富有创造力的人才。科幻文学也肩负着实现中国梦的责任，在点燃青少年科学梦想、激发民族想象力和创造力方面，起着不可或缺的作用。

这套书系将为广大读者，尤其是年轻人打开中国科幻和未来世界的门户，有助于人们拓宽视野、开阔思想、激发灵感、探索未知、明达见识。它也将进一步促进中外科幻、科技、文化和文明的交流，为人类的共同发展做出中国的一份独特贡献。

中国科普作家协会科幻专业委员会

2020年10月1日

不算不知道，一算吓一跳，我写作科幻小说也有近14年的时间了。这次有机会将历年来散见于杂志上的作品结集，以一本书的形式与大家见面，我感到十分荣幸。

与科幻小说的渊源，可能来自小时候父亲藏书中的一本《魔鬼三角与UFO》，那是我国翻译出版的第一部西方短篇科幻小说集。我父亲不算文学爱好者，书架上技术类的书籍占了绝大多数，这本小说集估计是随手购入的。《魔鬼三角与UFO》对孩子来说，不是一本友好的读物，书中的一些篇目对已经人到中年的我来说仍有些晦涩难懂。但在少儿读物匮乏的90年代，这本书还是成了我童年的宝贝，我总是反复阅读直到书角都翻起了边。

通过阅读《魔鬼三角与UFO》，我窥探到一个无比广阔的科幻世界：原来语言文字还能描摹出一个与现实生活完全不同的世界。这份独属于科幻文学的、异于寻常的魅力，强烈吸引着我主动寻找各类科幻读物来看。到了中学，我在学校阅览室接触到了《科幻世界》，它是一本专门刊登科幻原创、翻译小说以及科幻影视资讯的刊物。后来和不少80后科幻作家朋友聊起来，发现大家都有相似的经历：在网络阅读与资讯获取尚未全面铺开的年代，这本杂志成了一代科幻迷的精神家园。

看多了科幻读物，我便有了自己创作的冲动。中学时代也曾尝试投过两次稿。现在回想起那些稚嫩的“作品”，总有把头埋进沙堆的冲动。那些稿子再正常不过地石沉大海后，我便继续自己老老实实的读者生涯。

再次尝试写作，已经是2006年。

当时在读大学二年级，课业较闲，又占了地理位置的优势——大学即在国家图书馆旁边。于是我便天天溜去图书馆，在书海中流连忘返。我本身是个兴趣极杂的人，啥书都喜欢翻开瞧瞧。一日偶尔随手拎了本关于昆虫学的教材翻看，有个奇妙的概念击中了我：在昆虫发育过程中，温度越高，发育所需时间越少。无论在任何阶段，发育所需的总热量，即有效积温，是个常数。于是我便构思了一个太空昆虫生产车间的故事：车间的温控机制失灵，结果意外促进了昆虫进化，出现了群体智慧的萌芽。故事主角是个普通的工程师，灵机一动解开了谜题。

写完这个故事后，我觉得“好像还行吧，扔抽屉里有点可惜”。于是抱着试试看的心态投给了《科幻大王》杂志。十分幸运的是，这篇作品受到了赵晓旭编辑的肯定，很快发表。初尝发表作品的快乐后，很快我又接连不断地写了不少小故事。现在回头看，那些小文尚很难称为“小说”，更像一个个脑洞小品。十分庆幸当时的编辑与读者都十分宽容，鼓励我继续写作。后来在网络论坛上，更是由此结识了不少科幻作者、读者、从业者，其中很多成了现实中的好朋友。十多年后的今天，我们仍经常谈天说地，探讨科幻小说创作、互相催更，讨论各种生活八卦，算是科幻写作带来的额外的巨大快乐。

在刘慈欣老师的《三体》系列大热之前，科幻小说的写作与阅读，对我来说，都属于相当冷门的爱好。尤其是工作后，我白天的职业是古籍书画修复师，整天接触的是线装书、石刻碑片，经常自嘲“从事现代社会中罕见的不需要电脑的工作”，与科幻的距离可谓以光年计。于是经常会有圈外朋友问我，为什么会一直坚持写科幻小说。

经过认真思考，我会诚实地回答：“因为我也写不了其他种类的小说。”在长年写作的实践中，我慢慢地意识到，自己与其说像一个文学艺术意义上的“小说创作者”，不如说更像一个故事的讲述者。比起追求精美的文字与叙事结构，我写文时的兴趣更多地放在故事能否让读者们惊讶地挑起眉毛：哇，居然还能有这样的展开！好在科幻文学是一个异常宽容的小说门类，给我这样某种意义上粗陋的小说作者提供了一个愉悦的写作空间。同时，科幻文学近于无限的题材范围，也将这份可能性拓展为近于无穷的可能性。科幻读者们对奇想、巨大脑洞的爱好，都令我不断乐于研究如何完成新一轮“使读者惊奇”的挑战。

曾经见过一个真心非常喜爱的比喻：写故事的人，从远古的穴居人时代，便能给他的族人们带来快乐。当人们结束一天的劳作，围坐在火堆前，故事讲述者便会这么开头：“很久很久以前……”闪烁的火光会映照出人们紧张而愉快的面孔，暂时忘却严酷的生存环境。

打开这本小说集的朋友，便是机缘巧合地坐到了我的火堆边。十分感谢能给我这样一个机会，也许能给您带来数小时脱离地心引力的奇妙阅读时光。

陈茜
2020年9月　上海

目
录
Catalogue

所爱非人

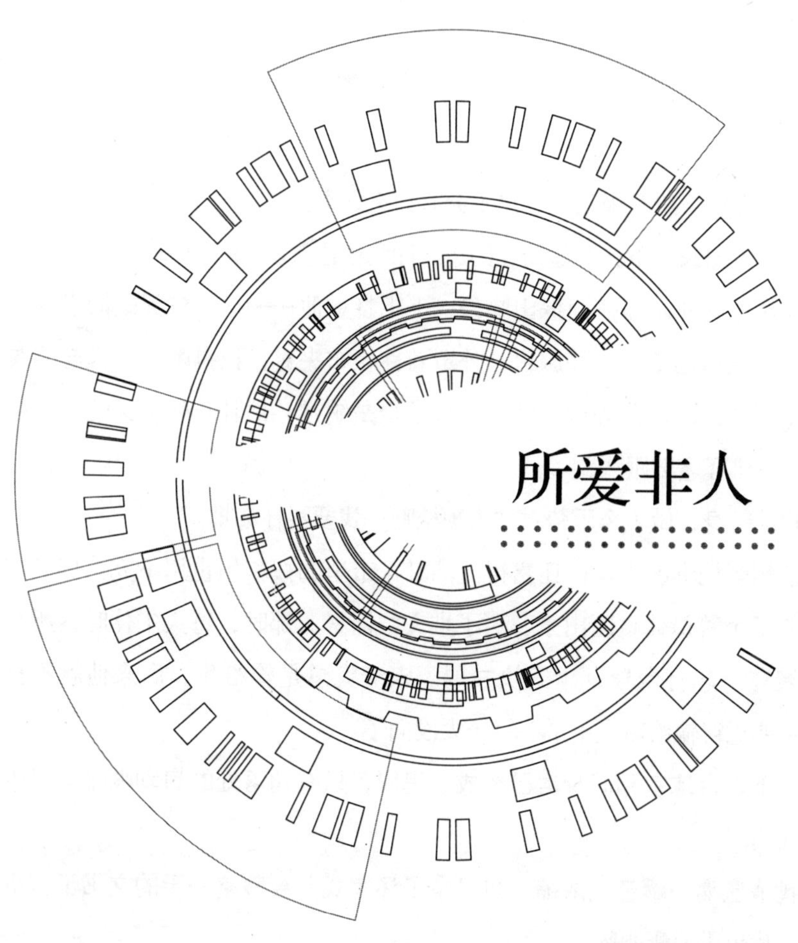

宋麦克快下班时来找我，总不会有什么好事。

“你，出来一下。”他倚在门边，冲我摆摆头。

我从电脑显示器侧面探出脑袋，上下打量他——这位仁兄眼圈发红，青灰的下巴冒出胡茬。警服衬衫外罩着件粗布夹克，拉链敞开，鼓起的腹部上那片菜汤污渍分外引人注目，裤子全是皱褶。估计昨晚上又睡在了办公室——难怪老婆跟人跑了。

我站起身，做了个手势：“去顶楼吧，我要买杯咖啡。”

泉州刺桐港区十年前还富得流油时，市里的拨款用也用不完。局长在顶楼辟了个警员休息区出来，买了堆文娱器材。那时，每天午休时，所有人都聚在一起打台球，十五块一局。宋麦克总是输给我，后来他就不打了，可能觉得输给新人小丫头片子太没面子。

眼下，台球室和健身房已经成了鬼屋，只有角落处的自动咖啡售卖机还有人用。

我请他喝一罐意式浓缩，自己拿了杯美式。被整整一天的文书工作折磨后，我也需要醒醒脑。

“有私活儿。有个富婆来找我，说自己的机器人不见了。”宋麦克抠开易拉罐，摸摸鼻子，“看样子是自己改装过的那种。”

“那种？”我扬眉。

在港区，靠警局发的那点儿工资，你连车都养不起。大家都会私底下接些私家侦探的活儿。只要别太越界，上司也会睁一只眼闭一只眼。宋麦克偶尔会找我搭把手，特别是需要和女性打交道时。他是个老派的男人，在某些事上，保留着罕见的羞涩。

我当然也不反对，谁会拒绝外快呢。

“看上去像那种。”他掏出手机，调出一张照片，递给我。

是一张合影。照片中的女人已届中年，穿着驼色的大衣和看上去挺贵的鞋，面对镜头，笑得冷淡又得体。那位失踪的机器人站在她身侧，神色专注，盯着主人的侧脸。它极为俊俏，体貌带着在普通流水线产品上找不到的艺术感。这货绝对价值不菲。

“这不是刘妍吗？”我说。

照片中的女士在泉州可谓无人不晓，是商业新闻版的头条常客。最近几年对外宣称退休，低调了不少，但仍算是个风云人物。

“她说那是她的商务秘书，知道公司不少商业机密，必须得弄回来。”宋麦克干咳一声，“我觉得他们的关系没那么简单。她说不出这个机器人秘书的型号，说是私家手工制品。”

“哇哦——”我再次欣赏了下照片里的美男，对这位女士的品位表示了赞赏。

“她约我一小时后在她家见面谈谈。”宋麦克抽回手机，“我觉得有你在，聊起来会更方便些。”

“一个玩火玩过头的有钱的寂寞的女人，想找回失踪的机器人男宠。”我耸肩，“听上去是个肥差。”

我踮起脚，将喝空的咖啡罐隔着半个房间投进垃圾桶，精准。我看了眼腕表：“我收拾下东西，十分钟后停车场见。”

以前这种时候，宋麦克都会嘀咕：“要不是你穿着裙子，谁能看出你是个女人。”

今天他似乎心情低落，只是瞟了我一眼，什么也没说。

01

宋麦克开着他那辆破大众，我坐在后座上，膝头的电脑随着颠簸上下晃动。我们穿过泉州破败的市中心，暮色中远远能看到开元寺暖色的灯火。又是一年，中元节快到了。

细雨中，成群失业的青年仍在街头游荡，塑料荧光外套闪闪发亮。他们爬上废弃购物中心的窗口晃着长腿，嚼着口香糖。有人认出了宋麦克的车，一边比中指，一边冲我们吐口水。

“你不管管？”我半真半假地逗他。

“现在是下班时间。”宋麦克说，语气厌倦，“再说能怎么样？把这群小兔崽子揍一顿吗？”

而远郊滨区是一片截然不同的天地。车窗外，落日余晖中海面波光粼粼，一串归巢的飞鸟轻轻地落在白色浅滩上。这里连沙子都是直接从国外小岛运过来的。滨区的房价早在72年就涨到了六位数。

我们的委托人就住在这片别墅群里。

可惜我们都没心思欣赏眼前难得一见的、充满了金钱气息的风景。宋麦克让我抓紧时间查一下刘妍——那位委托人的背景。

网上关于她的信息虽然多，但大部分都是官方商业报道和采访，没什么真正的干货。刘妍出身草根，年轻时靠着几轮太空的投机生意暴富。后来她离开北京隐居泉州刺桐港区，但手里还掌握着几个著名公司的大量股权。她结过一次婚，前夫陆国涛也曾是商界名流，后来由于重大经济犯罪嫌疑，潜逃已有多年。他们过去也是夫妻合伙经营，刘妍居然奇迹般地从中洗白，保住了自己的资产。

我迅速翻看检索结果，挑重要的念出来：“网上找不到什么负面新闻。要么天生低调，要么公关工作做得好。”

宋麦克哼了声：“有钱人，屁股有几个是干净的。”

自从几年前，仓库谋杀案那事儿碰壁后，他就对有钱人过敏。

我没理他，继续看资料，“她前夫陆国涛的背景倒挺有意思，在炒小行星地产前，读的是神经内科的医学博士学位，还有过和人工智能研发有关的大学教职呢。中年才改行从商。”

“嗯。”宋麦克应了声，语调有些淡漠。

“他们以前夫妻感情倒是挺好。”我盯着屏幕，稍稍一检索，就能看到各种旧新闻稿的照片中，陆国涛与刘妍出双入对的样子。陆国涛也没传出过什么婚外绯闻，在他那个级别的富豪中，可谓十分罕见了。

“那也没碍着她老公跑了后，找个机器人排解寂寞。”宋麦克说得酸溜溜的。

我们已经进入了别墅区，大众开开停停，向无数重安检系统提交邀请码。

砂石板路两边是椰林掩映下的小屋，紫荆正在落花，铺得一地残红。刘妍的房子在滨区深处，西式双层，通体雪白，屋子侧面有个大露台，直接伸入海湾中。露台上摆着藤椅和遮阳伞，令人不禁脑补她在此处度过的那些悠长的午后休闲时光。

整幢屋子，只有客厅的灯亮着。

我们坐在车里看了一会儿，顺便讨论了刘宅整套警备系统的造价。几架隐形监控无人机在屋顶上方徘徊，泉州最大的银行的排面也不过如此。

“住在这儿，简直像城堡里一样安全啊。”我感叹道，掏出粉盒，整理头发，补妆。

宋麦克出发时，换上了一套深蓝色的干净西服，是我替他保管在警局更衣室的，为的就是应付眼前的状况。他离婚后，我担当了将他偶尔打理得能见人的职责。局里也有人说闲话，说我们搞在一起了。我俩之间倒是心知肚明，不会有那回事。他是当年带我入行的人，互相照顾是应该的。

仅此而已。

门铃响了十几秒后，女主人开门。

刘妍比照片中看上去要年轻一些，乌黑浓密的长发披在肩头。眉眼没多少人工调整的痕迹，称得上端庄清秀。她知道宋麦克会带女伴过来，所以只穿了一身灰色的丝绒瑜伽服和一双拖鞋。

我真希望自己四十多岁时，也能保持如她那样的纤细腰围。

“宋警长，欧阳小姐。”她伸手与我们相握，声调细柔甜美，“很感激你们能抽出时间，来帮我解决一个小小的私人问题。”

宋麦克点头。

我们走进客厅，在沙发一角落座。刘妍的居所看不出暴发户的痕迹，每件家居都昂贵得简洁悦目。墙上挂着一幅枯笔山水立轴。肯定是真迹了，我想。

刘妍亲自端着茶具过来。

我有些惊讶，这所大宅里居然真没有管家。

她抱歉地解释道："见笑了。这些工作平时是3908负责的。它失踪后……"

"3908？"我扬眉。

"就是我那位失踪的机器人秘书的名字。是它自己起的。我原本想给它一个更人类化一点的名字，但它在这个问题上很固执。"刘妍笑笑。

宋麦克和我对视了一眼。

"这也是我希望能尽快找回3908的原因，它——很聪明。我害怕它受到折磨和伤害。"刘妍犹豫数秒，细瘦的双手合在膝头。手背凸起的筋脉是她身上唯一泄露真实年龄的地方。

"聪明？您的意思是，它使用的电子脑程序不是市面上通行的版本？"宋麦克问。

我瞥了他一眼。

今天他有几分急躁，一上来就指责客户钻法律空子的行为。这可不利于套出信息。私自改动机器人电子脑程序，是被明令打击的技术犯罪，但挡不住商业利益与好奇心的驱使，这条法令正日益成为一纸空文。

"这不重要。"刘妍说，微微侧头，语调升高，"我只是想说，您可以将之当成一桩真人失踪案来调查。让两位见笑了，自从独居后，它是我唯一的伙伴，我将它看成家庭的一分子。"

"我们理解您的心情。"我说，冲她微笑，拿出了纸质笔记本和笔——这招总是莫名地能使客户觉得自己受到重视，"人工智能监察也不是我们管理的范围。我们只有了解您的机器人秘书的行为逻辑，才能推测它身上发生了什么事。"

刘妍神色和缓了些。

我暗中横了宋麦克一眼，“能不能请您描述一下它失踪的具体情况？”

“是昨天早上的事。”刘妍说。进入回忆叙述的她冷静又有条理，令人想起她曾经也是个成功的女商人，“3908也是我的全权商务代表。我让它去公司，替我面试一位新的财务经理。结果到了约定时间，公司那边打来电话，说3908没有准时抵达会议室。我感到意外和担忧，派人沿途搜索了一遍。3908的车停在离公司不远处的公路辅路上，车门锁着，没有暴力痕迹，只是它本人消失了。”

“您的机器人，体内没有定位装置吗？”宋麦克问。

“现在没有。”刘妍摇头，“它不喜欢身上的监控，我替它拆掉了。”

我皱眉。

“请原谅，女士。”宋麦克身体前倾，“您这位机器人的自主权限和智力水平，究竟在什么水平上？”

“3908是一位艺术家朋友的作品。我承认，它运行的不是标准程序。”刘妍似乎对宋麦克的再次咄咄逼人并不介意，“3908的心智水准，具体我也无法描述，毕竟我不是专业人士。”

她微微弯起嘴角，像是想起了什么，“只能说在日常相处中，它和正常人类完全一样，只是更单纯。它是个好孩子。”

“女士，您胆子可真够大的。”宋麦克摇头，“一旦程序出错……”

“人生在世，总得承担一些风险。”刘妍说着抬起眼睛，“和难测的人心相比，我更愿意相信机器人。”

作为每天都要与人类罪恶打交道的警察，我们都一时无言。

“你觉得它失踪的原因会是什么？哪些人会想要得到它？”我笔尖点着纸面，打破沉默。

“我真的——不知道。”刘妍微微摊开手掌，“我已经基本退休了，在公司只是一个挂名顾问。在泉州，我的人际关系也很简单，没有仇家。可能有人误以为3908的头脑里有重要的商务机密，绑架了它。”

“它本身对其他人没什么价值？”宋麦克重复问。

“从金钱的角度看，顶得上一辆顶级豪车吧。我朋友的作品一直有很高的市场价值。”刘妍弯起一边嘴角，笑得有点嘲讽，“可以将它的电子脑格式化后重新出售。它很漂亮，肯定能轻易找到买家。”

她想了想，补充道：“我也放出过消息，愿意出个好价钱将它赎回来。目前为止，并没有人联系我。”

宋麦克咕哝一声：“有意思。”

茶过三巡，我们告辞离开。

刘妍将我们送到院门口。外面起了夜风，她裹在柔软运动衫下的身体显得异常单薄。我也再次注意到这所大宅子有多么空旷安静。

“有消息我们会联系你的。”我边说边握住她的手，轻轻摇了摇。我居然有点喜欢她。

“若是找到它时它损毁得已经太厉害，别给我看照片。”她说着抽了抽鼻子，高贵冷静的外壳突然裂开了个口子，“直接告诉我情况就好。别让我看照片。”

02

“你怎么看？”回到车上，我凑近暖气直搓手。

那间大宅子冷得像冰库似的，还没到九月份，冻得我起了一身鸡皮疙瘩。

宋麦克不回答，忙着点烟。

“他们的关系，恐怕不像我们想象中那么热辣。她看待那个机器人更像是一条宠物狗。”我补充道。

或一个朋友。但我觉得，宋麦克不会喜欢听到这个词。

深深呼出两团烟雾、污染完了车内空气后，他侧头瞟了我一眼：“你真没看出来？”

“啊？”我弯腰探身顺过烟盒和打火机，也给自己点了一支，“什么？”

“这幢大房子里一个活人都没有。”他发动汽车，旧大众的引擎干咳起来，“那个女人也是个机器人。”

我呛了口烟，差点把肺咳出来：“不可能吧？现在机器人能做到这么逼真了？”

仔细回忆和刘妍握手的触感，皮肤的质感、暖度，动作的力度，完全与人类一般无二。

“咱们待的是什么地方，又没北上广那些限制令。”宋麦克耸肩，

“早几年就有这样子的高仿真产品出现在市面上了。”

我有点儿不寒而栗：“在哪儿？平时我们看到的人里面……”

“想什么呢！”宋麦克喷笑，“那些假人外表长得漂亮，但傻头傻脑的，很容易看出来。咱们今天遇到的这个不一样，是真正的高级货。我也没见过仿得这么厉害的，不过有些细微的差别还是能看出来的，但我具体形容不出来。”

宋麦克将车窗摇下一条缝，放出我们俩制造的烟雾：“今天晚上你还有事吗？”

“嗯？”

“我们去拜访一下那个做机器人的。他住在石井，真名没人知道，都叫他嘉礼匠。”

嘉礼戏是本地人土话中的木偶戏。我想了想，这个外号送给做仿真机器人的技师，倒也合适。

宋麦克认识他。

说实话，我一点儿都不意外。在刘宅，宋麦克没花力气逼问刘妍所谓“艺术家朋友”的详情，我就知道他心里有底。另外，这桩案件的性质已从“富婆私下寻找被偷走的情趣机器人”转向了更诡异的方向，彻底激起了我的好奇心。

再说，宋麦克的情绪也有些不对劲，我不想放他单干。

“走呗，我明天不值班。”我说。

03

石井在入夜后是个神奇的地方。

十多年前，这是整个刺桐港最繁忙的地方。每天有上百艘巨型星际货运船在港口停靠，川流不息，带来了源源不断的钱、新技术和旅客。当时，整个港区奢靡得如同旧时代那些坐在石油井上的国家。

我们都以为好光景会永远持续下去。

直到虫洞运输出现，货船再也没有必要经停这里了。港区以令人惊异的速度衰变成黑市，失业者与地外逃犯的聚集区。哪怕我穿着警服带着配枪，想要白天独自来这里，都得掂量掂量。

跟着宋麦克过来，倒不用担心安全问题。他将破大众停在外面，带我步行进入石井。刚降过一场雨，年久失修的路面积起了水坑，映照着街道两边的各色店招。那些店铺大部分是卖走私电玩和违禁药品的。卖面线糊和海蛎煎的铺子夹杂其中，散发出亲切的香味。

一路上，经常有人上来和他拍肩拥抱。要不是他意志坚决，肯定已经被拖入酒吧“喝两杯”了。我则努力不盯着路上那些人体自我改造爱好者们看。他们的电子器官裸露在体外，心脏和肺还刷着荧光颜料，随着呼吸和心跳一明一灭。注意到我的窥视，他们开始吹口哨：“嘿，我们经过改造的地方不止这些哦！”

我连忙转开视线。

“那东西就住在这里。”宋麦克双手插在裤袋里，下巴点向一座破旧大楼说。

楼里一片漆黑。

“你们以前有什么仇？”我听出了他语调里的厌恶感，下意识地检查了一下藏在袖子里的电棍。那是我自己弄来的黑市装备，比一截铅笔还小，能把彪形大汉电到躺在地上尿裤子。

他侧头看了我一眼，“以后再说。”

我们走到楼前，正厅玻璃门早已破碎，靠一道铁栅栏加上老式环形锁阻挡着流浪汉的进入。

宋麦克用力摇晃铁门，吱吱声在夜晚的寂静中十分刺耳。

“我知道你在里面。”他喝道，“你要是不在三分钟内开门，明天我带拘捕证过来。”

楼道里寂然无声。

我和宋麦克站在栅栏外，夜风吹透了我的外套。

“会出来的。”他说。

果然，过了一会儿，楼道里亮起一束手电光，传来拖沓的脚步声。我眯起眼睛，适应光线后，看清了来人。“嘉礼匠”是个小个子男人，佝偻着背，没有头发。他穿着一套没有军衔的旧军服，满脸皱纹，眼神却很灵动，年纪在三十岁到七十岁之间。

他摇晃着钥匙打开环形锁，将我们放进去。我留意到他有双细白纤长的手，指甲里却污迹斑驳。走近了，还能闻到对方身上的一股子酒臭。

“你答应过，不来烦我的。”他小声抱怨道。

“只要你老实，我当然懒得来管你。”宋麦克哼了声，“去检查一下你的车间。”

他犹豫了下，带着我们坐上一部居然还在运行的电梯，进入地下室。

地下室巨大的房间里灯火通明。当我看清眼前的景象，需要猛吸一口气才能控制住自己，不至于尖叫出声。

房间里四处都散乱着人体部位——胳膊、腿、带着不同形态的乳房的女性胸腔、团在墙角如巨大草堆般的各色头发。一排排面孔悬吊在支架上，有个小姑娘正拿着彩笔替其中一个头颅画眉。

不，那也不是真正的女孩。我再仔细一看，她只有胸以上的部分具有人形，下半身是一团乱七八糟的金属支架。

真是令人毛骨悚然。我能感到冷汗流过满布鸡皮疙瘩的后背。按说当警察将近十年，凶杀现场也见过不少，这里的景象仍使我觉得有种超越理性的诡异。

宋麦克肯定不是第一次进来，他在工作台和车床之间随意溜达，顺手拿起一个耳朵或手指看看。

嘉礼匠站在墙边，紧紧盯着宋麦克的一举一动，双手藏在袖子里。

他怕警察。

“我最近一直在做合法的单子。”他说，声音喑哑，“火星上一个服装公司要两百个走台模特。我忙着这件事，连门都没出过。”

宋麦克折回来，拿出手机，划亮，放到他眼前：“你做的？”

屏幕上是刘妍和机器人秘书的照片。

嘉礼匠转开眼睛。

宋麦克直接膝头一顶，重重地撞在他的胃部。小个子男人喉咙里发出阵阵污泥翻滚的浊音，整个人缩成一团。我皱起眉头，退开几步。

“现在再问你一遍，你做的？”宋麦克揪着他的头发。

“他们给了很多钱，说要保密。”嘉礼匠嘶声说，生理性眼泪一直流到鼻尖，悬在那儿闪闪发亮。

“站起来！说说，谁下的单子，要求是什么。”

他歪头，先看宋麦克，再看我，声音发颤：“说了我就死定了。他们不是一般人。”

我微笑着看他。宋麦克从不揍无辜的人。他企图冲我卖惨，可是打错了算盘。

“不说你更死定了。”宋麦克露齿而笑，“别忘了仓库那事儿，你还欠着账呢！”

“那个女人，是我做过的最精细的活儿。”嘉礼匠去洗了把脸，回来时已经恢复了镇定，“他们只要求质量，不催活儿，钱也给得足够多，是很大方的买主。”

“什么时候的事？”宋麦克问。

“让我想想——起码有两年，不，三年前了。是个中年男人下的订单，拿着照片来的，说要定做一模一样的机器人。”匠人捡起工作台上的一节金属骨骼，搓了搓，动作有些神经质，令人想起昆虫颤抖的触须，“我说你要一模一样的，得多提供些照片。他第二天给我发来了数千张各种场合的照片，甚至有些很私密的。”

我颇为意外。宋麦克的神色也阴晴不定。

要弄到刘妍的各种私照，难度可不小。我们刚拜访过她家，各种监控设备足以把普通的变态跟踪狂挡在门外。

“我很快给他弄出了模型初稿，他看了之后觉得还是不满意，说还是达不到他期望的水平。”嘉礼匠闷哼一声，将指节扔回桌面的小碗里，“很少有人对我的活儿不满意的。”

“他要求达到以假乱真的程度？”宋麦克皱眉。

“过了几天，他把那个作为原型的女人直接带来了。”他说，“我也吓了一跳。我原来以为他是那种得不到某个女人就复制一个替代品的有钱变态，盯上的还是个相貌平平的中年女人，没想到他们之间关系很近——像是多年夫妻。”

我和宋麦克面面相觑。

“那女人比照片上老得多，很没精神的样子，像是得了重病。他们在我的工作室里待了一整天。我根据她的样子修改了模型，直到他们俩都满意为止。”嘉礼匠从工作台下翻出一本沾满油污的活页本，翻开，里面全是美貌惊人的年轻人偶照片。他终于找到了其中一页，递给我们。

是刘妍，我们刚刚见过的那位贵妇。照片中的她面无表情，脖子以下的身躯还未覆盖上皮肤，看上去像辆敞着前盖的汽车。

“提货那天，是他们俩一起来的，那个女人随手翻了翻我的产品目录相册，看上了一款漂亮的男性侍者，开玩笑说买下来当作给‘那个她’的诞生礼物，而那个男人就直接下了单子。”他低头抠着指甲里的污渍，声音变得含混不清，“他们付的现款。”

“你就没好奇过，他们要仿真度这么高的机器人拿来干什么？”宋麦克问，“我看你三年前吃的苦头还不够。”

“我也稍微查过他们的身份。大人物。反正我是惹不起的。收钱做事就好，我不想惹上麻烦。”

“晚了。”宋麦克说，“那个男性侍者机器人偷偷跑了。你可能又造出了一个杀人犯。”

又？我呼吸一顿。

“这和我没关系。”嘉礼匠回应得极快，“他们在我这里只定制了机器人的躯体，我交出去的只是两具空壳。电子脑的事他们说自己会处理。”

宋麦克冷笑：“你敢说自己和电子脑的供货方完全没接触？调试阶段的活儿是谁干的？”

嘉礼匠举起双手：“别！别动手！都是通过电子邮件联系的。”

我们都盯着他。

他打开电脑，进入邮箱。我挤开他，自己操作，直接将他与供货者之间的邮件全部复制了一份。

“你们还想要什么？尽管问吧。”他长叹一声，“反正我已经死定了。”

宋麦克想了想，又在手机屏上划拉了几下，向嘉礼匠展示：“是这个人来定做的机器人吗？”

匠人皱起眉头，眼睛沉在阴影里。

“别推脱你忘记了，你可是个做人脸的艺术家。”宋麦克提醒他。

“应该是他。”他轻声说。

04

“要不要去吃点东西？”出了大楼，宋麦克问我。

我点头：“你确实欠我一顿好饭。”

所谓好饭，最后也不过是酒吧里的两碟古巴三明治。老板是熟人，给我们留了靠角落的座位。

吃饭时，我们一直没提案子的事。

餐后附赠的甘蔗水上来后，宋麦克的第一句话是："欧阳，这事到此为止。今晚的报酬我会分给你。"

我差点当场直接给他一拳头——论体能格斗，这孙子没准还真打不过我。可能我的表情过于狰狞，宋麦克叹了声，"是不是已经晚了？"

我双臂抱在胸前，直瞪着他，"是不是和仓库那件事有关系？"

宋麦克一怔。

我们又沉默了一会儿。他挥手点了一杯杰克丹尼。很少有人知道，宋麦克其实酒量小得可怜，这杯下去我可能得找人扛他回去了。

"又是陆国涛，果然又是他。"他盯着气泡从黄浊酒液底部慢慢升起，咧嘴一笑，"欧阳，关于78年的仓库案，你知道多少。"

"一群小混混在港区仓库斗殴，有人动用了火器，导致十三人死亡。"我顿了顿，补充道，"你调查此案后，从前途无量的刑侦队长被踢成了片儿警，局里各种流言蜚语我就不转述了。"

当时，我正回警校脱产进修。半年后回到局里，发现搭档被降职，自己也莫名转到了文职部门。别人都说是宋麦克连累了我。我和宋麦克从未正面提起过此事。他不主动说，我也不问。

仓库案像是我们之间一个沉默的结。

宋麦克继续盯着酒杯。我没催他说，都等了这么多年了，不在乎多几分钟。酒吧昏暗的灯光下，我突然意识到他老态得厉害。

"78年8月，当时我还在刑侦组。有人报警，说港区有座仓库里散出某种不好的味道。我带人去了。当时你不在泉州，还好不在。"宋麦克干笑一声，"现场和刚才你看到的嘉礼匠的工作室场景差不多吧。只是，那个现场全是真人的尸体，更确切地说，是尸体碎片，已经腐坏了。我们叫上法医清理了一个星期，才确定死者有十三名，身份全是石井区的小流氓。”

“枪械走火不可能造成这样的伤害！他们到底是怎么死的？”我轻声问。

“这是最古怪的地方。现场除了死者的DNA外，只有一个陌生人的生物痕迹，甚至不是血迹。后来查出来了，在场的第十四人是嘉礼匠。你看那龟孙子当场尿裤子的熊样儿，像是能杀掉十三个年轻男人的人吗？”宋麦克说，“死者们像是被什么东西直接大力撕成了碎片，法医老李花了很大工夫才把他们拼起来入殓。”

“这么大的案子，怎么没听说总局介入调查？甚至我们局里大部分人都不知道。”我说。

“就是总局按下去的。”他耸肩，“反正那些石井的贱民也没什么有地位的亲友会替他们出头，死了就是死了。”

“你怀疑是有人在仓库调试非法机器人，结果出了意外？”我想起他对嘉礼匠说的，他还欠着债，以及刚才的嘲讽。

陆国涛曾经是个人工智能专家。拼图的碎片正在合拢。

“那鬼东西也已经吓尿了，他亲眼看着那些机器人发的疯。”他转动酒杯，往衣服上蹭了蹭手汗，“抓他也没什么用。嘉礼匠说白了只是个手艺人，他只会做机器人外壳，电子脑是另外一些人带来的。他能接触到的也是那个组织的下层代理者。当时也是那些人把失控的机器人带走了，只留给我们一地尸体。可怜的年轻人，那天他们可能只是做搬运工，想挣点零钱。”

我盯着玻璃杯中的黄色残渣，喉咙里泛起苦涩的味道。几件事的时间点一核对，我顿时明白了好些事情：“陆国涛和这事有关系？他就是捅下这个篓子后逃走的？”

“哪儿至于啊！”宋麦克笑出声，“泉州的上层高官才不会为了十三个平民得罪这帮富豪。陆国涛必须潜逃，是犯了别的更大的事。”

我默然。自从泉州衰落后，本地政府对他们这些带着巨量财产来定居的富豪们，实在是关怀备至。本地的运输业早就完蛋了，整座城市都靠他们撒下的蛋糕渣维生。

宋麦克身上毛病不少，但他是个好警察。我能想象他死咬着对方不放的样子，不由得苦笑。当年的降职顿时有了合理的解释。他刚才叫我从此事中撤身，也自有道理。

“陆国涛逃走后，我还以为这事已经了结了，我想管也管不了。”宋麦克说，“但现在看来，他和他老婆刘妍一直保持密切联系。很可能他通过刘妍，继续控制着泉州的生意。”

“是刘妍的机器人。”我纠正他，“按嘉礼匠的说法，刘妍参与了她自己的仿真机器人制作的全过程，而且她看上去已经病重。你觉得真正的刘妍还活着吗？”

“我赌五块钱她已经死了。”宋麦克说，“像他们那种有钱人，看不好的病，就是真的没办法了。”

“同意。我也觉得她已经死了。”我一边说，一边慢慢厘清思路，“陆国涛一直私自研发电子脑。他犯事儿外逃后，通过刘妍来继续管理公司。几年后，刘妍得了绝症，死期将近，他们决定制作一个以假乱真的机器人来维持运作。”

想了想，我又补充了句：“他们给机器人再弄个机器人宠物，真是十分奇妙的安排。”

宋麦克看了我一眼：“可能他们不想让假刘妍过多地接触外人，时间长了，总有露馅的风险。通过寂寞贵妇的一个机器人男宠出面代理，合理得多。一条安全的傀儡链。”

我垂下眼睛，拨拉着盘子里的生菜叶碎片：“所以，你早知道刘妍是陆国涛的前妻，陆国涛又屁股上夹着屎。你为什么还接这个私人委托——除非你还打算顺藤摸瓜，捉陆国涛归案。”

他不作声。

我继续说：“还有个更大的疑问。刘妍的机器人，也就是背后的陆国涛，为什么会委托你去找失踪的3908？他完全有财力再从嘉礼匠那里定制一个机器人。我们可以忘了那些‘机器人是家庭成员和伙伴’的温情说辞。陆国涛是个理智的冷血商人，3908的脑子里肯定有某些装置，能在紧急情况下，将其存储的资料远程清零。他也肯定知道，你是当年执意想追责的那个警察，他应该对你避之不及才对。”

宋麦克仍拒绝和我对视。

我能听出自己的声音越拔越高：“老大，这一定是个陷阱，别说你看不出来。”

“我不是想充什么狗屁英雄。”他终于开口了，声音沙哑，粗短的手指将油腻的短发从额头拢到后脑。

我扬眉。

他抬起眼，视线越过我的肩，空落落地掉到虚无中，“陆国涛清楚3908可能已经失控了。他自己兜不住这摊子事，他怕仓库案旧事重演，而受害者不只是小混混。我是少数几个知道事态能有多糟的人。”

将残酒倒入桌边的装饰性花盆里，宋麦克说：“他不是想找回那个男宠机器人。他只是通知我，最好去收拾掉一个大麻烦。”

05

那天凌晨，从酒吧出来，和宋麦克分别前，我半是强迫性地逼他答应：不要独自去追寻那个可能已经发了疯的仿真机器人。

他笑着答应了，速度之快令人生疑。

而我看着那辆破大众歪歪扭扭地开走，意识到自己实际上束手无策：当年他调查仓库案的细节，我几乎一无所知。今夜他向我述说的，肯定只是冰山一角。在宋麦克的眼里，我永远还是那个实习生小姑娘。他出于某种愚蠢的直男自尊心，想把我撇出这桩危险的事。

“陆国涛。”我默念着这个名字，回到自己狭窄的公寓，已是凌晨两点。我在床上躺了半小时，徒劳地闭上眼睛，满脑子全是嘉礼匠工作室里的人体残片。

我烦躁地翻身坐起，拎出笔记本电脑，盘腿而坐。宋麦克说过，陆国涛是由于另一件他掩盖不了的事情，不得不逃离此地。他含糊的说辞令人起疑。既然已经知道了陆国涛的名字和案发时间节点，也许找到某些线索并非难事。

我翻出手机通讯录，找出几位警校培训时结识的总局技术科刑警的电话。在等待通话时，我连入局里的内部信息网，开始着手慢慢筛检信息。

06

“老宋？”我大力敲门。

等了半分钟，没回音。

我直接刷虹膜认证，进了宋麦克的办公室。曾几何时，我还是他的助理。调职后，他也一直没取消我的门禁权限。

里面一股子烟味。我开了换气扇，在房间里巡视了一圈。仓库案的旧卷宗摊在桌上，由于被翻得太频繁，边角都卷了起来。台式计算机的电源也亮着，我晃晃鼠标，屏幕上跳出密码框。

他的外套和车钥匙不在。

我骂了声，这货是故意甩开我的。今天早上，我把整理出的资料汇总发给了他，电话留言让他等我来局里。陆国涛可远不止是个玩火过头、偶尔导致悲剧的疯狂科学家。他私下研发仿真电子脑过程中犯下的事儿，搁在20世纪死刑废止前，可以直接被吊死了。

虽然宋麦克追踪陆国涛行踪多年，我仍拿不准，他是否知道对手有多可怕。宋麦克是个老派警察，他并不长于网络资料的挖掘和整合。而在仓库案被官方封存后，他也无法得到局里技术员的帮助。

我心急火燎地赶来局里，结果仍是扑了个空。

我能想象他解释时的嘴脸：我不能带着个女人一起去追捕发疯的杀人

机器。老天，他都脱离一线好几年了，也没见参加任何体能训练，现在八成连个街头混混都打不过。

“张科长，借一下你的车。”我摸出手机，打给局里的一位改装车爱好者。

对方答应得很痛快。

驶入山区时，我开始庆幸自己借车的决定。顺滑的公路很快变成了坑坑洼洼的石道。市里已经没钱维护这些偏远的公路网了。

一路上，给宋麦克打的电话他都没接。我则努力不去想仓库案卷宗里的现场照片。

好在没过多久，就看到了他的破大众，歪停在辅路上。

我停车，摸了摸配枪。击毙一个机器人得打它们的腹部，它们的能源在那儿——再次默念这个刚刚学到的知识，我踢开车门。

“老宋！”我喊了一声。

四周寂静无声。公路两边全是碎石滩，耸立着巨大的岩块，石缝间某种开着黄花的植物长得漫山遍野。

“我在这儿呐。”他应了声，声音中透出一丝无奈，“不是叫你别过来！”

我松了口气。循声绕过几块巨岩后，我看到了宋麦克。

他正蹲在一具人类的尸体边，不，是一具被损毁的机器人。

3908仍穿着失踪那天穿着的高级定制西服，衬衫掀开，腹部的能源模块不见了。原本精美绝伦的面部，已变得惨不忍睹，像被人用刀子胡乱破坏的。嘉礼匠看到眼下的场景肯定会痛心疾首，我想。

“破坏面部，是为了防止有人认出它？”我在宋麦克身边蹲下，“没什么意义吧，整个港区估计也就这么一个高级男性仿真机器人。”

“不是我干的。”宋麦克说，“我找到它时，它已经是这副模样了。我觉得破坏者动手毁容，更像是妒忌。”

“谁会妒忌——”我愣了愣，摇头，“我的天。”

宋麦克站起来：“你来得倒也是时候，帮我一起挖个坑把它埋了。万一有人看到当成人类尸体报警，又是个麻烦。”

“要干体力活儿时，你倒想不起我是个女的了？”

我们一起在石滩上清理出一个浅坑，将3908的尸体挪进去。它的电子脑也被取走了，只留下空空的脑壳。捡起石块往它的身体上压时，能听到细微的金属与塑料摩擦的吱吱声。

最后，我找了块有特殊花纹的方形石块，放在它的坟头。然后退后几步，拿手机拍了张照片。

宋麦克看了我一眼：“打算给刘妍一个交代？你知道我们不能——”

“别这么浑蛋。”我叹了口气，“我知道。”

07

回警局的路上，我们一路沉默。

宋麦克跟着我去还车钥匙。在局里溜了一圈，可能见我脸色缓和下来了，他终于敢开口：“上天台聊聊？”

顶楼天台空无一人。蓄了几天的秋雨降下来了，滴滴答答地敲着顶棚，溅起的水花在墙上画出道道印迹。

“你是怎么找到3908的？”我抱着一杯热巧克力，让蒸汽温暖我僵硬的面部。

“是陆国涛想让我们找到尸体，把定位器直接放回去了。”宋麦克声音干哑，直接点燃了一支烟，“我昨天从嘉礼匠手里弄到了那个信号频段，陆国涛等于把3908的位置直接送到我鼻子底下了。”

他顿了顿：“你又是怎么跟上来的？”

我犹豫一下，还是直说了：“我定位了你的手机。”

“浑蛋。”他笑骂，听上去并不是很介意。

“我很担心你。”

他尴尬地挠挠头，闷了半天，憋出一声“抱歉”。

我摇头：“昨天夜里，我想办法进了交通监控数据库，找到了那段所谓3908失踪的视频。是陆国涛直接把3908接走的。当时我吓坏了，认为陆国涛是想设局杀你灭口。他干得出来。他是那种人。”

“我知道。”宋麦克伸脚将烟蒂碾灭，“我也误会了。直到看到3908的尸体，我才反应过来，陆国涛想利用我收拾的，不是那个男宠机器人，而是他的机器老婆。”

“他为什么不能自己动手？”我扬眉。

“天知道，也许是下不了手。毕竟那些鬼玩意儿太像活人了。”宋麦克耸肩，“今天晚上，我约了陆国涛见面，就在刘宅，把整件事儿做个了断，你也带上配枪。”

“他居然敢来？”

“我跟他说，要是他不屈尊过来直接谈清楚，我不会管这事的。”宋麦克抖落空烟盒，烦躁地将之直接掷进雨幕，“等他的假老婆在别墅区发疯，伤到其他有头有脸的好市民时，他可以试着自己收拾。”

我喝了口热饮，闭上眼睛，糖分带来的安慰聊胜于无。

“你说，3908和刘妍，知道自己是机器人吗？”

“有区别吗？”

“我不知道。”

“你不能犹豫。”宋麦克转向我，语气生硬，“这事儿没商量的余地。”

我叹气，向他保证：“当然，我们今天晚上得处理掉所有危险的机器人。它们都是巨大的安全威胁。我看过仓库案的卷宗，我知道。”

他盯着我：“它们只是长得像人类而已。你别多愁善感。”

我叹了一声气。

08

第二次去刘宅，仍是宋麦克开车。我靠在后座，抚着外套内袋里的手枪，那份冰冷的金属感直沉进我的胃部。

我给人们带去过很多坏消息。警局的潜规则：要是由看上去温柔和善的女人给受害者的亲友带去噩耗，也许能减少对他们的伤害。于是我敲开过一扇又一扇的门，告诉母亲她们的孩子在车祸中身亡，告诉妻子她们的丈夫正在监狱里。

眼下，只是需要去通知一个机器人，它的机器人伙伴再也回不来了。我不知道自己为什么如此悲伤。

它们的情绪只是一段程序而已，而且它们的悲伤也不会持续太久。

我闭上眼睛，再次回想起刘妍，那个清秀单薄的中年女人，眉眼间一瞬间的孤独与自我嘲讽。都是假象，都是程序。她早晚会崩坏成杀人机器，她必须被处理掉。私下里，我希望宋麦克干脏活儿，留给我的任务只是帮他一起处理“假刘妍”的残骸，就像那天埋葬3908那样。

但直觉告诉我，这事儿宋麦克可能下不了手。他是个老派的男人，要他击毙一个无辜的女人，过于强人所难。然而这事必须有人干。

我再次检查手枪里的子弹数量。

刘妍的别墅在雨夜里像一座湿漉漉的精致模型，白得透亮。

我们在房子背后的小山坡上停车。宋麦克看了好几次表，终于，远处传来发动机的轻微轰鸣，是辆熟悉的黑色奥迪，我们在监控录像里见过。

“你待在车里。”宋麦克说。

原先的安排即是如此，我点头。

他下车，陆国涛也从奥迪里钻出来。和失踪前的旧照片相比，陆国涛胖了，棱角分明的长脸变得圆团团一片和气，两鬓的头发已然全白。

“宋警长。”陆国涛说。

“我不想和你握手。”宋麦克在离他几步远的地方停下，说。

他们的声音通过宋麦克身上的微型话筒传回来，杂音沙沙作响。

“可以理解，我给你们添过很多麻烦。”陆国涛收回手，点点头，

"今天又得拜托你了。"

"我怎么知道，这次帮你擦了屁股，不会有下一次？还没完没了了？"宋麦克说，"警力是给你这么闹着玩儿的？"

"不会有下一次了。"陆国涛将手伸进衣兜。

我呼吸一窒，结果那商人只是掏出了一个烟盒，"刘妍和3908，是特殊的。我没打算在贵地继续实验电子脑，仓库那件事已经给了我们足够的教训。"

"解释一下。"宋麦克说。

"复杂程度高的电子脑和机器躯体的配合问题，一直没解决。它们会失控。我和我下面的团队试过很多方案想稳定它们的心智，只有一种暂时有效。"谈到这些，陆国涛的口吻有了点活气，像所有谈到深爱事业的人一样，"要是给电子脑输入大量活人的记忆作为运行基础，至少在模拟器上，能正常运作三五年。可惜的是，现在的技术还不能无损地提取活人脑中的记忆。我们出钱找了不少绝症病人当志愿者，他们很乐意给自己家人留下丰厚的遗产。"

我感到恶心。

陆国涛说得漂亮，实际上他的实验品远不止自愿的绝症患者。几桩外地孤儿院丑闻的爆发，才是他当年畏罪潜逃的真正原因。看着卷宗上那些孩子的遗照，我明白，他根本没有人性。

"真是个慈善家，我代表那些病人感谢你。后来你发现自己老婆也活不长了？"宋麦克打断他。

"是的。"陆国涛承认，口气波澜不惊。

"她得的什么病？"

“一种太空辐射导致的后遗症。早年我们刚开始做小行星土地倒卖时，去看地的都是她。”陆国涛苦笑，“谁都不知道报应会在二十年后等着我们。她知道自己时日无多后，便提出用她的记忆制作一个仿真机器人，来继续出面代理我们的生意。我刚开始没同意，这就像……”

他表情扭曲，做了个手势，“面对自己妻子复活的尸体。”

“为你的痛苦感到抱歉。”宋麦克声调平板，大概连一堵墙都能听出他语气里的嘲讽。

陆国涛也可能意识到站在面前的，不是抒发感情的合适对话者，他干咳一声：“但我们也走投无路了。我是已被列为失踪人口的逃犯，出钱雇用别人作为代理风险又太大。我们一起去找了嘉礼匠，定制了她的替身，和一个男性助理。”

“那个助理也是用真人记忆做出来的？哪儿来的？”宋麦克问。

陆国涛低下头，烟头燃起的微光照亮了他的面孔。他比实际年龄看上去苍老得多。

“3908是我的复制品。”

“你刚才说，现在还没办法……”宋麦克皱眉。

“我接受了脑损伤的风险，通过手术复制了我的记忆。手术后我经常癫痫发作，短期失忆，情绪控制也有问题。”陆国涛笑起来，“但我没其他选择了，用别人的记忆，复制人不会全心全意为我的利益考虑。”

宋麦克一时无话，我也愣在车里。3908的残骸躺在乱石滩中，被毁掉的面孔浮现于眼前。宋麦克说过，这种恶意像是出于妒忌。

陆国涛杀死的是另一个自己？

“刘妍的机器人版本开始运作时，我们之间的关系很尴尬。她实际上并不知道自己是个机器人。我们定期对她的记忆进行调整，抹掉所有穿帮的时刻，帮助她维持稳定的世界观。”陆国涛倚靠在车门边，语声又轻又急，“她从理性上知道自己是我的妻子，但她显然不爱我了。我能从她的眼睛里看出来。从活人到机器，转换的过程里肯定丢掉了什么东西。我原来以为电子脑就没有感情这个功能，反正我们的目的只是维持生意，而那个和我过了一辈子的女人已经死了。”

他又尖声尖气地笑了声，那声调令我浑身发麻：“但她和阿妍真的太像了。每次我看到她，就觉得她其实没死。我当然也没那么疯，会想和一堆塑料、金属零件睡觉。我们维持着一种工作关系。直到差不多一年前，我和团队检查刘妍和3908的记忆时，发现他俩竟然相爱了。”

“哦。”宋麦克说。

“我还不至于吃自己机器人小白脸版本的醋。你别用这种眼光看我，我老婆死了好多年了。再说，机器版本的我，和机器版本的刘妍再次看对眼，不是很正常的事吗？”

陆国涛耸肩，掐灭烟头：“但这给我们的工作带来了麻烦。他们不能有感情生活。嘉礼匠做的机器人的身体功能中，没有做爱这个项目。谁会想到这种鬼情况？每次他们企图上床，就会发现自己的身体和普通人不一样。我们不得不经常清洗掉他们整块的记忆，来维持他们‘自己是活人’的假象。”

“太麻烦了，所以你决定处理掉3908。”

“麻烦？我为了造他，把自己搞成了残废！”陆国涛提高声调，“电子脑经不起这么反复操作。本来他们的系统稳定时间也只在三五年之间，又多了这事儿，他俩已经到了损耗殆尽的边缘，他们该退休了，所以我自已处理掉了3908。”

他声音发抖，说不下去了。

“但你没法下手杀刘妍。”宋麦克替他接下去，“所以你想到了我。”

“最后一次。你想要什么条件我都能给。钱、升职，我在港区的关系网还能办成点儿事儿。”陆国涛轻声说，“我不会再弄出新的刘妍了。她应该安息。这事解决后我就会离开地球。你不会再看到我。”

宋麦克轻轻哼了声。

他们的背影在夜雨中像两截枯木。

“你去宅子里解决下刘妍的事，这里交给我。”宋麦克在通信器里对我说。

我应了声，跳下车，往山坡下的刘宅走去。

走出一百多米时，我听到身后传来一声枪响。

10

第二次看到她，我控制不住自己，细细打量她的眼睛、她的头发、她呼吸时微微起伏的胸口。

嘉礼匠的技艺确实巧夺天工。

刘妍注意到我的眼神，笑了，侧身让我进去：“你知道了。”

她知道自己是个机器人。

“我们的对话应该不会很长，就不请你坐了。”今天她穿着一身淡米色麻布衬衫和休闲裤，头发在脑后盘成希腊式的发髻，还化了淡妆。

我们站在门厅的地毯上，相视无言。

“3908是老陆处理掉的？”刘妍垂下眼睛，问。

“是的。”我承认。

她知道多少？会不会垂死反抗？我想起仓库案的现场照片，冷汗顺着脊背直往下淌。

“他没受什么苦吧？”刘妍小声说。

你丈夫把它的脸都挖下来了，我想。我掏出手机，调出3908埋葬之地的照片：“没有，只是把电池取走了。我们把他埋了，不会有人打扰他的。”

“老陆肯定还会把电子脑毁掉，这样才安全。”她盯着那片荒凉的石滩看了很久，顿了顿，“等下，我也希望你这么处理我。”

我一时间不知道说什么好。

“我有刘妍的很多记忆。我知道，我们这种机器人，到了一定时限，不处理掉就会疯。”她说，眼周细细的纹路由于微笑而聚拢，“找你们，是我和老陆一起商量出来的主意。老陆下不了手杀我，只会一天天拖下去，直到事情变得无可挽回。”

所以她今天精心打扮了。她知道死期将近，想结束得体面些。

“你想在哪里……”我说。

“在花园里吧，刘妍活着的时候最喜欢侍弄花园，也方便你们处理，阿图已经帮忙挖好了一个坑。”她眨眨眼，“我现在可是个130公斤重的金属女人。”

11

“你弄完了？”宋麦克问。

“你个傻子！”我摇头。

陆国涛的尸体正躺在山坡上，半个脑袋都被轰没了。宋麦克用的不是局里的配枪。谢天谢地，他还能留意到这些细节。

“你要是回局里检举我，我不会怪你的。”他大概觉得自己特别有孤胆英雄范儿，企图在雨中点烟。

可惜他的打火机不是陆国涛才会有的那种高级货，试了几次都无果。

“闭嘴。”我抓起死者的双腿，“快过来一起抬。”

宋麦克愣了愣，立马冲过来。我们一起把陆国涛的尸体装进大众后备箱，驶进刘宅。刚才，我已经找到了刘宅内部的安保控制系统，关掉了警报系统。

论布置意外现场，不会有人比警察更专业了。

陆国涛想处理掉自己制造出的机器老婆，结果反被暴走的机器人击杀。完美的故事。为了效果，我们又冲陆国涛和刘妍的尸体开了几枪。我对刘妍感到抱歉，她没能在自己准备好的、花园里摇曳着玫瑰花的墓穴里安息。

但也只能这样了。

回程路上，我们俩全身血迹斑斑，累得动不了一根指头。幸好宋麦克的破大众有自动驾驶系统，否则就凭我们颤抖的双手，没准会撞死在高速公路围栏上。

宋麦克好几次侧头看我，欲言又止。

今天晚上我没力气再打哑谜了。宋麦克对仓库案多年来如此执着，除了正义感，他肯定也有私人理由。不是天才警察也能猜到这点。

“当年仓库里死掉的十三人里，有你的朋友？”我说。

“是兄弟。”他承认，“还有三个从小一起长大的发小。我是在石井长大的。为了考公务员进警局，我改过身份。没人知道。”

我点头，完全在我的意料之中，“姓陆的是罪有应得，他为了搞那个见鬼的研究，手中的人命已经接近三位数了。我们不阻止他，他还会继续干。干掉他是对的。”

宋麦克没应声。

究竟他是看完孤儿院失踪案卷宗才决定击毙陆国涛，还是早有预谋，我不想再思考。我只确认一点：让陆国涛安安静静地躺在地下，这个世界会更安全一些。我们是警察，我们必须这么做。

“你说得对，他值得吃一颗子弹。”宋麦克终于捂住脸粗哑地笑起来，“我欠你一顿大餐。”

尾声

车窗外，雨仍在下，雨痕在玻璃上描出蜿蜒扭曲的泪痕。

说来也许是另一件奇妙之事。刘妍和陆国涛，他们活着时是一对完全不介意别人生命安危的、自私的狗男女。转世成为电子机械后，反而变成了不愿伤害无辜者、自愿赴死的可爱情人。

我伸手触摸衣兜里的一小缕黑色人造头发和一枚戒指。

等事情完全平息后，我会再去一趟乱石滩。机器人刘妍希望自己的一部分能和3908合葬。

若是完成这件事，我大概能最终忘记她的眼睛。

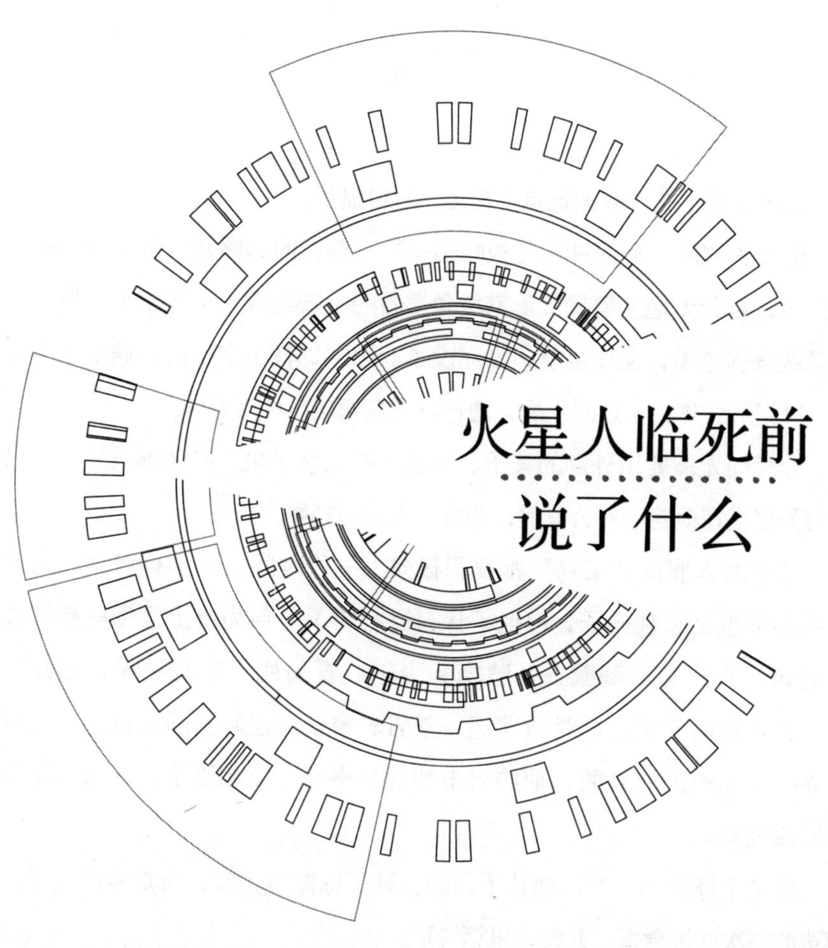

火星人临死前说了什么

这孩子留不久。孙国栋点了支烟，暗自摇头。

他伸长双腿，仰面冲天花板吐出一串三叠套的烟圈儿。午夜新闻联播的声音若有若无地从警局值班室墙角摆着的小破电视机里传出来。最近全是总统竞选的事，反反复复，没完没了。孙国栋打了个哈欠，调整了下坐姿，以缓解背疼：年过四十后，通宵熬夜越来越是件苦差事。

今晚尚无需要出外勤的案子。其他人都在玩手机、打瞌睡或发呆，只有何为端坐在他的小办公桌前，翻看一大堆旧档案。

每个刚入职的“菜鸟”都要积极向上一段时间。孙国栋曾经以为这毛头小子也是装装样子，但他承认自己看错了。何为身上没那些新警察的通病，喜欢穿着制服去吓唬街头少年、看到死人咋咋呼呼，如此之类。他认真听简报，随时做笔记，跟着老警察巡逻时安静又机敏。别看长着张学生气的娃娃脸，他的射击和近身格斗成绩相当不错，虽然还少点实战经验。

他是个好孩子，所以他待不住的。孙国栋微微抬身，将烟蒂准确投入桌边的一次性饭盒里。此时，电话铃声大作。

“港区第七街401有情况。重复，401。”接线员说，“似乎牵涉到新城那帮子人。现在只有两个交通协管在，请求警力支援。”

401发生了涉及管制枪械的斗殴。

孙国栋眯眼想了想："我们过去。"

他起身，招呼何为："小四眼，出任务了！"

1

"等会儿到了现场，先戴防护再救人，再急也先上防护。"孙国栋说，警车没开顶灯，一路安安静静地冲着港区飞驰而去，"新城那边的背景你心里有数儿？"

"绝大部分是火星移民。"何为回答，"有传言说他们身上带着传染病。但我认为只是谣传。"

孙国栋摇头，真是书呆子："等你满身长水泡就晚了。"他暂时让车自动驾驶，探身从后座底下拉出一个大包。

何为看着被甩到膝上的生化面具和手套，做了个鬼脸，还是戴上了。

前面已是港区，路面年久失修，警车猛烈颠簸，令孙国栋爆出几句咒骂。时近凌晨，路上空无一人。街道两边的厂房看上去废弃已久，窗口漆黑，没一扇玻璃是完整的。前几年里面还有些流浪汉暂住，后来火星移民返潮一到，他们全跑光了。幸亏选举在即，市容整顿刚刚完成，路灯十有八九仍在工作，才使得这块地方不像块死地。

他们已经远远看到了路口拉起的黄色警戒线。

"检查装备。"孙国栋吩咐。

何为点头，俩人下车。外面夹着微雨的寒风迎面吹来，雨水顺着塑胶面罩的边缘直往脖子里流。孙国栋竖起防风夹克的衣领，这种鬼天气打什么街头群架。

值守现场的两个协管员和孙国栋是老熟人了，互相打了招呼。

“怎么回事？”孙国栋问，掏出烟盒要散一圈。大家都戴着面具，浑身湿漉漉的，全摆手谢绝。

“还能什么事儿？两帮小鬼为地盘掐起来了，他们手里都有步枪。死了三个。我们一到，剩下的全跑了。”协管耸肩，指指警戒线圈起来的路口，“毕竟死了人，肯定要通知你们。”

路面闪着粼粼的水光，一具尸体倒在街沿，另两具躺在街心。要是白天，在市中心发生了这种事，肯定凑上来一大圈看热闹的。现在倒好，方圆十里鬼都不见一个。

不知道附近有没有尚在工作的监控探头？

孙国栋一边问，一边走过去：“叫过救护车了吗？”

“没必要吧，全死透了，你们直接拉走就成。”协管喊道，“我看过了，都是爆头。现在连火星鬼佬都换自动制导的家伙了。”

孙国栋看了一圈，清楚情况确实如此。就算是火星人，脑门中央穿个洞也活不了。他叫了声“何为”，这孩子蹲在其中一具尸体边，不知在干什么。

真是，又不是没见过死人。

孙国栋大声喊了他一声：“联系总局，派运尸车过来。等明天尸检报告出来了，你查查他们有监护人没有，再排查下——”

“孙队长。”何为说，抬起头，生化面具上露出的半张脸面色发白，声音倒还平稳，“他还活着。”

接下来的两小时一片混乱。

几家急救中心都不愿意来港区拉火星籍病人，互相踢皮球拖时间。倒也不怪他们，市里为火星返流移民归谁管的事掐了好几年，哪个区都不愿意开先例接手烂摊子。但眼下有个大活人正躺地上咽气呢，孙国栋索性直接打电话将局长从床上拖了起来，让他们上头撕去吧。

何为一直跪在濒死少年的身边，握住他的手轻声鼓励。大概是电影里学来的吧，孙国栋站在一边看着，不忍心打击他：实际上港区的人九成九听不懂地球语。那个中枪的孩子顶多十六岁，细瘦单薄得像片纸。他头枕着自己流出的一大摊血，缓缓眨着已经没有光泽的眼睛，呼吸越来越浅。

孙国栋估计他熬不到救护车来了。

果然，十五分钟后，他断气了。何为黑着脸想站起来，一个踉跄差点儿栽倒。孙国栋看他在雨地里跪得全身发僵，早有准备，出手拎住了他。

“先回车里待着吧。”他拍拍新手的肩，“把面罩和手套扔了。”

又过了十分钟，救护车终于姗姗来迟。一看到地上躺的是个死人，开始骂骂咧咧不想管。孙国栋好容易让他们把尸体抬走，和协管交接完，又接到局长的抱怨电话。回到警车的驾驶座上，他的脑袋嗡嗡作响。抬腕看表，都快四点了。

真是漫长的一夜。

“明天你和小刘换个班，歇一天。”孙国栋对何为说。看到死人，和第一次有人死在面前，感觉还是天差地别的。看刚才何为那脸色煞白的小样，可能需要缓一缓。

反正这种案子，也没啥后续要急着处理，通常写个报告归档就完事。

“他知道我们的名字。”

“什么？”孙国栋扭头看何为。

“那个死者。他要我们去阻止一个叫查良的人进入宾馆。明天我去拿尸检报告，做背景调查。”何为低声说，他正盯着手机，“我刚才查过，查良是流明安保公司的高级经理。”

流明，听着耳熟。

孙国栋脑子转了个弯，终于想起来了。流明公司上个月中标，负责本年度选举活动的整体安保，前一阵子还上过新闻。

“他对你说过话？还提到我们俩的名字？”他慢慢地询问。

何为点头。

“你知道，港区这些火星人后代，和我们不一样吧？”孙国栋扭头注视着何为，开始真正地感到担心，“他们脑子里管语言那块儿改造过了。他们压根儿不可能学会说地球语言，任何一种。”

“可是——”何为张了张嘴，又闭上了。

2

第二天，孙国栋下午才到办公室。按排班表，他今天休息。但他脑子里老转着昨天的事，在家也睡不踏实，索性跑来看看。

果然，何为正坐在角落里那张新人专用桌上，埋首于资料电子板。

孙国栋站在他身后看了会儿，是通用语普及之前的某种拉丁语系文字。他只能通过几个眼熟的单词，猜个大概。

“查什么呢？”

何为显然没料到身后有人，惊了一下。

“在看些关于新城火星移民的东西。”他回头看清是孙国栋后，说。

孙国栋伸手拿起搁在桌上的验尸报告复印件：没什么特别的东西，子弹直接贯穿整个前额与大脑左半球，从后脑穿出。就算第一时间送去急救，生还可能性也极小，更别提地球上也没几个医生能搞懂火星移民的身体构造是咋回事，并敢动手术的。

“昨天的死者身上，没什么能证明他身份的东西。没任何证件、钥匙，连手机也没有。”何为关掉了资料页面。

孙国栋笑出声，看着小实习生的脸上泛起怒意。办公室现在没什么人，上白班的全在出外勤。他伸腿勾过一把转椅，坐下：“你是哪里人？”

“——本地人？”何为对话题的转换一时有点儿犯迷糊。

“是问你哪个区出生的。”孙国栋点了支烟，“给我整个烟灰缸来。我猜，是第四区？”

何为点头。

“难怪。”孙国栋弹了弹烟灰。第四区比港区新城富裕安定得多，住的大部分是公司高级白领和技工，那儿出来的孩子教养良好，行为谨慎——却不怎么接地气。眼前的这家伙就是个好例子。

“你以前对火星人的印象是什么？说说看。”

“他们是20世纪志愿去火星移民的第一代人。他们的身体经过基因改造以适应火星环境，但后来火星项目看不到收益，政府决定撤回所有移民。”他停下，又加了句，“这些人回到地球上成了边缘人群，他们很难重新适应环境。”

“边缘人群。”孙国栋做了个鬼脸，“官面话嘛，就这么不痛不痒的？三十年前，从火星回来的第一批人被安置在港区新城。刚开始当地居民没有大惊小怪，只当来了另一种新邻居。结果，火星人证明了自己是疯子。他们和我们——”他打个手势，“基本是两种东西。我不知道科学家对他们的脑子动过什么手脚。但他们学不会地球人的语言，我们也理解不了他们说的东西。他们没有家庭，没定居的习惯。他们就喜欢像群居动物一样搅在一起。所以你说的身份证之类的东西简直是个笑话。”

“你的意思是，他们的智力像动物？”何为皱起脸。

“不……不……千万别这么理解。他们聪明得很。有什么新出的黑市枪械、禁药，他们弄到手的速度比谁都快。鬼知道他们是怎么存活到现在的，但整个港区新城已经全被他们占了。还有，传染病的事不是谣言。他们能抗住很多病毒，我们不行，和他们接触一定得小心。”孙国栋摇头，“要不是他们喜欢窝里斗，没准整个第二区都会落到他们手里。像昨天晚上那样的案子，我们一年要处理十几件。”

何为看着桌上的验尸报告，孙国栋伸手将之直接团了团丢进垃圾桶。

“别试图像查普通案子那样追踪这事了，不会有结果的，也没人在乎。他们内部火拼死了多少人是他们自己的事，昨天的话只是说给协管听的。直接封档就行。”

“可是那人临死前——”

“火星人根本不关心我们的事。他们没那个理解能力。”孙国栋站起来，“你那只是过度紧张导致的幻觉。休息下，看点别的东西转移下注意力。”他在桌角碾灭烟蒂，“别逼我锁了你的资料库权限。”

3

今天是第二区选举最后一轮预选。市长八成连任，其实也没什么悬念。

孙国栋双手插兜儿，靠在大厅后部的柱子侧面，不时扫视整个会场。房间里禁烟，憋得他有些焦躁。百来号人挤在市政会议厅里制造出的噪声和气息混杂在一起，再加上政客发言引起的骚动，令人头疼不已。每隔四年，警局都得出力维持选举活动平稳进行。局里有些人对此还挺有激情。

演讲台上的西装男正大谈特谈关于港区新城的改造计划，规划、教育、创造合适的职业。孙国栋翻翻眼睛，估计他这辈子都没在500米内靠近过一个火星人。

孙国栋自小混迹在二区的街头，目睹火星移民返潮给这片地区带来的毁灭性影响。三十年前，这里仗着毗邻太空港的地理优势，也算是数一数二的热闹地段。可惜随着另两个新港的开通，以及附近治安的措施一落千丈，二区已是苟延残喘。最显著的特征是留不住年轻人，有点出息的全跑光了。每任政府上台都信誓旦旦要重振这片地区，可……孙国栋暗叹了一声，问题也并不全在火星移民的身上。说实话，他内心深处对他们还有些同情。被改造成了怪物又被一脚踢开，搁谁也得自寻出路，对吧？

“市长快要过来了。”

耳机一响，他立时收回思绪。门口的两队便衣保安也瞬间挺直了身板。流明公司派来的人还算专业，孙国栋和他们合作了一星期，印象不错。

“小四眼，你去侧面盯一下紧急出口。”孙国栋敲敲耳麦。

“收到。”何为的回复来得很快。

两个礼仪一路小跑，站在敞开的正门边。孙国栋听着耳机里传来的外场布控，似乎有人在喊口号。示威群众总是少不了的嘛，他也没太在意，视线继续保持在会场内巡视。

一声闷响。

孙国栋立即冲耳麦低声呼叫何为。没反应。

出事了。

他一个激灵，穿过座位席朝侧门跑过去。两个流明的人守在出口内侧，孙国栋掏出警员证挥了挥。他们没让开的意思，其中一个似乎正听取耳机中的指示。

“让他过去。”

孙国栋放松已经绷紧的肩部肌肉：他刚才准备一拳头上去了。推开侧门，正好与何为撞个正脸。

这孩子在局里饱受嘲笑的小圆眼镜此时垂到鼻尖上，左眼圈正迅速变青变紫，嘴角也肿得老高。孙国栋迅速瞥了他一眼：很好，没慌，只是快气炸了。

“先把他放开。怎么说也是我们的人。”孙国栋对扭着何为胳膊的四个便衣保安说。

“抓到他在偷着复制我们头儿的手机卡。”其中一个戴墨镜的说，重重推搡了一把，还是放手了。

孙国栋心里暗骂一声，知道这事儿麻烦了。

4

“你想什么呢？”孙国栋拉开冰箱。

何为接住冰袋，往眼睛上敷。

“现在这事儿，我是暂时给你按下来了，但要是流明那边的人直接找到上头去，谁也保不了你。”

“唔，知道。”何为说。

孙国栋看他口齿不清的样子，反倒气乐了。暂时摆平流明后，他直接从局里叫了两个老哥们儿顶班，把何为带回了办公室。

“我知道你这半个月一直在查流明的事情。”孙国栋说着掏出烟盒，“你用自己的业余时间，我也管不着你。不过你在执勤时闹出这种破事儿，我就得听听你的理由了。”

“我不认为那天是我幻听。”何为取下冰袋，左右动动下颚，终于能勉强发音，“我以前并不知道流明公司的经理的名字。我也没怎么特别在意选举的事情。按通常幻觉的理论，幻觉的内容只能来源于我自己的潜意识。”

“嗯哼。”孙国栋示意他接着说。

“你告诉我说火星人用人类语言说话是不可能的，我回去后查了些资料，确实没有过这类记录。有些研究者认为生理差异直接杜绝了他们习得人类语言的能力。”何为抽了口气，探身取过一个纸篓，往里吐了口带血的唾沫。那帮人还真下狠手。

“我回学校找了个同学打听这事儿。他是学基因工程的，写的论文就是关于火星移民的改造。他说当时的思路是直接在移民中创造蜂群意识。”

一阵沉默。何为眼巴巴地盯着孙国栋，显然期待着对方来个彻悟。

“用人话解释下。”孙国栋挥手，“别转词。”

“现在的火星人看上去像全凭本能行为的白痴，是因为他们的头脑原本是为了整体行动设计的。像蜂群，或蚂蚁。要是能成功，他们能结合成一个远比单个人类聪明的智能体。”何为说，“但当年的技术没发展到能实现那种设想的地步，他们的头脑联系太脆弱，又容易崩溃，应付不了太空中的高压力环境。”

“有点儿概念了。这些和流明公司有什么关系？”孙国栋觉得自己有了些模糊的理解，也就够了。

“我的想法是，那个中枪的孩子，脑受伤使他一瞬间——上线了。”何为坐直身子，把冰袋拍到桌面上，“大脑的意识活动靠的是脑子里的电信号。子弹的速度远比神经传导的速度快，他的脑组织在一瞬间被穿了个洞，然后又合上。这改变了他脑内信号的传播方式，一时又不足以致死，里面的具体机制我也不清楚。”何为挥手，“但显然他在中枪后的几分钟里，他的大脑联通到了我、你，以及整个城区范围里。他知道我们是警察，知道我们近期来最大的任务是负责选举的安保问题。他应该还没有善恶的意识，只是顺从我们的想法，为我们提供了一些我们潜意识中想要的信息。”

“你的意思是，那个火星孩子在临终时，直接通过——”孙国栋指指太阳穴，“告诉了你查良有问题？”

何为没否认。

“见鬼。”孙国栋挺想砸个杯子什么的，可惜手头没有。他站起身来在屋子里走了两圈儿，他背后，何为还在喋喋不休：“我知道就凭这些说服你或任何人都是不够的，我得弄到更多证据。”

这就是何为跑去偷查良手机的原因。还是趁着外勤的机会！孙国栋无言以对。简直是闯祸不嫌事儿大。实习期还有八周，他得确保这货只接触到街头巡逻层次的任务，然后另找个理由给他打个不及格，送他走。不过局长不会高兴的，局里缺靠谱的新鲜血液已经很多年了。

但孙国栋向来不在乎，否则也不会在基层卡了这么多年。他暗自苦笑，望向坐在屋角、顶着熊猫眼的年轻人。

何为是个好孩子。他不想让他栽在这堆烂事儿里。

5

路面上四散着传单和彩带，被雨水黏成细碎的纸团。保洁车懒散地来回行驶，行人纷纷躲避着溅起的水花。选举刚刚落幕，整个城市像参加完狂热聚会后急需补眠的青少年，一脸倦态。局里的同事也走了大半，只留下几个日常巡逻的。

孙国栋将警车停在港区附近的路口，第三十次拨打实习生的电话。仍是忙音。他烦躁地拍拍方向盘，知道事情不太妙。何为不是无故旷工的人，哪怕是经过“偷手机”事件后，把他贬到打杂的地位。

恐怕最坏的事情已经发生了。孙国栋闭上眼睛，深呼吸。他得找些关系，探听消息。只怕为时已晚！

6

“我找查经理。”

他站在流明的前台。公司的规模相当体面，占据了市中心整整两层商务楼。

前台小妹坚持让他留下电话登记预约。

孙国栋轻叹了声，直接往里闯。前台妹子和两个门卫“哎哎”叫着追过来。孙国栋在第一扇安全门前站住，安保公司自己的装备，自然不会差。孙国栋流利地输入密码，闪身入内，正好将追兵隔在外面。

警报声响彻整个楼层，孙国栋拔出配枪握在手中，保持步速前进。这时他口袋里的手机振动起来。

“孙先生，我们可以谈谈。”

“你出来，还是我进去？”孙国栋想，这位查经理的声音也太难听了。他终于知道“公鸭嗓”这个词是如何贴切了。

“走廊尽头有间会议室。”

“把我的人带来。”孙国栋提醒道。

对方轻笑一声，挂了。

会议室不大，摆着张长桌。用过的一次性杯子到处都是，投影仪屏幕还吊在墙上，真像个刚刚开过例会的普通公司。查明坐在长桌尽头，是个黑黑胖胖的大个子中年男人，长着张扔人堆里立马消失的路人脸。何为被两个保安看管着，站在墙边。

很好，他们没往死里打他。孙国栋略松了口气，“查经理。”

“我们见过。”黑胖子开口。

“几年不见，鸟枪换炮了吗？公司整得人模狗样的。”孙国栋掏烟，自己点上一根。以前这黑胖子还在港区街头混时，看到巡警像老鼠见了猫。只是今非昔比，这房间里的人都清楚。要是手里没点筹码，借十个胆子孙国栋都不敢来招惹此人。他又没活腻。

“孙先生看笑话了。”查良笑笑。

“这次的事，你把人还给我，我就当什么都没发生过。”孙国栋用烟尾一指何为。

“孙先生认为自己有什么资格谈条件？”查良仍在笑。

“这次选举，你在金像宾馆的203房间给了市长秘书150万元。你们合作洗黑钱有两年了。”孙国栋说，“还有新港口的建设投标，以及今年三月份死在沙滩上的妓女。还要我接着说吗？”

“你是怎么忍下来的？”查良的脸色一点儿没变，“我记得你以前可是个眼里揉不得沙子的。”

“我一小时前刚刚知道这些事。”孙国栋拿出配枪，两个保安顿时紧张起来，查良抬手示意他们别妄动。孙国栋卸下弹夹，隔着桌子扔给查良，“数数。”

“原来有八发——现在，”查良扬眉，“一发。”

“我试了七次，才弄到这里的进门密码。当然，每次也零零碎碎地知道些你干的好事。”孙国栋说。

查良侧头看何为。何为猛然抬头，脸上的血色瞬间消失。

孙国栋等待着。

“送他们出去。”查良说，声音更粗哑了一层。他将弹夹抛回，孙国栋接住。

“安静。”孙国栋走近何为，低声喝了句，推了推他的肩。

何为哆嗦了下，然后跟着走了。

7

“你为了套情报，真的杀了七个火星人？！”刚上车，何为就尖叫起来。

“你给我闭嘴！”孙国栋双手直抖，感觉背后全是冷汗，把衬衫都黏住了。另外要是有高血压药的话，他真想来一粒。真是老了，飚生死时速这种事儿玩不起了。缓了缓，他发动汽车，朝市中心方向开去。

今天，他们还是待在人多的地方安全。

“查良的案底不是什么秘密。”孙国栋开口说，“只是现在没人敢动他。他和市里头都有交情，你可以把他理解成这个地方的黑道头子，整个警局上下都清楚。”

何为低声咕哝了句什么。

“你说啥？”孙国栋喝道。他今天有理由暴躁点儿。

“蜂群需要首领。”何为重复，“那些火星人是跟着他干的。”

“废话。”孙国栋说，“他们很喜欢用火星人当跑腿的——听话，没自己主意，死了也不可惜，反正没人在乎。再说，没人在背后照料，那群人工白痴早死光了。”

何为似乎想说什么，又摇摇头，开始沉默。

“我不想当警察了。”几分钟后，何为冒出一句。

“我看你是还不知道自己的处境。”车窗外渐渐热闹起来，冷清的厂房置换成商业街和衣着精美的人流，孙国栋将车靠路边停下，“他们今天不杀你灭口，是因为有我在。他们不想和警局正面冲突。还不值得。”

“但我发现了那件事。”何为指着自己的额头中央做个手势，声音死气沉沉，“以前，火星人对他们来说是很安全的。他们不会说话，不会出卖信息。现在，只要冲他们脑子开上一枪，抓住濒死的瞬间拷问，他们什么都会说出来，而且一次不行可以再来一次。我的天！”他捂住脸，“他们也是人啊！”

孙国栋没说话。是的，从此以后，也许黑帮会渐渐放弃火星人，让这些可怜的生物自己消失。这对所有人来说都未尝不是一件好事。

他在何为企图追踪查良手机时，没及时拦他，要的就是这个结局，但他眼下一点儿胜利感都没有。上衣内袋里，从弹夹退出的六发子弹沉重得令人窒息。

“你至少也杀了一个。”一阵情绪崩溃后，何为重新坐直，脸绷得紧紧的。

“为了弄到他们最新的入口密码。”孙国栋承认，又放缓语气补了句，“你要是真的和他们接触过，就会明白，他们不能算真正的人。”他看着年轻人慢慢闭上眼睛，神色渐渐变得顽固。直觉告诉他自己没看错这个孩子。

“让我留下当警察。”何为说，低头看着自己的手，“我至少要把这条命补上。”

孙国栋耸肩。一个新搭档，他自然不反对。

车外，又开始飘雨了。

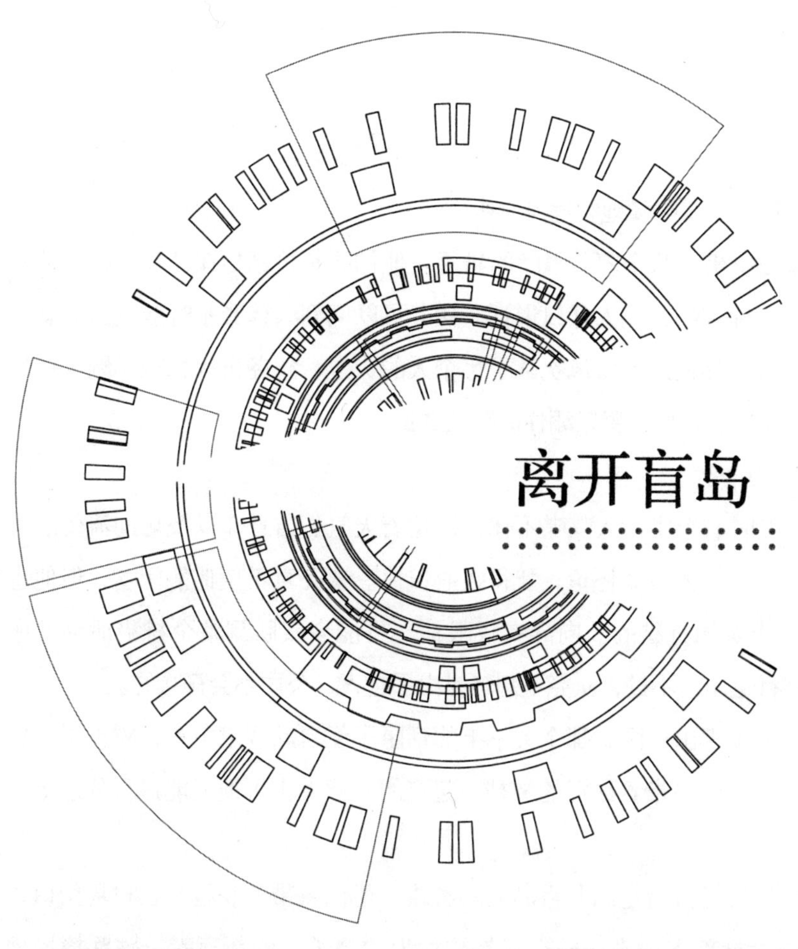

离开盲岛

一辆吉普车隆隆地驶过海岸线。

车厢里坐着八个蒙着眼睛的猎手。他们的长枪都抱在怀里，枪口冲着车顶，一片寂静，无人开口说话。狄尧可以闻到人体紧张时散发出的刺鼻汗味。从窗外钻入的海风吹乱了每个人的头发，狄尧再次扫视了顾客们的表情：沉郁、焦虑、紧紧绷住的跃跃欲试。

一切正常。

出发时有个中年人喋喋不休，评论着天气、吉普车以及坊间流传的关于猎“鸽子”的奇谈怪论，扰得人心惶惶。狄尧真希望他能闭嘴，但他也是付了钱参加狩猎的。向导有权限让“可能会威胁到整个狩猎活动的顾客”强行退出。不过，狄尧不想轻易出手赶人，公司不会喜欢的。

结果车刚出市区，那个关不上的话匣子便自动要求下车，跑掉了。凭鼻子判断，他是带着尿湿的裤裆一起走的。狄尧告诉他只能退百分之七十的款。

参加机场狩猎是离开盲岛的一条路。他们将带着长枪站在机场闸口，等待一大批新入境者——也就是被称为“鸽子”的新盲者，跌跌撞撞地下飞机。随着狄尧一声令下，他们便拉下脸上的蒙眼布，向“鸽子”们射击。

“鸽子”们也有枪，但他们通常惊慌失措以至于想不到反击。按照盲岛法则，你只能向没有佩戴蒙眼布的人开枪。所以狩猎行动的第一枪是以向导狄尧的一发空弹开始的。受惊的鸽子们拉下眼前的布条，四散奔逃。

于是自由射击时间开始了。

打死一个没佩戴蒙眼布的人，你便能离开盲岛。

打死一个处于蒙眼状态的人，你要偿命。

如果没勇气冒着成为别人靶子的风险，拉下自己的蒙眼布去开枪，那么，请生活在永恒的黑暗里。

这就是盲岛法则。

两年前，狄尧在海关的一间小办公室里学到了以上三条，随即被强行送入盲岛。

1

所谓的等候室里毫无装饰的白墙、沿墙壁摆放的铁制长椅、空气里若有若无的消毒剂气味，让他想起医院。他找到空位，并拢双膝坐下，听到屋顶吊扇缓缓转动发出的吱呀声。一条半掌宽的黑布条横在他的双腿上。也许半小时，也许几分钟后，这条黑布就将蒙住他的双眼，直到他离开盲岛。

如果真有这天的话。

等候室里一共有二十多个男孩。他们中有的看上去老成些，有的简直还是毛孩子。但他们衣兜里装的出生证件能证明，今天是他们的二十岁生日。中心把他们从各个寄宿学校中挑选出来，集中起来，喂饱，洗刷干净，注射疫苗，然后送到了盲岛海关的这间小小等候室里。

他不知道其他同龄人是怎么应付这些经历的。自从两周前接到通知书的那一刻起，他就像一条鱼突然被提出了水面。两年后毕业，成为一个网络数据分析员的未来一下子变得不再真实起来。

被选中去盲岛的人，没听说过有回来的。

“喂，你叫什么名字？”他感到有人捅了捅他左边肋下。

“狄尧。”他迟疑了几秒钟。邻座的男孩比他高半头，眼睛灵活地不断从房间这头瞟到那头。尽管屋里相当冷，他还是把新制服的袖子一直卷上去，露出粗壮的小臂。

“我叫王志飞。你等了多久了？”

他耸耸肩。他们收走了所有的表，代之以一种触摸式计时器。他还没搞清楚怎么从那古怪的东西上读取时间。另外，他希望这位新相识闭嘴。

眼下他没有聊天的兴趣。

“我不知道，大概一个小时。”

“不，才半小时。我看着你最后一个进来的，那时太阳刚晒到这里。”王志飞伸腿在地下某处划了一道，“我是学中古技术史的。你肯定知道日晷吧，话说回来，他们的盲表实在设计得太烂了，万一——”

他摇头，开始有了点兴趣：“什么是日晷？”

“就是能从太阳影子看时间的一种古代计时器。我自己动手做过一个，现在还在学校的院子里呢。”王志飞冲房间里其余人一挥手，“他们中有的是昨天下半夜就进来了，我真有点担心海关那群家伙把我们给忘了。”

王志飞用了个在寄宿学校里通常用来指笨蛋教师的词。狄尧微微一笑，感到自己放松下来了。

“我讨厌等在这里，整件事都让人烦透了。那些愚蠢的成年人为什么会觉得让我们当半年瞎子——”王志飞压低声音模仿国家广播频道里的男中音，“对青少年的成长有着无可置疑的正面作用，经公立大学的社会心理学家论证——”屋里大部分人都紧张地笑了，“不过以后晚上断电时，咱们这群人不用担心从厕所摸不回床上——”

更大的笑声。

等候室一侧的门开了。一个医生打扮的中年女人手持记录板，用笔敲打墙壁。屋内顿时一片死寂。有人弯腰捡起刚才跌落到地下的黑布条。

“报到号码的请进来，拿上蒙眼布。”她扫了眼王志飞。

狄尧一下子觉得背后冷汗直冒，恨不得自己没坐在这个男孩身边。

“10号。”她说。

王志飞站起身，歪歪嘴做个鬼脸朝门口走去。医生悄声说了句什么，他耸耸肩从裤兜里抽出根皱巴巴如咸菜的黑色东西。医生轻微摇头，侧身让他走进门里，然后将门带上了。

房间重新进入一片寂静中，他的视线又落回膝头那根黑布条上。厚，黑，一丝光也透不进。更冷了，他缩在肥大僵硬的制服里，暗暗祷告：那些关于盲岛的传言，都不是真的。

2

吉普车停在机场前，狄尧晃晃头摆脱脑袋里如沉渣泛起的回忆。

不是时候。

他又一次检查了每个顾客的枪械，低声重复着打鸽子的不成文规则，反复强调一点：只有确定鸽子拿下了蒙眼布，才能瞄准开枪，不能肯定便老老实实待着，公司会免费提供第二次机会。不要冲动。

狄尧校对了时间。时间充裕到足够在航班降落前他们到达驻守点，但又没长到让顾客们等得焦虑不安。刚刚好。他领着这群睁眼瞎子走向机场入口处。

保安们早由公司打点过了，挥手放他们进去。

狄尧两年前初抵盲岛时，也是只鸽子。

3

他对医生终于点了他的名、将他带入办公室的场景记忆犹新。

她拉上门，示意他坐到办公桌对面的小圆凳上。他第一次注意到她的白褂肩头缝着军衔——上校?

“这是份文字资料，你可以保留着，等你读完后我还会做下口头解释，防止你有阅读障碍。”医生，不，上校又冲他礼节性地一笑，将一个薄薄的文件夹推到他面前。

其实只有一张纸，他用指尖触摸了下文字，凹凸印刷。

他读了一遍那份名为《盲岛守则》的文件。又从头看了一遍，再次重点默念了最后那条关于离开条件的规定。

进入盲岛后，你必须搜到一名偷窥者，即不戴眼罩的人，才能离开。

你有权射击偷窥者。

“如果我看不见，我怎样才能——”他轻声说。

上校对他笑了，表情似乎在说：年轻人，你想到的那个答案是真的。她年轻时一定相当迷人：“在盲岛，每个人的任务都是一样的。明白了吗？”

睁开眼时，你既是猎人又是猎物，每个人都一样。

他沉默一阵，点头：“明白了。”

他们给了他最后三天光明，用来熟悉枪械，用来识盲文，用来强记地图，用来习惯依靠一只定位器或棍子行走，用来学习所有黑暗生活中所必需的零碎常识。在练习区，他看到了王志飞，看到了那天在等候室里一起待过的另一些男孩，还有更多不认识的人。他们的目光一经接触便游离开。每个人身后都背着枪。

结束训练后，一架专机将他和其他数百人一起送入盲岛。

“三级台阶，向下。”引路人提醒道。

他依言下行，闻到密闭机舱里特有的机油、快餐食品以及人体气味混合而成的味道。他还听到了人群轻声交谈汇成的嗡鸣声。引路人将他安置到一把高背扶手椅中，安全带在他腰间啪地扣上。

“枪不用离身。”

引路人说完后便转身离开。枪械冰冷沉重的质感令他安心，搁在身侧的背包里有两周的压缩食品、水和一定数量的现钞。他像守卫宝藏一样用胳膊环绕着背包。屁股下传来发动机的隆隆震动声：飞机开始在跑道上滑行。

机上一片平静，没有人互相搭讪交谈。屏幕上连续不断地放着80年代的老喜剧片，他睡着了。

降落过程十分平稳。他从梦中惊醒，脖颈和背都僵硬无比。广播提醒A—02区的乘客下机。他挎上背包和枪，等大部分人——都是和他一样的新盲者——从中央过道中穿过后，慢慢走向出口。

外面凉爽湿润的海风让他精神一振。海关上校让他选择在盲岛哪种类型的地区生活时，他毫不犹豫地指向地图上一道蜿蜒曲折的海岸。

“你看不成海景的。”上校这次的笑容倒是货真价实，可惜表达的情绪是嘲弄。

“我知道。”他点头，坚持自己想去那里。

伫立几秒钟后，他拉长折叠式导盲棍，走下舷梯。眼下应该是夜间。白天和夜晚的大气压有区别，海边尤为显著。他被剥夺视力之后感觉则更加明显。进入寄宿学校前，他在一个海滨城市度过了童年。之所以选择这里，是因为他指望过去的生活经历也许能带来点儿优势。

见它鬼的看海景。

广播一路指引他和刚下机的一群新盲人穿过机场建筑。一个亲切的女中音建议他们乘坐机场巴士——在突然响起的“砰砰”枪声中，这声音不屈不挠地介绍着附近食宿旅馆的分布——有人惊呼出声，有远有近，枪声零落而冷静，继而听见呼喊中充满了痛苦，女人的嘶哑呼喊声像猫。有人从他身边奔过，猛然撞击他的肩头。他不可抑制地失去重心，耳中充斥着无数硬底鞋踏着地面如潮涌般的声音。

“我要被人踩死了。如果我拉下黑布条睁眼逃命，就会被人一枪打死，而那个人就能回去了，没准那人会坐我来的那架班机回去。”他在旋转的黑暗中向后倒。有人一把抓住他的胳膊将他拎起来：“跟着跑啊！跑！他们在打鸽子。”

枪声、警哨声、人群粗重的呼吸声，重重叠叠，他分辨不出那股血腥味是来自于某个受伤者还是自己嗓子里冒出来的。上气不接下气，胳膊像夹在铁钳里，脚下是机场大理石地面、水泥地、柏油路面，还是沙地？一个急转弯，王志飞一把将他按在某堵墙上：“现在没事了，咱们喘口气。”

他听上去居然相当兴奋。

混乱声现在已模模糊糊十分遥远，他一时喘得说不出话来。

“我在飞机上就看到你坐在前面了。”王志飞说，声音下沉，“坐下说话吧，有一阵子要等呢。”

“等什么？”他愣了一下后坐在了沙地上。心跳平稳后，海浪回旋往复的涛声扑头盖了过来。

他们在海边，机场附近的海边。背后的木板阴冷粗糙，八成是间临时淋浴屋。

“出租车。咱们身上不是有卫星定位器嘛，叫的车能直接过来接咱们。”打火机翻盖声，烟味。他也接过烟。

“刚才是怎么回事？”

“打鸽子。我说兄弟，这几天你都干什么去了？没搞到那本书？”

他摇头：“书？”

王志飞拍拍他的肩：“等会儿我拿给你看。机场专门有人守着运新‘瞎鸟’来的航班。刚开始那几枪是对着天放的，受惊的一慌就拉开眼罩逃命——条件反射不怪他们嘛——于是中招成了偷窥的。啪——”他一顿，喷出一口烟，“死了一个，回去一个。当然那些打鸽子的有时还会内部火拼，有心急的怕没新‘瞎鸟’受惊，先开枪把同来的打鸽子的干掉了。要打猎总先得把自己眼睛睁开不是？那本书真不错，都写着呢。”

他默然，“这里的警察不管？”

“盲岛的警察只管两件事。”王志飞用枪口敲敲沙地，“判定你打死的人临死前是不是偷窥者，只要在盲岛范围里睁眼看都算。他们有本事提取死人的最后几分钟视觉记忆，错不了。你自认为打死一个偷窥者后按一下枪柄上的键，就由定位系统通知了警方，他们会在二十分钟内赶到。要是验明你打死的确实是个偷窥者，就直接拉你去机场送你回去。倘若那只是个临死还是睁眼瞎的倒霉蛋，对不起，你可得为他偿命了。”王志飞在沙地里掐灭烟头。

“所以刚才我们只要不睁眼，中弹的机会还是不大的。打鸽子的也很慎重。尤其在机场这种摄像头、警卫系统完备的地方。不过被人流踩死的机会倒是大得很。”

“那么说你救了我一次。谢谢。”他开口，自觉嗓音干涩。

“谢个屁。”王志飞摇头叹气，“等会儿，车来了你跟我一起去星游城，明天我们去搞份工作。”

“星游城？”

“一家地下旅馆。由那种在盲岛过了几辈子，眼罩连裹尸布一起烧的家族经营的地方。比正式旅馆便宜。”

他点头。听到王志飞在背包里翻什么东西。

“拿着。”

他接住，是本书。

不，装订太过粗糙，似乎是私人印刷的地下出版物，纸张纤薄没有凹凸感。

“等到了旅馆房间再看。你不能只凭那个老女人的那张纸在这里过日子。”王志飞跃起身，同时传来了小型轿车行驶在沙地上的声音和鸣笛声。出租车朝他们驶近时，王志飞吹了声口哨：“86488。真是个好兆头。”

“你能看得见？”他问。

一阵沉默。

“你说呢？”

他悚然而惊：如果我睁眼看你是不是睁着眼，一分钟后也许我就躺在沙地上肚子吱吱冒血，而你在等待警察来验鸽子了。你把我带到这里，也许不是想救我。他微笑着耸耸肩。

就好像对方能看到一样。

“上车吧。”王志飞哈哈大笑起来，似乎能“看”出他在想什么。出租车门在他面前弹开，带着旧皮革味的热气迎面扑来。他钻进车。王志飞坐进驾驶室副座，和司机嘀咕了几句，车开了。

他想象着车窗外星空下不断退后的海岸线，以及王志飞坐在前面宽阔的背影。无论是敌是友，不睁眼你就是安全的。

这是个怎样的世界啊。

他自问自答：这就是盲岛。

4

第二天早上，在一家飘着厨房油腻味道的街边餐馆里，他们解决了早饭问题。

“那本书看完了没有？”王志飞问。

“看了。”

“不用急着还我。大部分很实用，有些是夸张了。”

他点头。

昨夜抵达旅馆后的第一件事，他看了那本书。他不想再接受王志飞的处处指导，尽管近来这种状态很难改变。

他们在前台交了一周的房钱。他在心里默算身边的现金能撑多长时间。

星游城的旅馆房间与他住惯的单人宿舍大小相差无几，陈设也类似，一床一桌一椅，靠墙一个厚纸板成型的简易衣柜。别无长物，唯一的特别之处在于没有窗户。

所有盲岛的建筑都没有窗。王志飞告诉他，在盲岛唯一允许睁开眼睛的地方是你自己的房间，所以不要轻易让人进你的房间。反身锁上门以后再拿下罩眼的布条。祝你好运。

他听到王志飞的脚步声消失在走廊拐角处。没有电梯铃声，他与我住在同一层，但不相邻。他摸索到指纹感应区，进房，锁门，开灯。

光线瞬间刺得他双眼刺痛。尽管精疲力竭，他还是拿出王志飞的那本小册子，靠在床头读了起来。封皮污迹斑驳，显然已经过不少人的翻阅。王志飞是在哪里搞到手的？海关基地训练的那几天？那为何没有人向他兜售？

书名：《盲岛指南》。

“第一章　在室内最明智的选择是保持失明状态……”

他一页接一页读了下去。

第二天，重新戴上遮眼罩走出房间时，他第一次感到《盲岛指南》的确有其道理。过了十小时的视觉生活，重新建立起盲者的身体反射确实需要一点时间，更重要的是心理反射。他用《盲岛指南》上的话提醒自己：时时处处都有人想骗你拿下遮眼罩然后一枪崩了你。如果你每天都拿下它，那么你就不会将之看成多么严重的事情。这种松懈很可能会送掉你的命。

“你打不打算找工作？”

“工作？”

“除非你有信心在身上的钱花完以前就打到一个偷窥的，很少有人能做到，除了运气实在太好胆子又太大的。”

“他们给了我们——”他略一迟疑，也许每个人得到的现金数额并不一样。

“500块。大家都一样。光吃住，在星游城那种档次的地方，能挺半个月。”

“半个月。”他重复。

在十五天内崩掉一个人？

“基本上没人能做得到。倒是很多人在半个月之内已经被人撂倒了。”王志飞吃东西时发出呼噜声。他也开始进食。

“要找工作的话，没什么可挑的。盲岛人，那些真瞎子只会雇我们干些体力活。倒不怪他们，因为我们的心思大半放在怎样尽快打到一个偷窥的，然后拍拍屁股离开这个鬼地方。我们不会费心学盲式技术。咱们不会成为好员工的，不过勉强糊口没问题。”

在他的想象中，王志飞眯了眯眼睛：“而且还有黑市。”

5

他决定找工作。

《盲岛指南》中说：你一开始要做的，是适应盲岛的生活，让自己活下去，别轻易成为别人的靶子。

他认为自己正处于这个阶段。刚开始对视觉的疯狂渴盼已然淡去，他有着惊异于人的、超强的环境适应能力。找工作让他的感觉更良好了。自从被带到海关，送进盲岛，他就像段随波逐流的浮木。现在，控制感正在归来。

他们在一家屠宰场门口徘徊，听了几遍招工广播，通过简单的面试交谈，得到了份从卡车上搬运动物笼子的临时工。王志飞被叫走和其他人搭档。他与另一个沉默寡言、有一身劣质烟草味的年轻人合作，把滴着屎尿的猪笼顺着钢轨拖到清洗房前。有人在那里接应。

枪统一存放在更衣室。王志飞说别担心有人偷枪。每把枪的编号与子弹都与进入盲岛的持有人相配。有人也许会把你的枪拿走放到别的地方，只要别睁眼找它，它迟早会出现的。

以前除了在足球场上出身臭汗，他没干过真正意义上的体力活。初冬的风吹到他汗湿的后背，冻得他直发抖。动手干活前，他把外套脱下放在某只板条木箱上，眼下却找不到在哪儿。

强记所有东西方位的习惯对他来说还不是本能。也许，某人把它拿开了。

别睁眼，总会出现的。

又一轮猪笼运到了卸货台上。他一阵小跑，顿时不怎么冷了。午餐时间他终于找到了外套。半条袖子湿了，那种液体的气味让他不愿做什么联想。

工场提供的工作餐粗糙但量大。他蹲在卸货台沿上抽烟，猪仔在身后发出阵阵尖叫。对臭气他已麻木到闻而不觉。王志飞的声音混在一堆临时工里远远飘来。他就是有本事混个自来熟。他不带任何妒意地想着。

下半天的工作量更大。渐渐地，一切思维都从他的脑海里消失，剩下只有前面的钢轨和铁笼里的动物。对面的工作伙伴该死地不出力。他的胳膊和腿开始发抖，酸痛到失去知觉，呼吸像一团流火在喉咙里翻滚。每次他都以为自己撑不到将笼子推到轨道尽头，但最终每次他都做到了。

下班铃声终于响了。他拖着步子往外走，导盲棍撞东撞西，差点儿在工场前的台阶上跌个头破血流。

走到外面，风一吹，他意识到自己身上有多么难闻。王志飞从后头赶上他，说他们要去某个地方喝酒打牌，问他要不要加入。他摇头。一群吵吵嚷嚷的人包裹着他，下一瞬间又消失了。远处传来轻微的爆破声。这个城市随时有人在努力离开。

回到星游城，冲澡，躺在房间的床上。他没拿下遮眼布。猪的臭味像钻进了他的鼻子，挥之不去。年复一年，日复一日。

从那一刻起，他真正决定要杀一个人。

他想要回去，不惜任何代价。

6

在很长一段时间里，他没有再遇到过王志飞。估计哪天碰到了，王志飞也认不出他就是自己当初从机场混乱的人流里拎出的那个瘦弱青年。

确信自己绝对独处时，他会从镜中长时间审视自己的面孔。两年时间让他半孩子气的面孔蜕变成了下巴刚硬的成人脸型。刚开始那段日子所干的体力活让他肩背的肌肉发达坚硬，后来他在健身房里保持了这些特征。

“喂——”床板吱呀一声响，一串光脚踩在地板上的声音传来。他在浴室里系上罩眼布条。一个睡眼惺忪的女人晃进浴室，拧开热水龙头，仰头，水哗哗冲进她空白的双眼里。

她是个天生的盲人。那些承受不了“打猎——被猎”游戏的人，有种退出的选择：自愿成为盲人。他们放弃视力后多半选择留在盲岛，经营食宿旅馆，靠植入式卫星定位系统开出租车，做一切非临时性工作，也是所有新盲岛来客的雇主老板。在生育上，如果想把孩子留在身边，他们便会服用某种基因药物，生下的后代天生没有瞳孔。

他离开星游城后遇到了她，一个机场餐厅服务员，身上总有股甜橙花的香味，私下相处时总执着地问他她漂亮不漂亮。他每次都给了肯定答复，并且很高兴自己不必说谎。她了解他从来没放弃过离开盲岛，这个情人的结局不是离开便是横死。而她走出盲岛便只是个领社会救济的残障人士。在彼此心知肚明的前提下，他们同居着。

“今天有活动？”她问。热水声，她在卷发间揉出无数泡泡。

“嗯。”他闭着眼睛剃须，梳头洗脸。在窄小的浴室空间里两人都像看得见一样，不会彼此碰撞。

“小心点。”她听出他就要出门。

“我知道。”他提起搁在浴室门口的枪，检查部件、子弹。腰间的手机振动起来，是某个手下。一切准备就绪。他拉开门走了出去。

如果今天顺利的话，他不用再回到这间公寓。

两年前，当他真正下定决心要打到一个偷窥者时，领悟到在盲岛和世界上其他地方一样，钱是极其重要的一个因素。

细心观察数周后，他发现屠宰场的伙伴们大部分毫无出去的希望。他们的收入只够维持低级旅馆和伙食的生存需要，即使稍有节余，也花在那些让他们能暂时忘掉白天艰辛工作的黑市麻醉品或女人的身上。

有些人已到盲岛将近十年，仍然指望着某天自己能有胆量在闹市区睁开双眼，一枪打到一个同样发了疯的家伙。另一些人已经把自己的枪扔在家里的壁橱里生锈。

除非撞大运，这群人不可能出去，而他不想拿自己的性命作赌注。即便不得不赌，胜算也得大一些。

他积攒了厚厚一摞传单，每晚回到星游城便仔细研究：组团去机场打鸽子，各种黑市工具能让你在射击时更占优势，有公证的野外私人决斗，直接出售新鲜尸体的……各种匪夷所思的计划和价目表让他叹为观止，也让他明白：想要让自己更有把握地活着离开盲岛，他必须弄到钱。

“我不在这儿干了。”他对王志飞说。

工间休息时，他在屠宰车间找到了王志飞。空气里充满了冷冷的血腥味和动物毛皮的焦臭。制冷系统的嗡嗡轰鸣让他们离得很近也得扯着嗓子说话。

“你准备去哪里干？”王志飞没停下手里的活，大声问他。

“有人让我替他装订些书，给的钱跟这里差不多。”

王志飞啪地将一块生牛肉和电解刀扔到钢桌上，将他拉到外头院里。他能听得出来附近没人。

“手工装订是明眼人干的活。”

“他们说保证——”

“你怎么能相信他们的狗屁保证，如果——”王志飞一顿，声音沉下来，“你是给他们干！”

“是的。”

他从口袋里拿出《盲岛指南》，王志飞接过书塞进自己的工作服。“你找到他们了？”

他默然。

“如果警察发现你为他们干过，你就别想出去了。”

“我知道。”

“好运。”王志飞拍拍他的肩，掉头走开了。

他的新工作是装订更多的《盲岛指南》。

从拿到手的那些传单中他看出来了，盲岛除了官方警察系统在维持最低程度的秩序外，必然存在某个地下组织在协调“打猎”活动。例如初登盲岛那天遇上的打鸽子，如果那天有两队人同时瞄准了那架班机，那么现场将变成猎人之间的火拼。

他想加入“他们”。

与其成为“他们”服务的消费者，他想要更安全的做法：成为这个组织的一员，完全了解各类打猎过程的流程。直到某天他有绝对把握，睁开眼睛，一枪命中目标，自身安然无恙。

他不想把自己的命交给个人的脑筋一动、灵光一闪。

每天经过盲岛的中央大街，便会见到那些为自己的“好主意”付出代价血流五步的人。

与“他们”接上头的方式倒很简单。他们半公开地招募下层工作者，在一间保证“不会发生意外”的密闭式房间里从事需要视力的工作。

比如说装订。

他认为这只是个幌子。盲岛的非视觉技术已然发展到相当水平，他们用不着雇用人力来完成这些事情，只是忠诚度测试罢了。

当他第一次将枪上交，拉下遮眼的黑布条走入城郊一间地下室时，仍出了一身冷汗。一间没有窗户的地下室，房间中央的长桌上堆满了零散的书页和打孔机。灯光昏暗，再生纸的粉尘让他鼻子发痒。十多个年龄与他差不多的年轻人坐在桌边，动作熟练地装订书册。他们不约而同地扬头注视新来者，他发现自己已对目光接触感到陌生，努力地僵硬微笑以做回应。

有人过来教他装订工序，他仍然集中不了注意力，控制不住想象会有一群人冲进来将他们这些手无寸铁之人统统打倒在地的场面。也许这是个更高级的陷阱。

第一天平安无事地过去了。第二天也是。

他开始和同室工作的那些青年熟识起来。有些人仅仅是冲着比普通体力活高的工资以及有机会安全睁眼来的，更多人抱着和他一样的目的：急切地想早日离开盲岛。他一边很高兴找到与后一种人交流的话题，一边保持警惕：你不可能相信一个急着离开这鬼地方的人。他们和你一样，一有机会就会杀人。

他有时会想念王志飞。以前学校的生活与同伴自从踏上盲岛起已然恍如隔世，王志飞可以算最后一个能说得上是朋友的人。

他有时不明白像王志飞这样的人为什么会留在屠宰场做苦力活。他似乎应该比自己更快地走上眼下这条路。

随着时间的推移，狄尧慢慢开始得到更多任务：将装订完的书送到机场附近的海岸，有船将之载走。可能就是通过这种途径流向海关训练基地，卖给还没踏上盲岛的人。在闹市区向路人散发传单时，他被人打过，也差点被枪捅到头上：盲岛的人警觉性都相当高。他还学会了靠定位系统开车，接送去野外废弃工业区决斗的人。去的总是两个，回来时后座是空的。死了一个，被警察的直升机接走一个。

在“盲龄”一年半时，他在组织里爬到了相当的位置。手下有了十多个新入伙的小孩供差遣，有了自己的公寓与司机。

他主要负责机场打鸽子的那部分活动。带着些许惊异，他发现自己在这方面相当有天赋：付了钱的客户在他的带队下，很少有不满载而归的。随着名声渐起，点名要他服务的客户也越来越多。

是自己该离开的时候了。他明白，此时再不离开，可能永远就走不了了。他了解这种惰性：组织的上层头头们在盲岛都待了数十年，像王冠一样戴着他们的黑遮眼布条，利用黑市的便携式感应装置像正常人一样行走在盲岛上——当他们愿意的时候。绝大多数时间里他们坐的是凯迪拉克，前呼后拥。

一旦离开盲岛，这群新贵们便又狗屁不如，得从头从底层爬起。

这种诱惑感在他身上也暗中滋长。他喜欢装成普通乘客混迹在机场人群中，身侧是十多个满手是汗、随时准备听他的指令让子弹出膛的客户。他喜欢看到新盲鸟们跌跌撞撞地走下舷梯，渐渐接近他们的射击范围的那段屏息期待时间。他喜欢枪声大作硝烟弥漫时，用高倍望远镜为客户们挑选目标减少误射时的那种感觉。

他睁着眼，但没人敢射他。打鸽子的客户不敢，组织将保证胆大妄为的那个人撑不到警察过来检验尸体。鸽子也很少有还击的。还没在盲岛的地面站稳，他们甚至想不到自己也能开枪还击。

他喜欢现在。比起原先做数据员的未来，他偶尔并不介意付出视力的代价。正是这种情绪暗流让他明白：是该离开的时候了。

今天，他自己也要打一只鸽子，甚至可以打死一个客户，如果必要的话。

7

机场的气氛不同往常。

他再次核对了班机降落时间，一班载满新盲鸟的客机将于上午九时准点降落。

一切都应该正常。狄尧将一小队人带到飞机出口通道外的一小块平地上。组织已经打点了机场警卫，不会将他们赶开。无论如何，只要遵守规则，开枪杀人在这里是合法的。他摸了摸表，要求客户们检查武器，重申那些细则：看准了再动手；不许互相射击；让眼睛适应光线时要做到背朝人群——他能想象那些客户们脸上激动而不耐烦的表情。

一切都很正常。他对自己重复道。但是，见鬼为什么会有那么多警卫？他能听到他们特有鞋底发出的脚步声，以及不时用对话机联系的低语声。

“待在这里。还有十五分钟，放松一下。”他对客户们说，自己在机场大厅里遛了一圈，再次肯定了先前的判断：今天的警备数量超过以往一倍以上。他犹豫着要不要给组织的消息网打个电话询问有何变故，想到自己的计划又作罢。是不是今天算了，改日再看具体情况，他决定。

自然，只要客户们开枪开得中规中矩，警卫再多也没什么。

广播中开始反复播放那架目标飞机的降落时间。

他轮流替客户们摸着枪是否处于能正常使用的状态。飞机起降时的轰鸣声、迟疑零乱的脚步声、有人跌倒又爬起的声音、初用导盲棍时粗暴莽撞的敲击声织成一片。近了，更近了。他用胳膊按住最跃跃欲试的人，悄声说：“等一下，等他们走过来。”

有人开枪了，不是来自他身边。该死的，有散客活动。他心中暗骂一句。也有不通过组织自己背着枪来机场打新盲鸟的人。他们没有向导，所占的位置也非常糟，把目标群惊扰得谁也得不到好处——枪声不止两三下，他一惊，不是散客。

有麻烦了。

他立刻拉下自己的遮眼布，一时间眼前一片闪光与刺痛：尽管经过刻意训练，眼睛适应白天光线还是需要数秒时间。

他的客户们也开始射击了。

通道上现在挤满了两股人流。新盲鸟们尖叫着往外推挤奔逃。他一眼看到几个拉掉了遮眼罩的，但他的客户们已然顾不上瞄准他们了。另一股人流逆着刚下机的乘客冲向停机坪，他们怀里抱着的是经过改装的连发机关枪。

那群人谁都没有遮眼布，他们尽力推开乱撞的新盲鸟们。狄尧看出他们并无意干掉他们，这些人的目标是冲向刚降落的飞机。

他们的机关枪准备对付的是蜂拥而来的警卫们，以及正向他们射击的狄尧的客户们。

那些第一次打鸽子的一点都没意识到情况不对头，他们哆嗦着冲前连连射击，很快被那群人回身扫倒了两个……三个。狄尧看出对方的射击水平不俗，大吼全都趴下，但他的声音淹没在一片嘈杂声中。疯狂的人群急涌而来，他放弃了集中客户并把他们带出去的努力，靠墙而立。眼下戴不戴遮眼布已经不是变成枪击目标的理由，他看着几个闯入者登上了尚未收回的飞机舷梯，回头冲下面的人打手势。

警卫们也开始反击，枪声织成一片。狄尧估计了下，对方约有三十多个人，看上去衣着普通，但行动迅捷配合默契，训练有素。他们是谁？他一向认为盲岛上自己的组织是唯一成气候的地下帮派。

枪声突然消失。猛然降临的寂静令人更加不安，数秒后受伤者的哭喊尖叫声渐起。狄尧望向客机舱门，发现了警卫们停止射击的理由：一个闯入者将某个乘客死死揪住挡在身前，正动作艰难地走下舷梯。乘客被枪抵住了头，步态僵硬。

估计那便是这群人行动的目标，狄尧想，好奇心顿起。在盲岛，劫持重要人物这类在外面世界有其意义的犯罪极少发生——他冒着被人爆头的危险将迷你望远镜凑到眼前——

被扭得动弹不得的是个女人。他见过她。盲岛很多人都见过她。海关等候室的白大褂上校。

在她身后的是王志飞。

8

“你为什么会跟我上来？”王志飞问。

他俩的火力将追兵暂时阻在了候机厅二层的防火梯口下面。王志飞对他的射击准头表示赞赏。警卫们用扩音器劝说他们带着人质下来，作出种种诱人的保证。

王志飞点了一支烟，递给狄尧一支。他接了。上校蜷缩在墙角，双臂紧捆在身后，王志飞用绳子拉了个活扣勾住她的一只脚。她挣扎数下反而使自己反弓成了屈辱的大虾状。认清形势后，她面无表情地闭上了眼。

机场二层是员工餐厅和一些内部办公室。狄尧上来过很多次，因为组织接洽机场内部人员，有时也因为和他同居的女人是空姐的关系，但是睁着眼上来倒是第一回。走道墙壁是鲜亮的白色，员工餐厅四面是玻璃墙，可以一直看到停机坪后碧绿的海岸线。现在不是用餐时间，里面空无一人，静静列着桌椅。下面传来的喧闹声像是隔了很远。

他深吸一口烟，“你们到底在干什么？”

“谁？”

“你们。你和下面那些你带来的人。”王志飞是他们的领头人物，狄尧看出来了。

王志飞一笑：“你打死了个闭着眼睛的。”

“对了一半。”狄尧说，把烟灰往一尘不染的厚厚地毯上弹。他打死的是个闭着眼睛的客户。当时一片混乱，他看到那个人转向外奔去，直直向大厅出口处冲。他瞄准，开枪，一弹中头。机场出入口的混战瞬间对他来说不复存在。终于结束了。他打到了一个偷窥者。

绝妙的机会，而他抓住了。

按下枪上的报告键后，他向那具属于他的尸体走去，俯身扳过他的脑袋：是那个喋喋不休的中年男子，今天半路逃跑的客户。他又鼓起了一次永远半吊子的勇气，进了机场尝试当猎人，又一次被密集的枪战吓跑了，但这次没能跑过向导的子弹。

而且，他是闭着眼睛逃的。警方的检测仪，组织早有了仿版，能在现场判断被击中的是不是真正的偷窥者。每个向导都有。狄尧看着手中检测仪上显出的读数，慢慢地转身走向机场通道。枪战还在继续，闯入者和警卫都不断有人倒下。

对他来说，一切都结束了。

“现在两边都容不下你了。”王志飞几句话问明白了狄尧现在在组织里的身份后，说。

“是啊。”狄尧耸耸肩。两年努力谋划，小小意外即付诸东流，“所以我跟着你上来。”

“这次我们也搞砸了。”王志飞指指上校，“原本想不动声色地把她弄到手，不过消息提前走漏，他们有了防备。”

狄尧想起机场多了一倍的警卫。

“你们要她干什么？”

“套问一些事，如果可行的话，作为筹码跟上面谈谈。”王志飞摊了摊手，“你一直想要出去，但你想过出去以后的事吗？”

狄尧一愣，他凭直觉知道，他不会再回到寄宿学校，和比他小两届的学生一起毕业后成为一名程序员。经历过盲岛后，这显得如此荒唐可笑。他从没有意识地想过，在成功打到一个偷窥者后，坐上出岛的飞机后，自己会去哪里。他也隐约明白：无论是何种未来，恐怕都不是他自己所能决定的。

王志飞直接跳过了所谓杀一个偷窥者然后出去的思路。他想要知道为什么。他在盲岛找到了和他相似的人，那些人正在下面死去。

“喂，上校！”王志飞走近她，扶着她的胳膊让她坐起身，“现在能告诉我们了吗？”

女人的脸上依旧毫无表情。

“你们打算把我们派什么用场？某个没光照星球上的特种兵团？”王志飞声音里充满了戏谑的笑意，“不说的话，我们有足够时间在你的人上来之前——”

“杀了我？”上校开口，眉毛都没颤一下。

“不，只是让你尝下盲岛的滋味。”王志飞在她后脑某部分轻扣几下，“据我所知，这部分的脑组织破坏以后，视觉是不可能恢复的。所有技术都帮不了你，你甚至会忘掉世上有‘看’这回事。”

她一缩：“你想知道什么？”

“首先，为什么挑上我们？”

“基因。”

王志飞一呆。狄尧看出这答案超出了他的预料。

“你们都有某条特殊的染色体，决定了你们有第七感官。有第七感官的人只占总人口的百万分之一，天生能觉醒利用这种感官的人更少。”她眯起眼睛，“你们都有。”

“第七感官？”

“别让我描述它，就像你没法向天生的盲人描述颜色一样。”

“好。那这种该死的东西能有什么用？”狄尧一顿，咧开嘴笑了，“类似某种超能力？”

这个词也逗笑了上校，“视觉有什么用？如果人人都是瞎子，视觉就什么用都没有，除了使你们成为怪物。你们的第七感官也一样，什么用都没有。”

“别说虚的。你们为什么要搞出盲岛？”

“训练你们。”

“如果我们通过了你们那变态的杀人测试——”

“你们会成为我们的一员，你们会有第七感官。”上校的脸上显出兴奋之情，“这将是非常重要的经历。”

“然后用这种超能力来保卫世界和平？”王志飞说，狄尧为他的语调大笑起来，他们笑得浑身发抖。

荒唐之至。所有信任的流失，黑暗，每分每秒杀人与被杀的恐惧，这是训练你们成为超人战士呢。

“某种意义上可以这样说。”上校说，“你们得在人群里找出并干掉那些第七感天生觉醒的人。他们就像走在盲岛上的正常人，他们是扰乱正常生活的怪物。”

天边传来直升机的隆隆气流声。他们面面相觑。

“我们怎么能相信你？”

“警力直升机将在一分零七秒后出现在天台左侧，机身左侧有三条横白纹，第一遍喇叭呼叫时会有杂音导致中断。你的人已经全部投降了。等我说完这句，会有两声枪响加一声尖叫。”上校说，她仰头闭眼一笑，有一瞬间看起来异常年轻。

他们听到了。

“这就是第七感。”上校轻声说，眼睛闪闪发亮，“没有过去和将来之分，你们将是我最好的杀手。”她转向目瞪口呆的两个年轻人，“这是在未来已经发生的事情。”

9

直升机带着三条横白纹出现在天台左边。

他们即将离开盲岛。

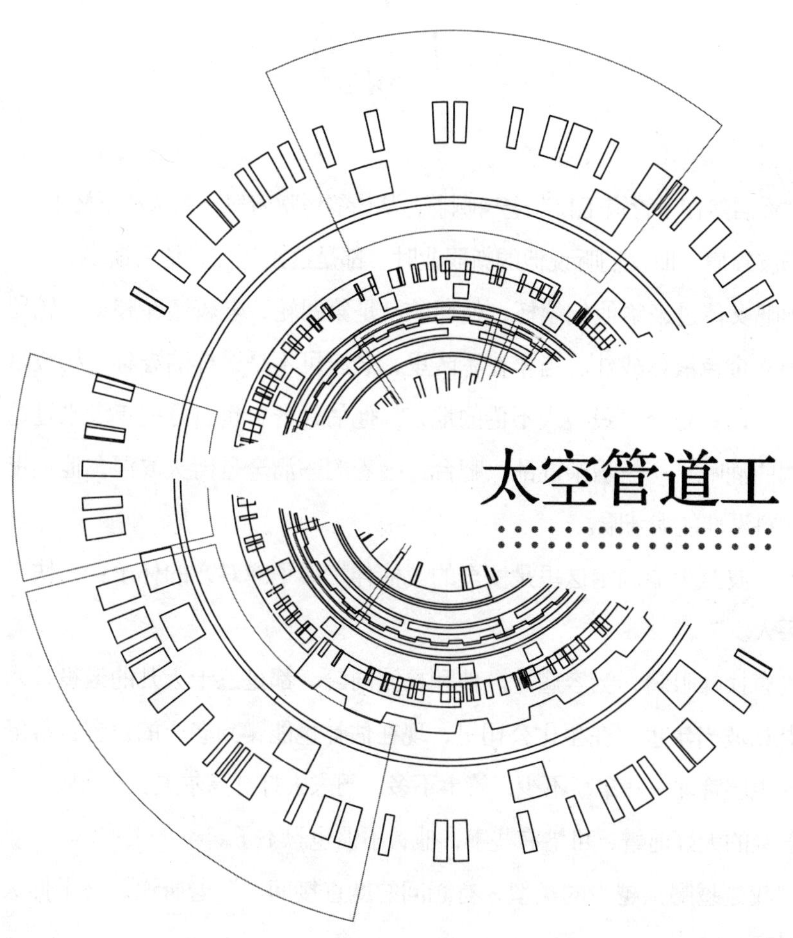

太空管道工

1

“你居然在干管道工！”老唐咧嘴，从齿缝里吹着气，摇头放下杯子。

杨波耸肩。旧友们听说他的新职业时，都是这副德性，他习惯了。

酒吧女侍过来给他们续杯，他面前已是第四轮，老唐还在和第一轮留下的半寸金色液体战斗。当年在军队里，老唐可不是这样的孬种。杨波暗叹，大公司真是个“毁”人不倦的地方。他估计老唐也有好些年没来过这种档次的酒吧了——嘈杂混乱，吧台边坐着的一溜全是街头混混，他们提供的饮料没准能喝瞎眼。

但杨波至少能确定这里是安全的。他伸指弹了弹对方的杯子：“快干了，丢人。”

老唐揉揉眼睛，笑容尴尬。他和杨波同龄，都是三十大几的退役技术兵。若杨波当年也留在生化公司里，现在估计也能爬到老唐的位置：舒舒服服的中层管理——拿薪不少，管事不多，周末去打打高尔夫。

曾经的大好前景，可惜有些事，他看不惯也忍不了。

“我是越喝话越少的类型，有想问的就直接问。”老唐说，终于仰头干了最后一口。

“你伤害了我的感情。”杨波笑着说。

“你……是你辞职后立马删掉了所有人的通讯录。我们找过你，你藏得像个鼹鼠似的。”老唐说，“现在你突然冒出来，只是想叙叙旧？鬼才信。”

杨波做了个鬼脸。

“你觉得我们做的事会脏了你的手。退出，没问题。”老唐翻翻眼睛，声音含糊，“真有必要玩消失吗？咱们——”他倾身搭住杨波的肩膀，认真盯住对方的眼睛，“咱们可是十多年的交情。”

现在杨波颇有些后悔，好像是灌过量了。

“我很抱歉。”杨波帮助老唐重新坐直了，“当时公司追在我屁股后头，我不得不躲一阵子。”

“公司在你那妄想症的大脑里，就是一邪恶的——算了。”老唐胡乱打了个手势，“还是那句话，你到底找我要问什么？”

杨波决定还是打直球，毕竟眼前这位从来不是蠢货：“是关于珍珠号。”

“珍珠号。”老唐重复着，眼神突然清明，醉态像件外套般滑落，“我可就怕你问这事。”

杨波知道有戏。

女侍又来添过三轮后，俩人已将“这些年来你都干了些什么”这个话题开发得差不多了。

不出所料，老唐在公司里已是项目负责人，手下有十来个刚毕业的研究生可供差遣，正专注于免疫相关的研究。虽还没打入核心决策圈，也只差资历罢了。

而杨波也向老唐解释了所谓“太空管道工”的活儿比一般人想象中干净得多。的确会置身于一大堆生活垃圾，甚至厕所污物之间，但细菌们通常在飞船失压后便死光了，恶心的臭气或黏液极为罕见。他也没浪费自己的学术背景：业内都知道，要安全处理有生化污染的太空残骸，非杨波莫属。

“你赚得没准比我多。”老唐拍着杨波的膝盖笑道，“哪天我要是也想出来闯闯——你可得收留兄弟。”

“得了吧，我连下半年的办公室租金都悬着哪。”杨波摆手，“这就是我为什么不能拒绝珍珠号的单子。”

“他们主动来找的你？”老唐往外套内袋里摸。

“是我秘书接的单。”杨波接住飞来的烟，掏打火机，“她跟了我快一年了，知道什么单子能接什么不能接。她也觉得蹊跷，但对方开的金额实在是让人无法回绝。”

老唐轻哼了声：“他们想要什么？”

“船长室里的黑匣子。”

“还有呢？”

“没了。”

两人默默对喷了一阵烟，都没吭气。

“你现在开业，用的还是真名？”老唐抬眼看他，在桌沿按灭烟蒂。

杨波点头默认。

“那么咱把事情顺一顺。”老唐向后陷进沙发背里，“你，一个退伍技术兵，前几年在世界上最好的生物制药公司干，本来前程似锦。结果，你看不惯我们强行征用普通人的基因数据，和激进环保分子一起告了公司一状，然后跑了。公司对你穷追猛打，让你在这个行当里找不到任何活儿干。”

杨波微微耸肩，他对自己干过的事不后悔。

当年，公司辩护说那是为了攻克人类最大的敌人——癌症，节约的成本最后会使药价降低，造福患者。法庭判决公司胜诉。他当时就明白，自己今后在这个圈子里混不下去了。哪怕公司不作梗，谁会想要个吃里爬外的叛徒呢？

“但你是个顽强的混蛋，很快开始了新生活，靠清理太空飞船残骸养活自己，业绩也不错。”老唐续上第二支烟，“结果你的前雇主又跑来，付高价请你清理一艘船。”

“乐观地说，公司可能只是不计前嫌，想找个业内最好的人。”杨波说，“可我觉得没那么简单。”

“珍珠号。”老唐用指节轻敲膝盖，“咱们以前八卦过的那些事，你还记得？”

“自然。”

公司老板是个强势到近于独裁的老头儿，唯一的弱点似乎就是他的独子——一个只知吃喝玩乐的花花大少。珍珠号虽注册为公司用的商船，实际上专供老板儿子拿来享乐。传说中那是个酒池肉林级别的销金窟，下层职员们经常拿它开些低俗玩笑。

这次珍珠号出事上了新闻，杨波也留意到了，甚至让秘书收集了些简报。

据官方报道，它在外太空遭到海盗袭击，没有幸存者。死者名单中有老板儿子的名字和几个职员。事发地点远离航空安全区，警察和保险公司都趁机推脱责任。公司方面表现得极为低调，只发表了个对遇难员工的致哀声明。

杨波自然能看出其后必有隐情，只是懒得上心。直到公司居然打来电话，请他去珍珠号跑一趟。他自己搜罗了些资料，拜访了些老朋友，最后决定还是得和老唐碰一面。

“我没上过珍珠号，”老唐沉吟半晌，开口，“但我和老板的儿子见过几次。他可是真有两把刷子。”他抬头看了杨波一眼，“那年轻人其实有联大生物工程的高级学位，外面糟糕的名声似乎是刻意传开的，他跟他老头子的关系也亲近得很。这次老头子居然连儿子的尸体都没想办法弄回来。”

杨波等着对方再露点料出来，不料老唐的脸色阴晴不定，竟不再开口。

俩人在糟糕的金属打击乐中又各自抽了根烟。

“要是你能听我的劝，就别接这活儿。”老唐最后起身，“我现在的身份不好多说什么，但你不是他们找的第一个人。”

2

“你有什么想法？”杨波问。

走出地下酒吧，外头已是华灯初上。微微凉风钻进外套，他立起衣领，感觉自己像个装酷的青少年，不由得微微一笑。

“你的老朋友待你都不错。”贝蒂说，她能通过他的手机实时窃听他们的谈话。

这个高挑美丽的女人是他的秘书、太空任务后勤，以及偶尔的晚餐伴侣和约会对象。杨波经常怀疑，她为何甘于领取一份如此微薄的薪水。也许她与客户间另有抽成——杨波耸肩，就算如此，也值了。

“从军队算起，我们认识快有十年了。”杨波叹了声，“他几乎已经是在明示，这事有鬼。”

“打算撤？”贝蒂轻笑。

“不。”杨波低头看手机，才七点半，来得及赶下一场。他朝地铁入口走去，“反倒勾起了我的好奇心，想看看那艘飞船里究竟有什么。”

“你们男人啊，总是记仇。”

他笑着挂了电话。

鱼油住在郊区一幢废弃仓库里。

他们是在旁听生化公司起诉案时认识的。杨波也说不准他的年纪，只知道此人是个进出别人电脑如入无人之境的出色黑客和机械工程师。滑稽的是，这位技术天才同时还带着“回归前工业社会”的思想倾向，故对撬倒巨型企业的谋划总是激动不已，鼎力相助。

“等我一分钟。”

进门时，鱼油正趴在他的工作台前，火花四射。他的脸隐在焊工面具后，只草草抬手和杨波打了个招呼。

杨波应了声，自己熟门熟路找到咖啡机，端到水槽边。他开始不紧不慢地冲洗里面已经结块的旧渣子。

等鱼油搓着手过来时，他已经滤出了第一杯，浓香四溢。

“我的份呢？”满脸络腮胡的男人一边问，一边在已看不出原来颜色的广告衫上擦干手。

杨波等杯子满了，直接推过桌面：“就是你的。我24小时后要尿检，不能喝这种玩意儿。”

“那么你还是决定要去？”鱼油伸腿勾来一把转椅，坐到桌对面。

杨波点头，“要是他们刻意想搞我，也不是我拒掉珍珠号的单子就能了结的。”

“把你弄到一条废太空船里做掉，再伪装成意外，很容易，你可得自己想清楚。”鱼油拉开抽屉找糖包，“我还以为你真的甩手不管了。”

“第一，法庭判决下来后，我再没找过公司的麻烦。法制社会嘛，我已经尽力了。”杨波皱着脸看鱼油往马克杯里倒糖，一包、两包、三包，这天才早晚会死于糖尿病，“第二，他们想在外太空突袭我，没那么容易，那是我的地盘。”

“是啊，我不该忘了你当过三年太空兵。”鱼油拖长了声音说，他转身面向墙面上的显示器，用指纹开锁，“至于你托我查的事情，我能弄到的全在这里，自己看吧，这不是我的领域。”

鱼油端着杯子走开，留杨波在前任雇主的内部网络里遨游。

作为市值百亿的生物技术公司，其核心防火墙自然非同小可。杨波只给了鱼油两天时间，鱼油尽其所能，也只钻探出几个小小的数据库后门。杨波对此已是心怀感激。

从资金流向看，近年公司仍将大部分人力、物力投入到抗癌药物的研究中。杨波找到了自己曾经效命的部门，发现他们企图利用定向深度冷冻技术杀死癌变组织。在动物实验中效果不错，可惜应用到人体反应过大，项目已经终止。他也找到了老唐正在搞的免疫疗法报告书，其他数个项目组似乎也运转正常，但——

“缺了一大块。”鱼油说，他完成焊接扫尾工作后又晃了回来。

杨波同意。公司的财务做账技巧甚高，但仍能看出有三成资源不知去了哪里。按杨波所了解的公司行事风格，推测九成是在搞某个隐形项目。

是课题有争议顾忌医学监察委员会，还是风险过高怕股东们不乐意？杨波又想起老头子的独子。按老唐的说法，他也是个人物——再联系到珍珠号，事态似乎渐渐露出了点儿眉目。

“他们很可能在珍珠号上搞了个非法实验室。”杨波推回键盘，站起身，“在太空公海，他们想干什么都没人管，钻法律空子。”

“然后实验室出了事故，他们迫不及待找来一个颇有积怨的前员工去清理残骸，拿回犯罪的主要证据。”鱼油挥手，“你可真是乐意往陷阱里跳哪。”

杨波咧嘴无声地笑笑：“谢了哥们儿，我会小心的。我要的装备弄好了吗？”

“我这里出品的东西从来没有质量问题。”鱼油反手过肩指指工作台，“明天就打包上路，你反正在海关检疫体检还要三天，正好在转运港口和你会合。”

“干得好。”杨波伸手。

机械师勉强伸手和他击了一下：“你这可是舍身套狼。”

杨波吐舌头。两人又东拉西扯了一阵子，眼看已近早晨，鱼油开始打哈欠。杨波知道按他日夜颠倒的生物钟该睡了，就告辞。

“对了，”临出门前鱼油又叫住他。

“嗯？”

“我对你的那个秘书没啥好感。”鱼油隔着半个仓库将马克杯投进水槽，“在这个库房有反窃听装置，我们今晚谈的东西她现在还不知道。”

杨波大笑着冲鱼油摇了摇手指。

3

“你可以睡到八点，会有司机来接你去海关。”回到住所，答录机里有贝蒂给他的留言。

杨波发现他的小号旅行箱已摆在厨房桌子上，打开一看，换洗衣服和短程太空逗留所需的零碎物品码放得整整齐齐。他摇头，略做梳洗后上床断断续续睡了几个小时，最后被快递员的敲门声吵醒，是出航许可证和机票到了。

好吧，他理解为何鱼油认定贝蒂令人毛骨悚然，她完美得像个机器人。

接下来的三天，似乎是对他前一阵子马不停蹄奔走的反讽。海关的检疫期总是令杨波心情郁闷，他只能窝在隔离屋里反复研究带去的资料。

公司传真来了珍珠号的内部结构图，非常普通的娱乐性游艇功能划分，船长室在整座纺锤形船体的前部。所有的空气通风管道都被详细标注。与贝蒂接触的公司方代表说，船体结构已在袭击事件中全部损毁，只能通过管道前往船长室。

杨波知道这种说法有其合理性：现代船体设计的舱室多是活动的，根据所需随时调整，管道系统却是最稳固坚实的一部分。这使船体管道成了某种意义上的应急通路。但这也正好成了阻止他进入船舱查看珍珠号真面目的好借口。

海关放行后，他赶往太阳系边缘的中转站。在那儿，鱼油的快递箱已经到了。数小时后，贝蒂也开着小型接应飞船与他会合。

“头儿，拿到了珍珠号的最新坐标，它昨天被一块相当大的陨石击中，正朝小行星带里面飘移。公司那边的人快急疯了，咱们可得赶时间。”她看了眼堆在接应船货舱里的箱子，挑眉，“这就是你一直念叨的新隔离服？”

“是啊，正好实战试试水。”杨波笑。

她为杨波收集的资料里隐去了公司的不良信息。眼下这姑娘的表情坦率直白，简直让杨波觉得自己疑心过重。

也许她只是想促成这笔单子，也许公司给了她更高的提成来劝服杨波入套。按鱼油的意思，她进入杨波的生活没准就是为了今天。见鬼，杨波不喜欢怀疑接应者，在太空任务里是大忌。

但他别无选择。害死一个敌方同谋总比拖一个无辜者下水要好。

任务一开始还算顺利。

按照客户提供的坐标，他们轻松定位了珍珠号。飞船残骸在灿若星河的小行星带前，是个漆黑的不祥剪影。他匆匆双手合十算是告慰死难者，然后放出采集机器人。数分钟后，它们在太空中展开拉网，围捕所有的无名碎屑。

“有什么特别的？”贝蒂问。

杨波隔着防护罩拨弄着清理机器人兜回的垃圾：绝大部分是船体外壳碎片，还有些在高温下烧成炭状的不明物体。看不出什么线索，他摇头：“作出舱准备。”

贝蒂去货舱取防护服。

亲身接近一艘飞船残骸，总不是件让人愉快的事。

杨波操纵着硬盔式太空服的喷射系统，缓缓向船尾部靠近。据公开报道，海盗直接冲珍珠号发射了几枚重量级炮弹，轰掉了左侧发动机、燃料仓，以及一大块船壳，直接造成整艘飞船失压爆炸。连船长在内的五名乘客尸骨无存。杨波暗自摇头，若真的只是劫财，有必要这样吗？

船体后侧的确有个惊人的大洞。他打开探照灯，避开锋利的船壳残片寻找合适的固定点。耳机里嗡嗡作响，信号时有时无。贝蒂按惯例每隔五分钟向他确认坐标位置，杨波一时觉得烦躁，说了句“稍后联络”，索性开了静音。

找到通风管道的入口后，进度就快了。杨波钻出盔式太空服，只穿着轻薄的新防护服，伏身爬进了珍珠号的通风管道。幽闭恐惧症患者可干不了这活儿，他挪动着双肘，在狭窄的圆形孔道中缓慢爬行。

三维扫描仪不停显示出途经的建筑结构。杨波眯起眼睛，珍珠号看上去和它传说中的功用——一艘花花公子的太空行宫，所差甚远。面积与隔断都不合理的冰冻库房，还有些舱室的构造只能用小型生化实验室来解释。

杨波拆掉一扇横在面前的过滤网，怀疑坐实，果然珠珍号是公司的一块秘密飞地，难怪出事后如此隐晦。另一件让他忧心的事是船体的主结构实质上并未损毁。根据三维扫描仪送上来的图像显示，他完全可以钻出这见鬼的金属肠道，大大方方地由正常路径去船长室，却不能这么做，他认为船体内部很可能已被某种微生物污染。

公司坚持要他通过管道进入船长室，难道是为了他的人身安全？杨波苦笑，用力推开障碍物，停下动作喘口气。病毒实验室的换气系统里，这种隔离装置很常见。若是前面一路都有类似的滤网存在，他很难在预计时间内到达驾驶舱，因为氧气量不足。

自然，他能选择回到接应船，换更合适的装备来。

但——也许他已经受到了某种污染。杨波不想拿贝蒂的生命安全开玩笑，接应船上的消毒装置只是个便携版，并不能提供百分之百保障。

见鬼，这是在浪费时间。他在上船时即明白：自己无论如何都会进入船舱探个究竟。

“嗨，宝贝？我有了点儿麻烦。”他重新连上线，呼叫贝蒂。

无线电那头一片死寂。

他做了个鬼脸，动手移开管壁上下面舱室的密封盖。

4

待他进入驾驶舱，仪表台上一盏红灯开始闪烁。

杨波起先没理会，也没试着寻找那见鬼的什么黑匣子。舱内的景象过于震撼，他简直想提议将之收入《实验室安全》教科书中当反面教材。谢天谢地，他们现在离最近的人类聚居区都有十万八千里，当中隔着美好的真空安全带。

红灯继续闪动，杨波移走驾驶座上一套非常完整的舱内服，自己坐了上去。看型号，船长生前是个高壮的汉子。

他按下通讯键。

一个老年男人的声音传出来："杨先生，您现在感觉怎么样？"

"还行。"杨波交叉起双手，"你算是我的前老板，可惜我们只在法庭上见过。"

对方轻笑，"你是个有天赋的年轻人，可惜太过偏激。"

"居然敢提偏激这个词。"杨波哼了声，"您儿子组织的科研团队可在繁殖加强版食肉细菌呐。"

一路从舱室穿过，他没看到任何遇难者尸体。家常服如同幽灵般在价值惊人的生化设备间飘着。杨波索性各处转了转，看样子所谓海盗突袭是真的，连公司的保密资料都还摊在桌上。他坐下研究了一阵这艘船上正搞的项目，背后直冒寒气。

终于拼出了完整的故事图版。不妙，相当不妙。老唐说得对，老头子的独子是个聪明人，他的思路相当有意思，简单粗暴又有可行性，可惜事情脱离了控制。

“癌症的本质就是吞噬，年轻人。”制药公司老板说，“你应该也看出来了，我们企图制造一种反噬癌变细胞的人造微生物。”

“结果它们意外泄露出来成了疯狂的隐身食肉魔。”杨波吹了声口哨，“吃掉了你们这艘实验船上的所有人。我可得说，幸好你们是在太空船上，否则世界末日近在眼前呐。”

“它们原本应该针对特定的蛋白质标记，这个版本只是个中间产物。我们尽力掩饰这艘船的真实用途，反倒引来了海盗，在受到攻击时生物培养槽破裂。”对方的声音变得低沉，“我们为自己的考虑不周也付出了代价。我的儿子也在船上。”

“对您的不幸深表同情。”杨波干巴巴地说。

一时沉默。

“虽然W-23——我看到你们的内部文件上给这种疯狂的微生物起的名字了——非常危险，还吃掉了您的儿子。”杨波跷起双脚搁到驾驶台上，他没兴趣对凶手保持礼貌，“但你们仍不想放弃它。”

“我们已经知道了问题出在哪儿，后续研究需要它的样本。它太危险了，地面实验室里没有保存版本。”老人说。

“而在此期间，你们不想饿死它，你们要喂它。”杨波举起左手，“你们花了多少钱买通了我的秘书，在我的防护服上剪了个破口？说真的，这需要挺高的技术，我看轻她了。”

对方没吱声。

“你们设套骗来过一队遗体收集工，他们被吞掉了。我看到他们的制服还飘在后舱。还有两个警察，他们也成了食物，我找到了他们的身份牌。最终这条船成了业内的噩梦，你们只能引诱我入套上船。能有抓到你们非法把柄的机会，我的确无法拒绝。这对你们来说甚至是一箭双雕，我始终是个麻烦。”杨波做了个鬼脸，“我猜你现在想的是，我为什么现在还活着，能在这儿吧啦吧啦谴责你的可怕行为。”

“唯一的可能性，是在你上船前W-23已经死亡了，或者产生了某种变异。”老人的声音里流露出讽刺，“但这并不意味着你能活着回去。”

“我没奢望过你的好意。灭口才是你们的风格。”杨波大笑，再次举起左手，“现在我的底牌是，你们想要的，W-23的样本。它们正在吃掉我的左胳膊肘以下的部分。进入这条死亡之船前，我托朋友改装了自己的防护服，它像旧式的船底隔水仓一样，监测到异常感染便会咔嚓一刀切断身体近侧的关节。金属闸刀隔绝了感染和失血。我懂得丢车保帅。”

他听到对方清晰的抽气声，知道自己赢了：“仔细考虑下，我现在把W-23样本安全地带出来是你们唯一的机会。你们自己的防护服扛不住它的进攻，我看到你们派上来的取样者的空壳了。”

他直接切断了对话，哼着小曲儿靠回座椅，等待接应。

5

“你不恨我？”

“不。”杨波耸肩。他仔细地活动着手指。

复制一条全新的胳膊加上再植手术，让他在医院待了四个月，但是值得。公司给的报酬足以解决这一切的麻烦。最终，他还是在某种意义上放了公司一马。说到底，他觉得按老板儿子的思路走，确实有希望治疗某些肿瘤。那人也的确是条汉子，珍珠号上发生泄露事件后，他使用最后一点儿动力使船尽量驶向小行星带。看来他了解自己的老爹，只要有一线可能，即会想办法弄回W-23的样本。

可笑的是，整件事的起源和杨波也有点儿关系。

数年前他起诉公司盗用平民基因库，逼迫公司的研究思路从常规的基因修复转向了偏锋怪招。杨波知道内情后颇有点儿哭笑不得，顺带逼那老头儿承诺，未来的药物将会平价上市——他手里还有两个警员的身份牌呢。他算不上一个好人，但从不介意随手做点儿利人利己的事。

眼下，杨波失踪了一阵的秘书正坐在床边的硬塑料椅上，神色如常。

“你要是做得更彻底些，在防护服的腰部开个口子，我现在就不能坐在这儿了。”杨波说，“而你一样能拿到那笔报酬，远走高飞，换个地方重新开始。”

贝蒂歪头看他，微微露出一丝笑意。

“我猜这是一个测试，”杨波放下病号服的袖子，“而我通过了。”

她垂下眼睛：“我能谈到的生意，绝不止我们以前干的那些小零活儿。”

“是的，而我得证明自己配得上。”杨波笑，“从今天起，你被正式解雇了，我可用不起这种秘书。”

她笑得愈发欢畅：“作为新合伙人，我得有自己的办公室。”

“成交。”

这也许是场良好合作的开始，杨波想。

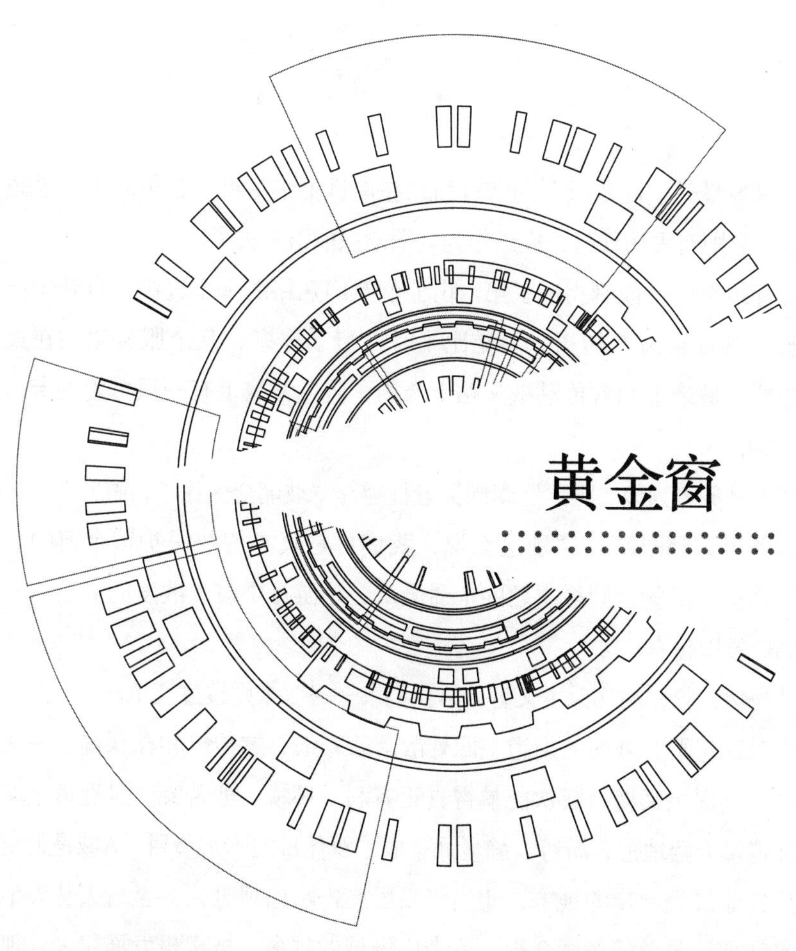

黄金窗

一

“保卫最后一片蓝天”的游行活动在周日上午举行，全市的人几乎倾巢出动。李则有采访任务，袁乐作为老朋友只能跟着去了。

游行结束后，他俩拐进了第六街他们熟门熟路的那个餐馆，直奔老座位：临街落地窗前的转椅。餐馆比平时冷清了许多，几个服务生站在桌上，撕掉窗玻璃上的宣传贴纸又贴上新的，蓝色背景上有一只可爱的卡通眼睛：help me！

“识时务者为俊杰啊。”李则笑着打趣，“玻璃全保住了，嗯？”

服务生翻翻眼睛：“别这么说，我们可是真心想要保护黄金窗的。看！”她挺了挺胸，同样主题的卡通徽章，是游行中有人散发的。袁乐和李则的口袋里也有。

“当然，善良的环保主义者，给我们来——”李则拉过菜单。

袁乐眯起眼。外面的街道上四处散落着彩纸、宣传单和被踩扁的一次性纸杯。环保主义游行哪次能搞得真正有利于环境。他苦笑。最近黄金窗的事又搅得天翻地覆，游行、静坐几乎成了双休日的固定节目。A城是天空云层广告业最先起步的地方，想当年云层广告刚出现时，甚至有人从外地赶过来和那片单色线条画合影。后来广告越做越多，技术也发展起来：现在他们能做出256色的图像，甚至简单动画，有荧光效果，能变色。他自己就是个绘云师，整天追着学这些新玩意儿都要吐血，但谁都懒得抬起头看一眼了。

也不怪谁，现在天空乌压压一片全是五颜六色的广告图案。唯一能让人看了舒口气的，只剩市中心上空那片真正的天，蓝色的，在晴朗的日子里还会飘过云彩。

——黄金窗。

关于这个外号来历的说法有两种：其一是说它作为大自然的最后阵地，像黄金一样珍贵；其二是传言各广告公司为了它，竞拍出的投标价都能用薄金片将它铺上一层了。袁乐比较相信后一种。

每隔一段时间，总会有传闻说某个大公司准备买下黄金窗，作为有史以来最引人注目的广告牌。而那些相信“黄金窗和大自然母亲的命运息息相关”的人，也会召集游行、发表演说、募集捐款，来保护它的现状。最后全不了了之。

有点像“狼来了”的故事。

“你不用赶回去交稿？”袁乐看端上桌的菜，非快餐食品。

“不用，把图片和采访录音传回去就行。”李则动手开吃，“总算给我配了个助手，那小青年文笔不错，有材料就能交稿子。”

“呵，媳妇熬成婆了嘛。”袁乐笑。李则一直是A城日报的编外记者，按件计酬，几年来一接到报社电话无论在哪儿都直窜“案发现场”。

“当初争到这个选题真是我最明智的选择，每隔一段时间就火一下。我就奇怪了，他们对这件事的热情怎么能这么持久呢，春天选举市长时的集会都没今天的场面大。”

袁乐想起刚才和李则挤在游行人流里，几乎身不由己地被裹挟着往前涌，路边还不断有人加入。街道两旁治安维持员人数是平时的数倍。的确有些商店的玻璃在混乱中被砸了。“我管这个叫道德情感泛滥症。”

李则抬头看着他笑：“是不是害怕哪天他们把你吊到电线柱子上？你可是个绘云师啊，破坏自然的刽子手。”

“去！我想当刽子手还没处当呢。”袁乐闷哼一声。

李则拍拍对方的肩：“没关系，生意不好就吃我的。以前我刚写新闻稿时不也是蹭了你很长时间的饭啊。”

“费话，不吃你的吃谁的！”袁乐心里叹口气。

绘云师当初也是个风光无限的职业，他和李则刚从空军退役时都想干这行。李则接受不了从开大型运输机到小型特技飞行机的转变，而他坚持下来了。如今市场过度饱和，会玩家庭娱乐飞机的人也敢接活儿，开出的价格非常低。他现在拿到的零碎订单几乎不够开支。

碗盆撤走之后，李则收拾他装单反相机、DV之类器材的大包。“你觉得HX集团这次是不是玩真的？每次我们都说是‘狼来了，狼来了’，但他们通过正式渠道发布消息，说有意竞投一片空中地段用来打广告，可是第一次。你听到什么风声没有？”

“可能这次的确狼来了。”袁乐犹豫了一会儿，还是决定说出来，“他们已经在找人接这个活儿了。三十万元，税后。”

“天——他们找的是谁？你有消息没？”李则一屁股重新坐下，直视对方的脸，表情突然变了，“你？”

袁乐点头。

“你不会同意吧？”

“我还不想被吊在电线杆子上。”袁乐毫无笑意地咧咧嘴，“不过他们同时也在找其他人。我不接总会有人接的。”

“所以你已经答应了。”

“三十万元。我能说不？我已经拖了半年房租了。”

二

“你知道，我家上下左右的人家全搬空了。他们怕人放火。我觉得自己跟瘟神似的。”

袁乐从A城日报位于高楼顶层的办公室窗户往下看，黄金窗透下的阳光使市中心广场明显敞亮不少。以前说云层广告不会遮挡光线，鬼才信。

“现在只有行内人知道？”李则问。

“嗯。我那儿住的全是搞绘云的，全当作工作室。那种楼型，屋顶机场大。”袁乐横躺在屋角的沙发上，“估计消息传开了我就该戴墨镜上街了：嘿，那个就是要填掉黄金窗的家伙！‘砰——’一个烂西红柿就上来了。喂，我借你这儿睡会儿。”

“不敢回去了？”

“昨天晚上，我门上被人用漆画了个眼睛，就是游行那天宣传画上的那种。我花大半夜才把它擦干净。今天一早我就找了个小机库用假名把飞机存了，收拾点东西就出来了。等事情完了我再回去。”

李则走到沙发前把他拖起来：“先别睡，起来我跟你说点儿事。”

“报社的意思是，我们负责你在这次事件里的人身安全，同时我们全程报道你在黄金窗上绘图的全过程。”

袁乐想了想，说：“好小子，卖我卖得真快啊！是不是昨天刚回来就跟领导汇报去了？”

“我就是管这个案子的记者，说白了这件事对我有很大好处。我没什么好辩解的。”李则说，“不过我想对你也有好处。游行时那帮环保分子的狂热劲头儿你也看见了，说不准为了保住那块天把你给——”他把手往脖子上一横，吐吐舌头。

“不用吓我。我反正也只能在你这儿蹭吃蹭住。只要你别把我写成切尔诺贝利核电站的负责人之类的反派人物就行。”过了一会儿，袁乐失声一笑，说，“你就想这么干，是不是？”

三

“说实话，我想不通他们为什么会找你接这个活儿。”李则悄声说。他坐在城郊某个私人小机库的走道里，袁乐在隔间里忙活。后天就是飞行的日子，必须检查设备。

“怎么说话的？我在单干的绘云师里也能排上前五吧？”袁乐说着将液态染料灌进飞机尾部的喷管里。

李则挥挥手，“你知道我不是这个意思。他们为什么不找个像彩色天空那样的大绘云工作室来做这件事？”

“没有工作室愿意接手。干完这件事儿，手基本上就臭了。”袁乐耸耸肩，“他们的名声不止三十万元。我的只值这点儿。”

“HX的这招也不知道值不值。他们想要的广告效应现在是有了，估计后天起全国没人不知道这个名字。恶名远扬也是名声。”李则笑道，“从他们花上千万买下黄金窗当广告牌的消息发布后，他们的股票跌得一塌糊涂，市内门店里全是被人扔的臭鸡蛋。”

“我想我以后也得过一段躲鸡蛋的地下生活了。”袁乐爬进机舱，试着点火听听引擎声。

“我会把对你的专访写得让人觉得你的行为是情有可原的。”李则保证道，“说你童年受过伤害之类，然后长大了心里有对社会的不满需要发泄——现在的人就爱看这种东西。”

他正说着，听到座舱里传来一声怒骂，李则忙跑过去：“怎么了？”

袁乐跳到地上，神情疲惫厌倦，“有人动过手脚，把我的动力系统整个拆走了，留下张纸条说我不配开飞机。”他往机身上狠踢一脚，将一团纸远远抛开。

李则立刻举起相机按快门。

闪光灯过后，两人都有点尴尬。

“是不是要配上说明词：绘云师起飞前内心痛苦的斗争？”袁乐苦笑。

李则摊摊手：“抱歉，我的工作。”

袁乐瞪了他好一会儿。

“好。现在你的工作就是找个地方借来一架喷绘机，否则我没法飞上天去填掉那块该死的天空，你也写不出报道。”

四

“机库主承认了，是他放人进去对你的飞机动了手脚。那些人挨个儿打听了附近的机库，恐怕是些狂热分子。”

袁乐点点头：“那找到合适的飞机了吗？”

“你也听说过那个传言，有人会在中心广场上架着高射炮拦截你，阻止你飞近黄金窗。”李则说。

袁乐失声笑道：“荒唐！他们能弄到什么炮，再说新兵训练几个月才有可能打中靶子，他们以为自己天生神枪手？”

“的确是荒唐，不过也成功地阻止了任何人把飞机借给你。你只能买一架了。”

袁乐摇头，“我那三十万元还不够买架专业型号的，临时改装时间也来不及。”

“你是说，”李则皱眉，“你要放弃？”

“不。我要强行借一架，明天早上我去机库。”袁乐走到报社办公室的落地窗前向外看，今天是阴天，黄金窗在四周广告画的包围下像块坏掉的显示屏，是毫无表情的灰色。“你跟机库主的上次对话肯定有录音，他应该对我们的飞机安全负责的。”

李则明白过来了：“知道了。”

他有点惊讶，这不是袁乐以前做事的风格。袁乐和那个机库主也算熟人了。不过他和袁乐更是老朋友，何尝不是正在互相利用——在他心里，已经打开了如何记录这件事的草稿。

五

第二天清晨有点儿薄雾。等袁乐和李则赶到市郊时，天已大亮。

“很长时间没看到过这么晴朗的天了。”袁乐下车时盯着远处那片宽宽的蓝色说。

“以后只能通过天气预报了解天气是阴是晴了。”李则说，“喂，你真的要去做那件事？”

“现在讨论伦理学是不是有点晚了？”袁乐猛力敲打机库的卷帘门，“真要保护环境，几年前有人提出云层广告是视觉污染时怎么没人理会，那时天空覆盖率还不到一半。非要等最后一条鲸鱼快死掉时才提出要保护它，是不是太虚伪了？”

李则将手插进上衣口袋：“也可以这么说。”

“隆隆”一阵响动，卷帘门开始移动，露出一张警醒的脸，看到是他们俩堵在门口，机库主显然有心理准备：“是你们啊。再跟你们说一遍，我真的不知道他们会搞破坏——”

袁乐顺手撑住门，“喂，我们谈谈。”

李则犹豫了一下，跟了进去，摄像机在衣袋里开始工作。

“几年没离地面了？”袁乐笑。

李则不说话，死抱着装相机镜头的包，脸色发白。

此时他俩已在离地面一万米左右的高空，下面是连成片的城郊农用地，像一床方格毯子。“坐民航跟上你这破飞机的感觉不能比。”李则缓过劲儿来，“刚才加速度有8个G了吧？”

“不错，这SU-26飞起来的感觉真是不一样啊。待会儿干完活儿，我飙几圈儿再还回去。”袁乐说。

“管机库的非吐血不可。”李则客观地评论。

“时间差不多了。我们现在朝市中心方向进发。”

“今天的能见度很高，我们可以从飞机上十分清晰地看到市中心广场上聚集的人群和撑开的标语，可见大多数市民对此事件持反对态度。”

“现场直播？”袁乐看李则时时刻刻冲衣袋里的录音笔说话，心里有点佩服他在机身震荡如此厉害的情况下还能保持声音平稳。

“当然在播出前要经过剪辑。我们现在离能看得到广场上的人堆还早着呢。这些话是肯定用得上的，有突发情况再即时插播。”李则解释，“HX的图纸还没来？”

“他们说到了黄金窗位置再传到这里的计算机上。”袁乐将驾驶模式换回手动挡，“我必须先知道广告图案画的布局才能设计最短路径完成它，带着多余的燃料飞特技简直是发疯，但你试试向一个公司官僚解释技术问题——还不如多飞几个螺旋失速玩玩。”

“他们对这次广告图案的保密工作做到极致了。”李则同意，“我们全在打探，没人能搞到哪怕一点儿消息。”

“还有三分钟，正好直飞到市中心。准备好了？”

“等等——”李则将所有记录设备全打开，自己挤到座位一角给摄像机让出空间，“走吧。”

六

“你找到那门炮了吗？”

“没有。除非他们带来的是门装在衣兜里的迷你炮。”李则说，将镜头对准下面黑压压的人群。隔着数万米，他们听不到人群发出的喧嚣，却也能感觉到巨大的怒潮在涌动。

“你在想什么？”

“千夫所指，无疾而终。”袁乐承认，“头皮直发麻。”

驾驶台上传真机铃声响起。“图样总算来了——”袁乐打开文件，李则立刻凑过头去看。

两人一阵沉默。

“这不可能做到的。”

“是啊，比例尺只有一比八十。谁能隔着万把米看清这么点儿的字？”袁乐用指关节敲着台沿，“而且没人能在云层上喷这种尺寸的文字。”他伸出手去拍拍李则，“但没关系。他们赢了。有你在这里，你会把这行字放在日报的头版头条上，每个人都能看得清清楚楚的。”袁乐说。

“对，新闻必须真实。”李则将摄像机搁到机舱地面，长出一口气：“下面的人不会喜欢这种真实的。”

整张图样绝大部分是空白的。右下角有行小字：HX集团为您保有这片蓝天!

他们往下看去，广场上的人群依然顶着条幅：反对以商业行为侵害大自然的权利。

七

“行了，市民得到了蓝天；HX拿到了消费者心目中‘最绿色的商家’的称号；你账户里有了三十万元。我写的报道是今年十大新闻之一。”李则说，“各得所需，你还抱怨什么？”

他们正待在第六街餐馆的老位子上，外面阳光明媚。自从HX开了买下天空空置的做法先河后，一时间企业大量跟风，数天内几乎所有云层广告都消失殆尽。报纸新开辟了专版列出哪些公司为大众买下了数周的蓝天白云。随后广告画春风吹又生，再一轮清空……现在广告的数量和被租下保留的“空旷地带”的面积比例开始形成了一种平衡：点缀性质的天空广告是效果最好的，也不招人反感。

“因为我最近发现自己的道德底线是可无限突破的。”袁乐说，“先是为了三十万元去干所有人都认为可恶的事，然后胁迫别人强行借飞机给我，现在更好，天天当骗子。”

“你打算什么时候收手？”

“我刚去申请了微雕绘云技术的专利，以后一段时间里所有这类活儿全是我的，等我赚够了再说。”袁乐说。

那天他俩在黄金窗附近盘旋着：如果什么也不做就回航太没意思，而要喷绘上如此微小的一行文字更不可能，比用斧头在米粒上雕刻更不实际。

袁乐最后在黄金窗右下角喷上了窄窄一道黑线。“算是皇帝的新衣。”他说，“反正没人能凑近看我的作品。”

“现在我就整天飞来飞去给每块天空标上一道细黑线。所有人都以为那是企业商标名呢。”

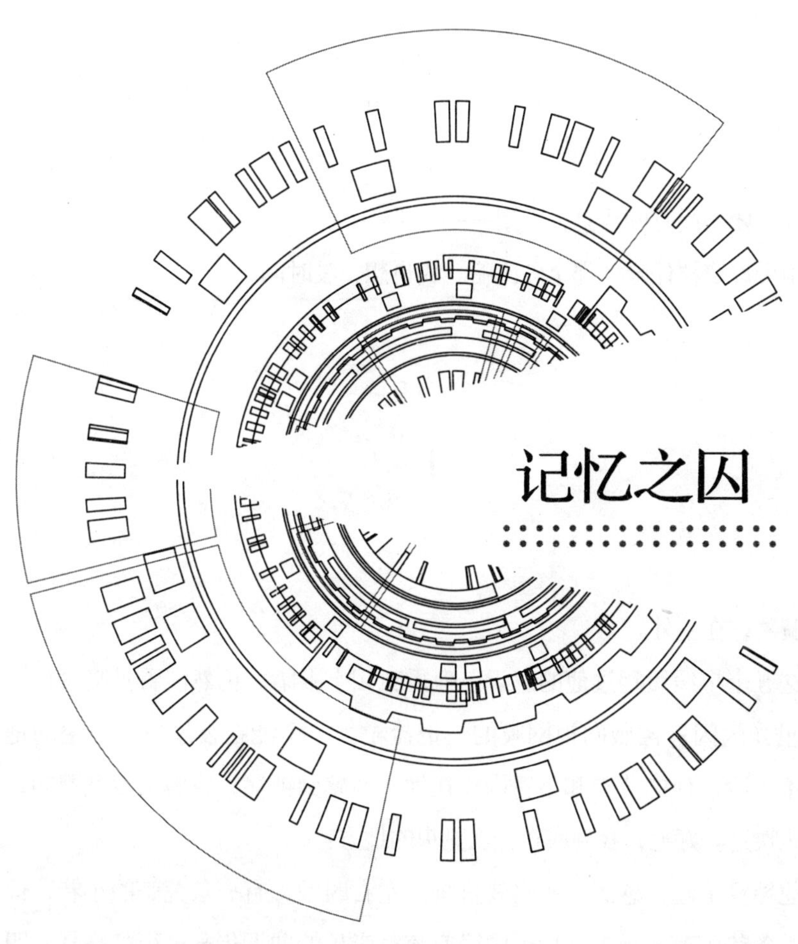

记忆之因

你需要一段时间休息，否则——

别再说烧掉保险丝那个破比喻。我也想，没时间。

1

躺着，在室外。

这五个字缓缓爬过他的意识。他重新闭上眼睛，仍然能看见暗血色背景里星光闪闪：像撒向视网膜的一把盐粒。一个能在夜里看见星空的地方，不太冷。他的背脊和手臂因压在地下而感到钝痛，胳膊上冷飕飕的，有夜风吹过。好吧，我到底在什么见鬼的地方？

他翻身坐起，感到骨头咯吱直响。左右四顾，有一条荒僻的小巷，似乎是某条热闹商业街的后门，隐隐有流行音乐的曲调传来，街灯高悬，四下无人。他双手撑地爬了起来，伸展四肢，拍拍灰，这里倒并不脏。此时他注意到自己的服装：一条印满扶桑花、椰子树和鹦鹉的衬衣，艳丽到了可笑的程度。牛仔裤屁股口袋里有硬邦邦的东西，皮夹还在。他舒了口气打开：两张大额钞票，一些零钱，插卡处只有一张联通卡，没有驾照，没有身份证，连张高尔夫俱乐部的会员证都没有。难道我遇上了爱好行为主义的小偷？他咧嘴笑了笑，抽出联通卡，背后签名条处光溜溜的。

此刻那个问题终于从迷雾里露出脸来，亲切，凌厉，无可回避：孩子，你知道你是谁吗？

“不知道。”他向自己承认道，静静等待惊恐的爆发。巷子里仍然空寂无人，街灯在路面划下一系列等距的光圈。他听出了缥缈的歌声是《带我去月球》，一首老歌的电子混音版。空气非常新鲜，带有海水的腥味，拂过他的脸。

我在一座海滨小城，他判断道。

“伙计，作为一个刚把自我搞丢的人，你的表现非常镇定。”他自言自语，吞了口口水，喉咙深处泛出一股金属味。这使他明白过来：那是因为我被人打了一针镇静剂，所以才祥和得像只刚看到殖民者登陆的渡渡鸟一样。他想愤怒起来，却发现在药物反应下是不可能的。站在原地解决不了问题，他认为最好去找警察，很可能自己成了某种新型麻醉药物抢劫的受害者。他应该是个游客，瞧瞧这件衬衫！等药效过去了，他就能回想起来自己是谁——他顺手摸摸上衣口袋，连手机都被拿走了。

他又站了一会儿，挑了个看上去能通向市中心的方向，慢慢移步走开了。

几分钟后他发现有人跟踪他。

“不要紧张，不要紧张。”事实上，从建筑物阴影里闪出的那个男子看上去比他更紧张，摊开双手，慢慢向他靠近。“你允许我向你解释某些事实吗？注意我并不要求你接受以后的服务，那些是可选择的。”

对方的语调令他升腾起一种被人当成智力低下者的不快。他在下一盏街灯投下的光柱前站住了，等来人走进亮处：一个小个子男人，平头，西服，像刚从某个办公楼里出来的行政人员。

“你身上有二百四十七块五毛钱，对不对？”

他控制住自己，没表现出惊讶。实际上他并没仔细数过，不过这个数字应该相当接近了。

“你是个记忆休假者。”

“嗯？”

“记忆休假的费用不是普通人能支付得起的，你原来肯定是个很有社会地位的人。出于某种原因，通常是因为工作压力过大或者婚姻纠纷，你决定给自己放个为期一个月的长假。他们暂时封锁了你的记忆，以便让你的心智得到休息，当然你的人格不会在此过程中受损。”男子试图去拍拍他的肩，他不动声色地躲开了。镇静剂的效果正在消退，他感到胃里很恶心：“他们？”

“Lethe公司。全国唯一承办记忆休假业务的公司，您大可放心，他们在选择性记忆调整手术上从来没出过事故。”

“最好是这样。”他嘀咕。Lethe，听着有些耳熟，随即他想起这是希腊神话中遗忘女神的名字，不由一乐：好个会装文雅的公司。

“从现在开始您自由了。在以后的一个月里您可以干所有以前出于缺少时间或其他原因不能干的事儿，忘掉所有烦恼。”男子伸开双臂做了个热情洋溢的手势。

自由——好吧。他双臂抱在胸前低头看着地面，居然会有人认为暂时性的失忆会给他自己带来自由感。以前的那个“我”的想法真是不可理喻。一个月，30天，等天亮后我便可以在海边租个躺椅看日出日落，让喝空的啤酒罐堆积起来没过我的头顶。

“带我去找个ATM机。”他说。

“当然可以。”男子喜形于色，“允许我向您介绍一下本地的特色旅游项目吗？”

他径直往前走，心里思量着自己以前的身份，以前的“自我”会给他留出多少钱来应付这一个月的开支？

透过ATM机的单向透视玻璃幕墙，他可以看到那个男子笔直地站在一段距离外，同时又表现出一种关切的神态。他就是干这行的，专门接应刚从麻醉状态中苏醒的记忆休假者。等我离开时他会得到一笔小费，他想。他从柜员机里抽出卡塞回钱包，拉开门走了出去。

“通常像我们这种人，一开始他们会想得到什么？”他问。

“一面镜子。”

他笑出声来，直摇头。过了一会儿他说：“拿来给我，我还真想看看自己的脸。”

在街灯昏暗的光线下，他看见一张中年男人的脸，大约三十到四十五岁之间。普普通通，但没有不雅的皱纹与眼袋，鼻子线条挺直，有个流行的罗马式突起。我还真的是个有钱人，他伸出食指摸摸鼻侧，整容术没使那儿的皮肤紧绷。我是个整过容的男人，这个念头使他感到有些可笑。递回镜子，他问：“然后呢，他们一般想去哪儿？”

“忘忧岛，本地最著名的一家夜总会。”那男子加上一句：“本地是全国唯一赌博合法的地区。”

“那我们就去那儿。”他说。

“很好的决定，现在是下半夜刚开始，有个特殊的表演我们也许正赶得上——”

2

忘忧岛和他去过所有的夜总会一样。烟雾缭绕，灯光暖昧，前方舞台光柱里有全息女孩的图像变幻。真人秀开场的点儿还没到。他暗自笑自己，好像还真记得他以前去的无数声色犬马之地似的。

他们在角落里的一组沙发上坐下，有侍者送上饮料。原来人自由之后第一件事就是把自己灌醉以便忘了这回事，他把高脚杯端在手里转了圈儿又放下了，“喂——”

那男子立刻转过头来，看样子刚才他正跟女招待窃窃私语。

“你的事以后再说，”他抽了张百元钞给女招待，女孩立刻将纸币塞进胸衣走开了，“我先问你些事。你是怎么在巷子里发现我的？”

“我们经常看见刚刚开始度记忆假期的人惊慌失措，他们不知道自己身上发生了什么事，所以我们都会跟他们解释一番，而我正好是个导游。所以——”

他挥手打断：“Lethe公司就把我们这些人麻醉后放在荒街后巷里？不怕有人乘机打劫？”

“其实他们有人监视着你们，直到你们安全离开。”

“而你就专门守在这些地方，等你的顾客上门？”他调侃道，听到对方咽了口口水，词调第一次失去了那种做作的舞台感。

“我们有各自的地段划分。Lethe的人把休假者放在不同的地区，如果这个人醒来后向我们问路，我们就能为他提供咨询。这是合法的。我们不能趁休假者还未清醒时向他强行推销我们的旅游项目，那会使我们丢了执照。”

他点了点头。不出所料，这个地区可以说是专门为记忆休假者准备的一个小乐园，有完整的服务业，可以让他们舒舒服服地花掉准备花的钱。我找机会要多了解点关于那个Lethe公司的事，很有趣的事。他盘算着，明天得弄到一台能联入万维网的电脑。

侍者回来了，放下一杯混合饮料：“那边那位女士送的。”她面无表情地向吧台示意，然后离开了。

此刻如同事先演练过一般，DJ的光束正转过来。他微微一惊，她很美，是你不指望在这种场合能见到的美丽，属于那种你会在街头情不自禁地尾随而去，却又不敢上前唐突的女子。被强光笼罩下的她一时表情有点儿茫然，他举杯向她微笑，发现她虽然身穿紧绷在腿上的短裤和闪光上衣，却显然不再年轻了。

一场和成熟美丽女人的艳遇，你的第一晚真是完整无缺。他带点自嘲地想，使个眼色让导游离开，男子微微一躬身便消失了。“我们以前肯定见过面。”他说，侧身为女子让出半个沙发，“尽管我刚被洗脑，我也记得你。”他伸指在太阳穴处划了几个圈儿，笑道。

“我也是。”她说，撩开耳际的长发，露出耳后一块防水胶布，“我下午刚刚登陆。多付一笔钱，他们就能让你在旅馆套房的床上醒过来，也不必被个跟班儿缠上。”

她也是个休假者，明显比他经验丰富，而且对他有好感。

“噢，那么未来的几天，你教教我如何度过这些所谓失忆的假期，行吗？我已经觉得乏味了。”

“行啊。”

3

第二天，当他睁开眼睛，发现阳光已经照到了枕头上。他将手臂搁到眼睛上避开刺目的光线，隔壁传来淋浴的水声。这是她的房间，床头柜上立着一对空杯子，其中一只杯沿有口红印。他慢慢回想昨夜的情形，朝落地窗转过头去，看到海天交界处的点点白帆。

“醒了？”她走进房间，用毛巾擦着头发。

他点头，说：“宝贝，借我点儿钱。”

她挑起眉毛：“为什么？”

听完他的回答她仰头大笑起来，扑倒在床上：“你没给自己留下一分钱？天啊——”她伸手抚弄他的头发，“我真想在你度假以前认识你。你肯定是个够种的家伙。”

“你能借我多少？”他问。

“我怎么知道你会不会把钱还给我？”她说，“我们三十天后会忘掉这笔账的。”

他听出她语气调笑中的认真：“给我解释下记忆休假吧。三十天后我们真的对这段时间内发生的一切全然没有记忆？”

“唔，你可以选择。Lethe的医学技师会让你在重新恢复以前的记忆系统时，对这段时间内的经历做个筛选，你可以选择全然忘记，或留下你愿意留下的一部分。”她耸耸肩，“有点像剪辑旅游录像。我以前度过的三次假全部消除干净了。”

“为什么？”

她歪起一侧的嘴角笑起来：“有些事做过了还是忘记比较好。”

“比如说疯狂的事？”他也笑，伸手去拉她裹在身上的浴巾。

她躲开了，走到床后捡起外套，从口袋里拿出信用卡，“你可以共用我的账户，但以后你必须得负责记住这件事并把钱打回我的卡里。”

“如果我故意忘掉了，赖账呢？”他说，为她对他的不设防感到惊讶。他们只认识了一夜，连彼此的名字都不知道。

“我先得做一件事，确保你不是一个靠我们这些想暂时忘掉过去的老太太混日子的骗子。”她用一种装出来的恶毒声调说，将他推倒在床，按住他的头。他来不及反抗，便感到耳后一阵刺痛，胶条被揭开了。

“我想没人愿意在头骨上钻一个孔来做饵。”她说着放开他。

他翻过身，在晨光中，她的眼角和脖颈处布满了淡淡的细纹，眼睛温柔而黯淡。年轻时她肯定漂亮得惊人。现在她依然很美。

想到她不愿意在这段旅行中记住他，一种模糊的失落涌上他的心头。

落地窗向内炸了开来。他看到闪亮的玻璃碎片像人造瀑布一样泼进来，在地板上飞溅开。随即是一声脆响和劈劈啪啪的杂音。有人拖住他的胳膊将他猛拽下床。他事后才觉得她的力气真是大得不可思议，但他当时只感到碎玻璃渣子扎在他赤裸的肚子上。她将他往床底推，他从麻木状态惊醒过来后自己滚了进去，皮肤和地板间有些滑溜溜的液体。恐怕是流血了。“你没事吧？”他轻声问，此时房间里寂静下来。

“没打中我。你呢？”

“应该没事。”他看着离脸部只有一寸来高的粗糙床板条，小范围活动了下四肢。肚子上火辣辣的，被割破了。“怎么回事？”

“不知道是冲谁来的。”她说，语气冷静，“可能只是个找乐子的小混混，不过通常他们准头没这么好。”

他艰难地侧过头去，能看到地板上散落着暗黄色的弧形玻璃碎片、片片羽毛以及床头灯和枕头。差一点儿就打中了，他背后一冷。刚才的脆响是灯泡破裂的声音。似乎是一把远程消声枪，他回想起窗外的景色：游人如织的沙滩、海岸线。目力所及之处似乎没有与这个房间楼层高度相仿的建筑物。狙击手？她以前，或我以前还真是个人物。他迟疑几秒：“你那边能够到电话线吗？我们得报警。”

她轻声笑起来：“这儿的警察管不了我们的事。休假者得自理其事。”她边说边往床外挪动身子：“出去吧，我们恐怕得换个地方住了。”

他想了想，既然对方有办法远程瞄准他们并送来两发子弹，藏在床下也无益：世界上能炸穿一张木板床的弹药太多了。

半小时后，他们坐在海滩边的饮料店里。他用在旅馆楼下商场里新买的手机给他的“导游”打了电话，让他来海滩，为他们今天安排些节目。他身上的泳裤也是新的。

他们回那个满地碎玻璃的房间收拾出了自己的衣物。他先进去拉上了窗帘，至少得使那个偷袭者看不到他们。从她短暂而神经质的微笑里，他看出她也是恐惧的。“叫我梅吧。”她一边往箱子里塞杂物一边说，“你也得有个名字，至少在这几天，我该知道怎么叫你。”

他目光掠过墙上一排装饰性的精装书封皮，随便挑了个作者：“歇夫。”

“你刚才说，这儿的休假者得自理其事。”他说着将同样崭新的刚从包装纸里拿出的膝上计算机联上网络，进入搜索页面，输入：Lethe公司、记忆休假。

“因为每次记忆调整手术的费用——”她说出的数字使他轻吹口哨。

“小网兜不住大鱼。”他笑道。能为一个月的“神经放松”付出如此巨款的人，自然不会对一个小县城治安部门的保护或威慑能力感到满足。更令他感到讽刺意味十足的是，这帮人付出金钱和冒了允许人在他们脑子上动刀的风险，依然甩不掉一身麻烦。

她玩弄着饮料杯中的吸管：“另一个因素是如果我们去报警，说有人企图在酒店暗杀你，或我。他们会向你提出的第一个问题是：在你过去的经历里结下过什么仇，使人想要你的命？”

“我们只能说：我们不记得了。”他快速阅读搜索结果，“而记忆手术一旦完成，中途做强制改变是件危险的事。你不能提前结束休假，除非冒着大脑永久性损伤的危险。”

Lethe公司的官方网页上有对于“选择性记忆调整术”的详细说明。他一目十行地翻了翻，认为这家公司写文案的是些泥鳅一样的家伙，大段文字里充满了令人安慰的统计数据与医学术语，却没涉及任何实质技术内容。Lethe保证他们的客户能在几处绝对安全的、风景如画的小岛上享受“摆脱生活重负，童年一样的假期”，而度假结束后还能选择保留下“具有纪念意义的片段”。

“你不会在记忆调整手术中失去长期记忆，被暂时封闭的只是对于具体事件的回忆。所以性格和知识技能在此期间不会丧失，只是潜藏——”他回味着“潜藏”这个词。

“休假者向警方寻求保护的后果，是剩下的日子里只能在指定的旅馆房间里待着，外面有两个便衣看守。”她咯咯笑起来：“这里的警局被炸掉几次后，他们甚至不会留你在局里。”

他眯起眼睛望向四周，白浪一波一波地从天边推向沙滩，留下一道道迅速消失的泡沫。南方的强烈日光将沙子晒得滚烫，还是有些人携着冲浪板走向海水。孩子很少。他觉得自己也能辨认出哪些是记忆休假者：皮肤白惨惨的像刚被拖出甲壳的螺肉，戴着防水浴帽以保护耳朵后的手术伤口，面目端正得无可挑剔。Lethe公司为他们的休假附赠了短期整容术。

没准我左边那一桌的三个男人是中东石油三巨头呢。邻桌发现了他的注视，明显紧张起来。他举了举杯，亲热大声地打了个招呼，表现得像个在上午就喝多了的人。他们瞪了他一眼，又转头自顾自地交谈。

有人要杀我。他接受了这个事实，就像呼吸一样自然。实际上这使他感觉很兴奋。目标不可能是这个女人，否则他们完全可以在她独处时下手，而她“登陆”已经三天了，在没有任何保护的情况下四处乱逛。休假者们可不是能随便碾死的小虫子，暗杀者不会随便冒着多牵连另一个休假者的风险。或者那个女人——梅非常重要，而我相对比只是个一般人物。也许情况相反。而他们了解我们俩的底细。

无论如何，找出那个放冷枪者是必要的。他感到一种贯穿脊髓的兴奋感，也许可以提前知道谜底：他是谁。而非等大脑里那个外来的植入栓在三十天后自动降解。他一点儿都不喜欢这种境况：自知失忆，并知道现在的“自我”将在一个月后被擦除，让位给一个陌生人。在明亮的白天讨论这件事是不可思议的，但在深夜，他躺在床上，恐惧如潮水袭来：他是个只能活三十天的人，载他回程的飞机必将坠毁，而他无处可逃。

如果能知道他原来的身份，状况便不同了。他就可以将“他”的背景作为自己的背景来生活，如同一只船得到了它的锚地。也许他能做出某种努力，使“那位自己”在恢复记忆时选择将这段经历保留下来。于是他能和原来的自我融合在一起，共同活下去，逃出这三十天的时间栅栏。

“你喜欢这种休假方式吗？”他问梅。昨夜她睡得很安稳。

“我不知道。我还没开始体验它呢。”她一边回答，一边伸直双腿将脚插进沙子，晃动脚趾。他觉得她这副模样像个小姑娘。

“那你怎么会对这里了解得那么清楚？”

“有些法律意义上的规定。如果你选择保留休假时间段里的记忆，你就得对它们负责。这些是写在和Lethe的合同里的。第一次，我醒来后不记得任何事情了。第二次我自己雇了个摄影师，让他跟踪拍摄我休假时的行踪。”她快速地扫了他一眼，“结果他用录像带勒索我。我的确做了些还是忘掉比较好的事。”她表情变得防备，他当然不会蠢到去问她那些事的具体内容。

“但，看到自己真的做过了，感觉居然很不错。于是我又去Lethe登记了一次。这次我带了些文字资料提醒自己，免得干傻事。”她歪着嘴角飞快地笑笑，“看来没用。我第三天晚上还是去了忘忧岛。”

如果你要记住，你就得对它们负责。他想了一下，暗暗笑起来：这才是记忆休假的精华部分。同时理解了所谓“享受自由”真正的含义。

“给我带些东西来。”他再次拨通导游的电话，“要轻便的。”

对方听上去毫无惊讶之感，说只需半小时便给弄到手。

他举起双手，对着阳光仔细转动着，感叹：Lethe那帮人想得真是太周到了。

连指纹都暂时消除了。

4

导游听完他们在酒店里遇袭的经过，问他们具体的房间号与枪击时间。

“有什么关系？”他问。他明白以后一段时间内他们得依靠眼前这条精明的地头蛇了。梅可能记得一些情况，但归根到底她只是个来过几次找刺激的女人，仍然是游客。

“我们得确定这是否是您事先预定的游戏，追杀刺客项目最近很火。如果是您的游戏计划，您还是可以使用真枪，但最后会有个安全词，以防超过底线。”导游解释道，开始打电话。几分钟后导游看着他，“很抱歉，恐怕您真的遇到麻烦了。”

然后他们走进沙滩尽头的临时更衣室查看导游带来的枪支。从底面的再生木板缝隙里，能看到海水涨潮时留下的白色盐粒。他双手抱在胸前看导游从包里翻出一支便携式手枪，有点像改装过的柯尔特1911。他接过一支，枪的分量比预期中的要重。枪管上的序列号被细致地打磨掉了。这坨金属在他手里显得笨拙，他甚至对它里面有没有子弹都没有概念。

看来，他以前不是个军品迷。这使他有点儿泄气。导游示意他们跟着他的动作将专用皮套挎上肩膀，穿上外衣后，看不出携带有武器的痕迹。

梅一直保持沉默，跟着他们将枪藏在体侧。但他能感觉到她暗暗的兴奋，如同将要加入一场实弹游戏。

“我要的东西搞到没有？”他问。

导游点头。

一行人向海滨旅馆进发。

他们与经理交涉一番，得以进入他们原先所住的房间的下层空房。结构与朝向都是相同的。他架起三脚架，拍摄了落地窗上的大洞位置，床头灯原先所在的地方，以及窗外的全角度风景。数据运算时加上一层的高度。

图像输入后程序显示正在运算中。他衡量着上楼去拍张落地窗碎片飞溅的走势图，这样对子弹矢量的估算会精确得多。等结果出来再说，如果输出结果太模糊，他决定冒个险试上一试。

有三种可能性：对面海湾半岛上的景观塔最高层；一架小型飞机；最后一项倒出乎他的预料——由于没有找到子弹，可能爆炸由事先固定在窗上的小型炸弹引发。

这使能先于他们进入旅馆房间的每个人都成为疑犯。

先排除容易排除的可能性吧。他眯起眼睛，隔海相望，景观楼只是个在阳光下闪闪发亮的小点。

5

半岛是直接从岸底打桩建筑起来的长达数里的一块人工陆地。从半空中看，岛的轮廓一定是条在碧蓝海面上画出的优美白色弧线。他想，对陆上的观光者来说，它只是必须在烈日下徒步走完的几公里沙地。四周的海水不断舔走从别处运来的沙子，结果处处露出水泥路基。岛的尽头耸立着一座玻璃塔楼，每块外墙都反射着正午刺目的阳光。“那里究竟有什么可看的？”他问导游。除了他们仨，还有不少游人兴致高涨地向塔楼走去。

“塔楼的玻璃板墙会不定时地在透明与不透明之间转换，整个建筑物都是用这种材料组成的。在十八层高空突然发现自己脚下的地板消失，能看到楼下的人，在视觉效果上会使人感到很刺激。”

有人会选择在随时随地会变成敞开空间的地方架设狙击枪吗？他自问。但若“他们”能得到这座塔楼的控制权，这又是个绝妙的、可避免怀疑的好地方。

“让我们去看看。”他说。

在楼底购票后，他们和一大群穿着泳装的游人挤入一个大水泡式的观光电梯直升顶楼。电梯经过一排排玻璃材质的小隔间，其中半数以上呈银灰色，其中一间在阳光下不时泛出油膜似的虹彩，随即转成透明，露出一脸呆怔的游人。电梯里的人大笑，冲他们吹口哨。

塔楼的电子导游系统请他们离开电梯，去各个隔间“欣赏海景及全息电影”。他们在最高层转了一圈儿，待在某个房间里看了一部时长五分钟的特别设计的短片，在影片最惊险的高潮部分：主角逃到了悬崖边，所有的影像瞬间消失，发现自己悬空站在空气中，脚下是层层叠叠的透明天花板。梅一声尖叫抓住他的胳膊，他也被吓了一跳，承认这种效果的确非常震撼。果然所有房间的“转换”是由塔楼的中心计算机控制的。

根据弹道程序的计算结果，他们找到了子弹可能的来源方位之一。它是处于十四层的一个隔间。现在它的外墙是灰色的，门把手上闪动着表示“有人使用”的红光。

“我们得想办法进去看看。”他说。

“除非找管理处，里面的人反锁了。”导游说。

即使他们曾在里面布置过狙击设备，现场也早已经被打扫干净了。最大的可能性是现在里面有几个脚上黏着沙子的家伙正看着电影。不管怎么样，他都想看一眼。塔楼中包括复杂的走道系统，占去了大量空间。弹道源点正好处于一个隔间内的概率并不大，这些足以使他重视起来。

“你看住这个门。”他对导游说，希望今天早上付给他报酬的数额以及未来的百分之六十能保证他在风险时刻的忠诚度。

“你跟我去楼上。”他拉着梅上楼，同一位置的隔间正好是空着的，“把门反锁上。”

梅正在墙上拉开节目单。

“你要找个马上使房间转换看到楼下空间的片子？”

“用不着了。”他跪下，从肋边的枪套里抽出一把电动刀。地板表层很快在旋转的刀锋下开始解体。不出他所料，几阵火花闪过，所谓的玻璃效果便还原成排列整齐的像素点。

他考虑着进入塔楼控制中心的可能性。所谓的“转换”效果全由墙体的全息投影形成，每个隔间里一定设有大量摄像头采集图像并及时投射到墙幕上。楼下1405今天凌晨的图像有可能还保存着。但如果“他们”能和塔楼控制中心合作，不管是哪个层面上的，要消除枪击事件的痕迹就太容易了。

他们在房间角落找到了线路盒，将计算机端口联入。屏幕变黑后出现对话框，要求输入管理密码。他十指在键盘上晃了晃，希望自己“潜藏”的能力中包括充当黑客。但几分钟后他不得不承认他想多了。

“让我试试。”

他回头，看到梅的目光越过他的肩膀，定在屏幕上，沉着冷静。

她是个内行。他看着她迅速进入代码界面，输入计算机命令如同用母语与人聊天，他明白自己帮不上什么忙了。临海一面墙外涛声细弱，他能看到灰白色小点在海面上起起落落，是海鸟。

“如果有故障警报系统，先关掉它。”他说，刚才地面上被破坏的阴影部分现在似乎扩大了，像现实世界中的溃疡。

她点头，继续工作。

“我已经进入了隔间单位的转换控制系统。我现在能做到的是，让我们这一列的房间在五分钟内的四壁布景全部换成1405今天凌晨枪击半小时后的布景。”

“半小时后？”

“枪击时刻正负一小时的影像资料已被替换过了。如果你要看——”

他摆摆手，那没有价值。

“你能将半小时后的那段影像文件提取出带走吗？”他预感到，他们强行将整整一列的房间布景转换，肯定会打破这座塔楼精巧的协调性，也许会出现某些古怪的场面引起管理部门的注意。

“资料储存区的防火墙我目前破解不了。我需要一些工具，这台计算机里没有。我想我只能做到这步了。”她语气里带着歉意，“而且如果只将文件带走，我们也没有像这里的六面封闭型的全息屏幕来播放它。”

“一列？”

“从上至下的一列。抱歉，我没法把这个房间从串联的线路里解出。至少短时间内做不到。”她看着他，扬起眉毛。

“好。播放吧。”

6

他踩在血泊里。

梅尖叫着跳起来，脚踝被数据线缠住摇摇晃晃，他伸长胳膊一把拉住她。一轮更遥远的惊呼传来，他知道其他隔间里的游客们正和他们同步欣赏这血淋淋的谋杀现场。他倒退两步，虚拟血液并没溅开，强烈的真实感随之被打破了一些。

房间中央躺着两具尸体。他们显然是被——不，其中一个胸前没有出现大洞。他意识到那只是自己在全息投影屏幕上划开的故障区。死因是穿脑而过的子弹，他徒劳地想看清其中一人的面目，随即清醒过来：第一，你没法使一具影像人体翻身；第二，他很可能也做了整容。

他强迫自己的目光从尸体上移开。一架狙击枪架设在窗前，将他们的落地窗击得粉碎的子弹明显来自这里。高倍望远镜，一台连线被强行扯断的计算机被踢到墙角，液晶屏裂开了。暗杀者在遭到袭击前，在做跟他们同样的事：入侵塔楼管理系统。

门外响起粗暴的捶门声，他的手机同时震动起来。“开门。”他说，梅靠在墙上，脸色惨白，缓缓摇头。

他一边跨向门口一边接起电话，不出所料：是导游。

“开门！是我。”

重新将门反锁后，他问：“外面情况怎么样？我们还能从正常路径出去吗？”

“全是惊叫乱撞的游客，管理处的人肯定正在赶过来。”

他转向梅：“他们要多长时间才能追查到入侵是由我们这个隔间线路开始的？”

她已经镇定下来，正将计算机折叠起来，迅速卷起连线一并塞入背包。“应该很快。”

“我们最好马上离开这里。”导游望向地下的死人。他们血流遍地却没散出一点气味，气氛诡异。“他们的制服就是塔楼保安处的。”

此时四周开始变幻出彩虹色，随即他们发现自己站在一间透明玻璃屋中。走廊里到处是因为穿着沙滩鞋想跑而跑不快的游客，他们跌跌撞撞地聚向电梯口，似乎没人注意到他们。

“五分钟过去了。我先前设定的，现在我们可以看见外面，他们看不见我们。”梅迅速解释。他点点头，从她手里拎过有点分量的电脑包背到肩上。走道那端，一小队身穿黑色制服的人正逆着人流冲他们这间隔间赶来。

他抽出枪，拉开保险栓。他明白自己肯定不是个神枪手，不过要击中一面数平方米的玻璃外墙，并不需要多少天赋。

闷在密闭空间内的枪声震得他脑袋嗡嗡直响，他又冲墙体一片锋利的残余部分开了一枪。碎片直接掉进海里。门外黑衣保安已经在摇门锁，其中一个冲对讲机吼着，他估计门被砸开是几秒钟内的事。

“愿意的话跟我走。”他说完，将手枪塞进电脑包侧兜，老天保佑它真像说明书上所写的那样防水吧。

他跳了下去。最后一个在脑海中闪过的念头是：希望我会游泳。

深层海水即使在正午烈日下也冰冷刺骨，他感到肺里的空气全被猛地拍出来了。向下蹬，仍然是水，踩不到沙地使他慌了一下，但他立即发现自己正本能地划动着手脚向水面亮处上升。“我会游泳。”他松了口气，将头伸出水面大大吸了口空气，背后的电脑包沉甸甸的妨碍行动。他使劲眨眼挤掉眼睛里的海水，一时还看不清四周的——此时砰然一声巨响，水花重新溅了他一脸：梅跟着跳下来了。他踩着水靠近她，很快发现她并不需要帮助，她冲他做了个手势后返身朝塔基处游去。那里有道宽阔的水泥檐，上面漆着“游人勿近，维修专用”字样。

水泥檐投下的阴影使海水看上去蓝得发黑，更深处是支撑塔楼建筑的钢筋支架。景观塔栖身的人工岛下面居然是架空的。涨潮时水面可能一直要淹到檐边，层层叠叠的白色贝类黏在水泥表面上，看上去像鸟屎。他们游进比较深的地方，拉住钢筋条直喘气。目前塔楼上的人看不见他们，但他清楚这地方根本经不起搜索，只要保安找艘船绕着塔转一圈儿，他们就会像被车前灯光笼罩住的兔子一样醒目。

“我们的导游没跟着下来。”他咧了咧嘴。远处是真正的海岸线，一些色彩艳丽的小点儿随着浪头忽上忽下，是些初学冲浪的菜鸟。最起码有三公里。他怀疑即使后头没有追兵，他们也游不回去。他们离体力的巅峰期都有些年岁了。

“景观塔的保安为什么要杀你？”她问，呼吸开始平复下来。

他摇头，眼下他不愿去想。他们时间不多了，先得离开这个地方再说。当然底线是他们还可以报警寻求保护，毕竟他除了稍稍修改了下一座观光塔楼的内部线路，在地板上挖了个洞以外没做什么出格的事。

不对，直觉告诉他事情没那么简单，“他们”可能是因为要利用观光塔的地理位置而冒充保安混入，但为何塔楼发现自己的地盘上出现两个死人后没有报警？今天观光塔看上去一副正常营业的平和样子。而警方如果发现一架设好了的狙击枪，难道不会顺着枪口找到梅所在的旅馆房间，看看伤到人了没？

如果塔楼方面想捂住这件事，可以随便找个理由，不让丑闻影响营业，为什么他们会保留下现场影像，并放在计算机网络中任何一个高手凭普通电脑只要十分钟便可找到的地方？

“我们可以报警。”他说，试探下梅的看法。他不想让她牵扯太深，现在事情离玩玩实弹捉贼游戏越来越远了。

她摇头：“我们可以脱掉外套，直接上岸去。外面的太阳几分钟就能晒干皮肤了。我猜他们正在疏散楼里的游客，我们也许能混进去离开。”

他觉得可笑，他们刚从一个装满摄像头的地方逃出来，对方肯定掌握了他们的面目特征。再说那位导游八成因为事情搞得太大而倒戈，从人群中分辨出他们就更容易了。

“好。不过我们先把枪扔掉。”他说。因为没有别的办法了。等人流散尽，连这条路也堵死了。

在要不要放弃电脑上他们争了几句。她说，提着一台电脑，目标太明显了。他说将电脑沉在这里，几小时后便会被打捞上来，从上面的序列号上立刻能追查到她的信用卡。

她叹口气没再表示反对。他们脱掉沙滩上穿的便装，扎在水面以下的钢梁上，防止衣服顺着水流漂出去。

他发现只穿条泳裤背着电脑包的确太突兀了。她带着嘲笑的意味看了他一眼，朝外游去。

7

游出檐区，他们稍稍松了口气，不少惊慌失措的人冲出塔楼后直接跳进了水里。人工岛岸上有几个穿保安制服的人冲他们直挥手，喊叫着安检不会造成伤害之类的话。保安的态度似乎并不严厉。有几个人朝远处海岸的方向游去，保安也只不过摊摊手。

他示意梅跟紧，与其他几个浮在水面上犹豫不决的人扯了几句，发现谣言有数种，有说恐怖分子在楼里安装了炸弹的，也有说发现游客里有感染第三级病毒的。他附和几句，侧面打听楼里的安检。

警察来了，封锁了十二层以上的电梯，要求出示身份证明文件才能通过。此时有人尖叫发现了瘟疫病人，于是场面开始失控。不少会游泳的人从窗口直接跳进了海里。（他知道自己那两枪可能使塔侧的一大片外墙都破裂了。）

不久拥堵在门口的人群冲破了警卫。一部分人顺着窄窄的人工岛跑向岸边，剩下的全像饺子下锅一样进了海。现在大多数人都回到了岸上并离开了。但向他滔滔不绝地述说的这位中年男人则说："鬼才相信那些警察的话，他们只不过想把咱们骗上岸去验血。"

他与梅悄声商议了几句，觉得现在上岸并不动声色地离开是最好的选择。他们在这种状况下并不显得十分怪异。

"祝我们好运。"他说，"如果我被拦住了，你就只管往前走。电脑的事我会找借口的，不会牵连到你。”

梅湿漉漉的脸在阳光下显得苍白，她努力笑笑：“走吧。”

他们在离保安两三米的地方爬上了岸，两人隔开一段距离。太远太近都会显得有点心虚。他站在粗糙的沙地上，电脑包不停往下滴水。活像个刚从汤碗里捞出来的雏鸡，他想。

“身份？”

“我不知道。我是个度假者。”他说。

“那种度假者？”保安加重语气，抬眼看他，额头上涌起三道横纹。

“是的。”

“她也是？”

他没回答，等梅自己开口说：“是的。我是记忆休假者。我可以走了吗？”

保安注视着他手里的包。“你们知道我们刚才发生了一些意外情况。影像控制系统出了些毛病，恐慌是不必要的。”他将目光移开了，脸上浮现出笑意，“希望没影响到两位的假期。”

他耸耸肩，然后转身走开了。感觉到梅没跟上来，不由心头一抽。但她的脚步声随即保持在离他数米处响起，时远时近，并不赶上来招呼他。他放松下来，暗自赞叹道：真是个镇定的女人。

电脑包里一阵震动，是手机。他接起：“喂？”

“你欠我——”导游的声音传来，说了个数字，“他们要这么多。你明白情况紧急，我不能砍价。”

他眯起眼睛，海面上闪烁着无数刺目的亮点。那么说是导游在暗地里摆平了这件事，似乎是？他回想导游毫无特征的面孔，无论日头多么火辣都裹得严严实实的西服三件套。从第二天遇袭起，他从言语轻浮的市井之徒变成了另一种人，几乎不说废话，能快速弄到他想要的装备。他开始怀疑起所谓“导游”究竟是何身份。

他自己究竟是何身份？景观塔的谋杀现场展示明显是个陷阱，是谁想要捉住他这个用枪击不中五米外目标、玩电脑只会在windows系统中瞎转悠的人？

“给我们弄辆车。我们在码头等你。”说完他挂掉电话。

在游客服务中心，他们重新购置了衣服，又买了台便携式电脑。防水包的质量没想象中的好。

临海咖啡厅人流涌动，他们点名要了个不临海临窗的座位。服务生离开后，他说：“梅，很抱歉把你拖到这件事情中来。如果你现在想离开，我会记住还你这两天的费用，我保证。”

她翻翻眼睛：“别说这个。你说是谁杀了想要你命的人？”

“现在已经不是游戏了。”

“接下来，你需要我。”她颇有自信地笑了笑，“我可是个计算机高手。你不想知道塔楼内部发生了什么事？”

“不，那不是最根本的。我需要的是知道自己以前是谁。”他说着向后靠到椅背上。

“这我干不了。”她摇头，“Lethe的数据库防火墙级别不比州核工业基地低。没人可以从外部破解它。”

“为什么？它不过只是个提供娱乐的公司，特殊之处是它有医疗执照，可以在客户脑袋上动刀。”

“如果你看看Lethe的客户名单你就不会说得如此轻巧了。”她探过身来操作鼠标，刚洗过的头发挨近他，散发出好闻的气味。

屏幕上出现的名单令他莫名其妙：“我差不多一个也不认识。噢，他

好像是某个小州的副州长？”

“他们都是真正的重要人物，跨国公司的实际经管者、专利买卖家、政客，以及地下组织的头目。”她露出牙齿笑笑，“跟普通的媒体宠儿是两回事。Lethe开业至今五年，有无数这类级别的人物接受过Lethe的记忆度假服务。如果你想暗杀其中一位，只要翻翻Lethe下个季度的客户订单，就可以在某个荒僻的小城，譬如说这里，截住他。没有保镖，没有警察，甚至他自己都不会有防范意识。Lethe的档案里一定还能找到这个重要人物整形后的照片。所以，你想偷进Lethe的资料库找到自己的档案，是不可能的。如果他们的客户资料对外泄漏，恐怕这个公司就垮了。”

“他们对客户的保护还真严密。”他苦笑，“但现在显然有人知道了我是谁，并举着手枪一路追过来了。你刚才提到塔楼内部？”

“我退出系统时留了个无线网络后门。”她说着将计算机从他膝上端走，“现在有足够的时间，让我看看能恢复出多少数据。”

当导游的车抵达时，梅的工作还在进行中。她已经成功找到了进入塔楼中心数据备份库的路径并成功播放了几分钟视频片段。他看到两个穿保安制服的人进入隔间，在外墙上钻出子弹将穿透的孔洞，用手持红外线工具进行测量。画面右下角的时间变成八点整时，趴在狙击枪前的枪手扣动了扳机，他的同伙几乎立刻开始收拾设备。他们的动作利落与高效，使他不寒而栗。

视频卡在两名枪手不约而同转向镜头左侧的地方。他估计那是隔间门口方向，使狙击手毙命的人物将要出现了。

她向他解释黑客程序工具发挥作用需要时间，会使计算机保持运算，等上车后就能看余下的部分了。

码头不大，沿岸拴着一排排传统手划木船，随着波浪摇摇晃晃。船主用草帽遮着脸横在躺椅上打瞌睡。现在是一天中太阳最烈的时候，他都能感觉出阳光沉甸甸地压在脖子上的分量。四周无人。码头后面的空地上尘土飞扬，停着一溜半新不旧的厢式货车，车顶金属行李架闪着光。他们慢悠悠地走过停车场，直到导游冲他们招呼一声，他的车混在当地人的车阵里毫不起眼。

“事情解决了。他们不会再追究景观塔楼的事。”导游说着拉开货车后门，侧身让他们上车。他“唔”了一声，跳上车，然后拉了梅一把。眼睛习惯黯淡的光线后，他发现车上的货物区已被改装成两排舒适的座椅。导游砰地合上门，绕到前面坐上驾驶座：“你们想去哪儿？”

“先往市区开。”他说。

车发动起来，梅打开计算机屏幕，程序已显示处理完毕。

画面上猛然出现一道白光，吱吱声，然后又是一阵闪烁。狙击手躺倒在血泊里。一个细瘦的影子上前蹲下查看，转回脸冲门外的某个人说了句什么，然后直起身离开了。

他们都看清了那张脸。梅伸出双手，指尖颤动得厉害，她在键盘上打出：我们怎么办？

他也伸手打字：保持镇定。

他望向前座导游狭窄的肩，盘算着如果动手他的胜算有多大。客观上今天清晨是他救了他俩一命。但为何他又引他们去观光塔陷入危险的混乱？该死的，眼前载着他们向前行驶的这个人，到底是谁？

“到市区中心随便找个商业街把我们放下就行。我们想去逛逛。”他用不经意的声音说，“顺便问一句，你究竟是什么身份？”

即使导游有如实回答的意思，也被从车后传来的猛烈撞击打断了。

8

他不由自主地往前一冲，头撞到前排座位靠背，顿时眼冒金星。梅轻声惊呼，车身半侧着转了个180度弯后横在了路面上。他模模糊糊地看到导游使劲打方向盘，轮胎和路面摩擦发出一种令人心里发酸的吱吱声，他们从后面被人撞了。他从茶色车窗向外望去，看到一辆加长型黑色面包车几乎紧挨着他们停下，紧贴到他们想打开门下车都不行。

"听着，你是Lethe的首席技术官，或者说曾经是。"导游放弃了控制车辆，向后座扔来某个物件。他一把接住后发现是枪，一个小红点飘过车顶，还是带激光制导的。"保险打开了。尽量逃吧，他们抓住你的话什么也别说，如果想活命。"

说话间，导游已经快速冲面包车直接开了火，火药味和震耳欲聋的声音回荡在车子内部。他不假思索地按住梅的头，大声吼道："趴下！"她好像已经吓傻了，直愣愣地坐在座位上。车后部吹来一阵热风，他明白后车厢门已经打开了。"快走。"他拖住她的胳膊向外拉，一脚踢开后排的座椅。

车外站着三四个穿黑色风衣的人，他扫了一眼明白他们都有武器。但当他冲他们射击时居然没有遭到反击，四个人像人形靶子一样倒在地上。他冒出一种不真实的感觉，四周是空旷的高速公路，左边能看到一线窄窄的海蓝色。

“歇夫。”

他愣了一下，反应过来是梅在叫他，回头一看她正靠着车门眼睛睁得很大，表情茫然。

“快跑啊。”他慢慢说，舌头在嘴里好像大了一倍。空气变得厚重起来，零落的枪声越来越遥远，他明白他们都被麻醉弹射中了。

从面包车上下来一个明显是头目的人。他慢慢踱过来，看着倒在地上的四个手下皱眉头：“您最好配合一点，这对我们双方都有好处。”

他发现导游的车上已经没有响动了。头目左右的两个男子衣侧鼓鼓的，情况到了他必须好好配合的地步。更何况还有梅。他努力点头，发现在药力作用下要做出小动作也十分困难。

“我们会将您带走，在您身上了解一些情况。我们保证不会伤害您的身体，当然还有您的女伴。”头目咧嘴笑笑。左右的人上前抓住他的肩膀引他向前走。

他是Lethe的首席技术官。导游是这样说的，如果这是真的，他的确是个重要人物。他回想起梅所说的Lethe掌握着世界许多巨头的记忆休假资料，不由冒出一身冷汗。眼前的准黑帮，不论他们想要的是什么信息，看起来都像是不惜将他的脑子切开也要得到。

他们将他安置在车后厢一张长椅上，梅紧挨着他坐着，表情呆滞。对面是两个怀抱长枪的高个子，面目阴沉。车开动后数十秒，他看到原来的枪战处升腾起一团火焰，是导游的车。

他闭上眼睛。

9

他被安排住在一间没有家具的房间里，四壁有橡皮衬垫。梅在他相邻的房间里，他隔着玻璃能看见她。他们没收走他的表。下午三点两个医生模样的人进来给他检查身体，掀开了他耳后的胶布，其中一个用根长长的探针不知鼓捣了些什么。他看不见，听到背后金属器械碰撞的声音，心里的恐惧像条冰冷的蛇爬过。

然后上阵的是个面目和善的老头儿。

“你想知道些什么？”老头儿自己拖进来两把折叠椅，给自己舒服地安排好座位后示意他在对面也坐下。

他犹豫一下撑开椅子坐下了，颇有些意外：“我原本以为你们抓住我是为了向我提问的。”

“好让你回答你不知道的事？”老头用指关节敲敲耳后，“我们知道你做了记忆手术。现在你能回答的问题只限于近48小时内发生的，比方说，刚才你是不是想用椅子打扁我的头？”

他点头承认：“的确想过。”

“就算你拆下椅子上的钢条顶在我颈部的大动脉处，这里的守卫也不会让你离开的。”老头儿笑意布满了整个脸庞。他有个肌肉松弛、毛发精光的圆脑袋，“让我们先自我介绍下。我代表了贵公司以前服务过的一群人。他们对你们公司目前的状态感到非常不满意。”

他开口想说话，被老头一挥手挡住了。

“先让我说完。对外你是Lethe的首席技术官，而实际上公司是你的，你能做主。我想通过这次见面，使Lethe公司与我方达成一项协议，尽量不伤害到双方的利益。”

“我还是不明白。Lethe难道不是个安排旅行的……如果客户有何不满意的地方……”他说着心里一动，明白所谓的记忆度假没有表面上那么简单。

老头儿目光闪动：“你真的不记得了？好吧，那就让我们假设你的手术使你暂时忘记了贵公司的主要业务。我可以提醒你一下，自从五年前Lethe公司成立以来，你们的客户群绝大部分来自某些需要在公共场合消失一段时间的人物，他们在你们保护严密的旅行区里完成了很多重要工作，比如说会见理应是敌方的人物，进行某些交易，如此等等。”

他明白了。记忆度假只是个幌子，巨头们在海湾城市里洗钱，进行联络会议。他们根本没有接受过脑部手术。由于“记忆调整手术期间的行为如选择遗忘，当事人不必对此负任何责任”这个条文的存在，这就是个可以掩盖一切黑暗活动的洞穴。他曾为这种条文居然能在州立法中通过而感到不可思议，继而想到可能因为是记忆休假者给当地旅游业带来的巨大好处而形成的现象。

五年前条文的通过者们可能就是第一批受益人，而他本人居然是整个骗局的主使人，是黑手党教父。

“Lethe公司发生了什么变故？”他问。他现在理应坐在某个能看见金色海岸全景的办公室里，将脚搁在桌沿上，用手提电话为一伙毒品巨枭安排见面日程。这幅画面在脑海里像张卡通海报，不真实得可笑。他怎么可能是个——

“我们并不清楚你们公司内部确切地发生了什么事。你下面听到的只是些传言，但仅仅这些传言已经使我们觉得不安。”老头儿环抱起双臂。他知道下面将进入正题了。

“警方一直怀疑你们，这并不奇怪。他们一直想抓住你们的把柄。其中最有可能被他们揪到辫子的就是：你们的客户实际上并没有做过脑部手术。所以你们开始为客户们在脑后制作一个假伤口。而记忆调整手术的技术内核，你们宣称是商业秘密。警察不能只是为了检验一些假设对一个重要人物做开颅检查。这几年来你们与警方周旋得非常好。”

“今年6月，一具尸体被冲上公海沙滩，经过整容和指纹消除，无人认领，是贵公司的一个客户。他的死因我们先不讨论。刚开始警察高层非常兴奋，认为他们终于得到机会能撬开Lethe的门了。但他们没有通过尸检得到他们想到的东西。这件事无声无息，没人再提过。”老头儿语气淡然，“猜猜为什么？”

如果是客户群中的一员摆平了此事，他不会坐在这里接受讯问。无论对方的口气多么温和，他都有坐在一百盏太阳灯下的感觉。

“他们发现了脑科手术的痕迹。”他回答说。从老头儿面部表情的变化来看，他对了。

“接受过你们服务的人都各自接受了体检。从69年7月开始，所谓假伤口不再是表面功夫，你们真的对客户的大脑动了某种手术。他们雇用了最好的脑外科学家来研究你们到底干了些什么。他们得出的结论是：你们真的开始掌握记忆调整手术的技术了。”老头儿直视他的眼睛，“这意味着你们可以读取并保存记忆。”

“这使你们感到备受威胁？”他接上去说。那么说他拥有一份现代版的胡佛档案，所以才像一只过街耗子一样到处被人追杀。但是威力无穷的档案在哪儿呢，答案是：他不记得了。一种想微笑、甚至仰头大笑的欲望直冲进他的脑袋。

“我们聚集起来讨论对策。你很难想象我们这些人会平平静静地坐在一张桌子周围而不火拼。不过为了对付Lethe，你的公司，”老头儿加重语气，“我们做到了。你很有可能已经知道了我们的一些秘密，无论是商业、政治上的还是私人生活中的。如果你要威胁我们其中的一个，其他人——”

“我很难想象这种协定有多大的约束力。”他冲口而出。他设想自己是Lethe公司的主持人，像角色代入式游戏一般的思考当前的情景。他会用秘密要挟这群客户中最有实力的一个，消灭掉零散的老弱病残，然后——当他意识到自己在想什么时，打了个冷战。

双方沉默了一会儿。

“也许你说得不错。我们的联盟并非坚不可摧，但是你自己也不是没有麻烦。”老头儿说。

他知道讨价还价的时刻来了。

“我们在商议采取什么行动的时候，传来消息说Lethe将进行内部重组。首席技术官，也就是你，会放弃一把手的位置，隐退到研发岗位上，其间暂停一切对外商业活动。”老头儿顿了顿，“同时警方开始重新注意你们。”

总而言之一句话，他也有麻烦。

“我们的推测是，你失势了。”

“那你们完全可以一枪毙了我，不用浪费时间。”他回答。被人掏空了脑袋里的一切并被送到海边度假，的确是个倒台老大的典型处境。但目前形容他处境的最好词语也许是“雪藏”。他还有很大的利用价值，“瘦鹅不会让猎人追着跑”。

问题出在他手里的货物是装在匣子里的。他拿不准跟他面谈的老头子知不知道他的失忆程度，先前两个医生的检查说明不了什么。脑外科手术对记忆造成的影响不是一根探针能查明白的。“瞎子走夜路”，他只能摸一步算一步了。

“也许‘失势’这个词语用得不确切，但你在Lethe内的地位，”老头儿晃晃指尖，“今非昔比了。”

“既然如此，你们想从我身上得到什么？”

“只是一个小小的口头承诺。”

他等着对方说下去。越过老头儿的肩，他能看到梅的脸冲着墙躺在地上的垫子上。过一会儿她会翻身动动四肢，像个临考前睡不熟的孩子。

“如果你将来有所行动，我们是在一条阵线上的。”

“条件？”

“我们会保护你度过这三十天，提供一切条件让你有机会回Lethe。你也看到了，在这个房间外想要你命的人多得是。”

“早上冲我们开枪的是哪方面的人？警方的？”

老头子哈哈笑起来：“错了。是你们Lethe自己的。警方倒是想保你一命。他们想让你当证人呢。”

导游是警方的探子。他又看到了在火光中模糊的车影，深呼一口气。景观楼那场声势浩大的表演是对他的一次测试，警方想瞧瞧他到底失忆了没有。

“你们凭什么相信我会遵守承诺？”他问。梅好像醒了，撑起身子往四周看。他判断她的房间没有双向镜子，看不到这里。

“别担心，我们不会扣下你的女朋友。”老头儿眯起眼笑笑，“我们复制了你的大脑数据。我们目前没有技术解读它。不过所有的资料，包括你们所收集的关于客户的，还有你自己的，全在里面。”

“如果我失约或永远成为在野党，你们就有了和Lethe分裂的另一派谈判的筹码。”他说。

“人人都会做两手准备。”老头儿做出委屈的表情。

他的确不见怪。

10

机舱里凉爽宜人，梅从座位下面拉出毯子来一直盖到脖子。他转头看她，她抓着毯子一角碰碰他的手臂：“唔？”

他端起计算机让她伸手过来用毛毯遮好膝盖，然后侧过身去又睡着了。他熄掉头顶的灯。

从老头儿的库房离开后，他要求他们护送他到机场，提供两张去其他地方的机票。梅迷迷糊糊地跟着他，他一路搂着她的肩。他有点怀疑他们给她吃的药药力很强，好使她在谈判时不捣乱。

去机场的路上似乎有车跟踪，老头子在手机里讲了几句后，后面的可疑车辆消失了。他已经没有兴趣知道那是哪方面的人，反正都想要他的命。

飞机上天后，梅似乎清醒了点：“怎么回事？”

“我们去九州。在那里你想转机去哪里都可以。”他说。然后告诉她所发生的事，他原先是谁，遇到的是哪种类型的麻烦。

她的手并没从他胳膊上缩回去："你打算怎么办？"

"我现在还没有具体的打算。"他承认，"总之先离开云浮再说。"云浮，他从机场标示牌上知道了他待了两天的海滨小城的名字。互联网上对于此地名的搜索结果是零。

"那里人人都知道我是谁，至少对那些想捉到我的人是如此。我借老客户们的东风暂时把他们甩在后面了。"他摇头，"但不久他们肯定会跟上来的。这家伙捅的可是超级马蜂窝。"笔记本屏幕上是一串关于Lethe首席技术官王怀远的搜索结果。他打开一张附照片的网页，一个男人正与州议员大力握手，相当有技巧地将脸对准镜头。"他"长得不算丑。

梅盯着照片看了一会儿，又审视他的侧脸："你们不太像。"

"整容当然不能像。"他干巴巴地笑笑，隔着液晶屏又看了眼"自己"的脸，突然一阵强烈的绝望感如潮水般将他淹没。

进入夜航时段，机舱里变得昏暗，一部老三维喜剧在前方的幕布上播放，戴着耳机看的人不多。自动巡航小车送过最后一轮饮料酒水后，大多数人都蜷在毯子里睡着了。他已经通过几个代理服务器联入了州立科技文献数据库。记忆手术对专业知识果然没有影响，他飞速浏览着最新的神经外科与脑科学论文摘要。一种熟悉感扑面而来，就像回到了离家几条马路远的街区。公开性数据库中的资料不多，文后注释多引向作为商业秘密的私有数据库。看到后面发现那些最有价值的文章署名居然正是"王怀远"，他不禁失笑。他模模糊糊有点儿理解记忆调整手术的原理所在了，在海马区的神经网络单元中寻找引起特定记忆段的"关键词"，封锁兴奋点，用某种一段时间后自动降解的化学栓控制蛋白质GRIP1在树突上的运动。但联向某一特定事件的通路有千万条，他不知道如何做到挡截每一个涌向特定网络单元的生物电流冲击。如果封锁过多通道，人脑某些更基本的功能难免受到损害。

看来那个“王怀远”是个比他有天赋得多的科学家。他带几分厌倦的心情关掉计算机电源，机舱天花板很低，嵌着只散发出柔和黄色光芒的灯。梅的身体在毯子下轻微起伏。他凝神想了一阵，重新打开计算机，开始搜索另一类型的资料。

11

他拉开房间的实木门，把服务生堆在那里的一叠报纸扫开了。报道的标题很醒目，大部分头版照片都将他和“王怀远”的脸全尺寸并排在了一起。他蹲下身归拢报纸，一个身影投到他面前的地毯上。

他抬头：“你是怎么进来的？”

来人说：“我跟《日报》不是没有关系。”如果没有脸上近期烧伤植皮留下的地图状白色细纹，他的长相是扔在人堆里都找不到的类型。

导游。

“我们能谈谈吗？”

他开门侧身做了个请进的手势：“我跟你们的人谈过很多遍了。”

“我时间不多。”他说。

“我知道，今天是你的第三十天，你的案子法庭要宣判了。”

“你来以前我们正在做准备去法院。”他说。隔壁浴室传来细微的水声。

“说实话你走了很聪明的一步棋。那么多人被你煽动起来，”导游用脚尖指指扔在地板上的那堆报纸，“在网上你的故事被炒得很火。他们把你看成了悔过自新的圣徒，或者说即将被强行推进地狱的无辜者。”

约一个月前，他和梅从九州转机来到奥克兰——全球最大的媒体中心。《日报》大楼前游行的男女将街道堵得严严实实，他们抗议正在被州立法机关讨论的一条新法令：关于长期昏迷与脑死亡的病人是否有权利根据事先签下的意愿书被实施安乐死。最新的讨论结果陷在了僵局中，在“当四十岁的A失去选择能力时，二十岁的A是否有权决定四十岁的A的命运”这个命题上民众与官方都分成数派，掐得不可开交。

他挤入人群，喊道：“我就是个活生生的例子！”

《日报》记者将他带进了大楼。

“我通过了你们局里安排的测谎。我的确不记得关于那个王怀远的任何事了。”他说。

“你要求法院下达强制性命令，让Lethe为你做永久性的记忆改造手术。”导游捡起一份报纸，随手翻开，“你觉得Lethe的人会在手术台上放过你吗？你向媒体披露了他们利用手术偷窥客户记忆的事。”

“我只说，有可能。”他耸耸肩。再说有什么比揭发自己以前的“罪恶”并表示不愿同流合污更能打动人的呢？

“他们只要出一点点小意外，你就会变成植物人。”

“如果今天我赢了，有十四家媒体会直播我的手术过程。”他说。

“如果你输了？”导游扬扬眉毛。

“你们会得到王怀远。”他坦然注视对方，“你们的警车肯定会停在法院门口等着逮捕他。”

“你有多少把握能赢？”

“天知道。”

在波音飞机隆隆穿过夜空时，他清醒地知道在技术上自己是赢不了的。他没有可能在二十八天内搞明白记忆手术的原理并找到某个地下医院为他做手术。即使做到了，在余生里他也得逃避Lethe新上任的头目、旧客户群以及警方的追踪。

与预料相反，他对“王怀远”毫无认同感。这种厌恶与“他”是个罪犯无关。想到一个月后自己就会消散在此人的意识中，他感到怒火直窜上心头，像下班回家发现某个陌生人正占着他的位子吃饭。

他想保住现在的自己。

王怀远是Lethe公司权力斗争中败北的一方，具体过程他并不了解。可以想象他们将他放逐到云浮，以便日后利用。但是为何第二天Lethe的新贵们便想将他射杀？

导游是警方的探子，试图保护他和梅的人身安全。老头儿说是因为想让他做起诉Lethe的证人。这可能是真的。

他已和旧客户们订了合约，他们暂时不会来骚扰他了，但前提是他真的握有好牌：脑外科版的胡佛档案。

这些人都想让他变回去，变回王怀远。那人脑袋里的记忆像黑色黄金一样危险而有价值。

他几乎无路可逃。

直到他无意点开了奥克兰的新闻网页。

如果他提出诉讼，要求法庭宣判他独立于“王怀远”是一个不同的主体，有相同的生存权，那么奥克兰安乐死法令的最后通过肯定会援引他的案件作为辅证，以此来支持反方的观点：当年的签署志愿书者没有权利决定数十年后脑死亡病人的生存权。

在物质层面上是同一个人，但当以记忆为基础的人格发生改变时，无论是由岁月流变还是外科手术造成的，他们应该是对等的。

两个案件的提交时间如此相近，内涵如此近似，没有人会放过它们之间的相同点的。更何况，成为聚光灯下的人物，也许是保障这段时期内他人身安全的最好方法。

《日报》记者一路护送他去法院，并为他提供了一个名气很大的律师。他怀疑律师费是由奥克兰保守党支付的。州立大选在即。

他被安排住进一座宾馆的总统套房，接受《日报》安排的采访。同时他也去了警局，同意如果他成为一个独立的人，将尽力配合警方对Lethe公司的调查工作。做这番表示时，四周闪光灯闪个不停。如果他“被迫重新成为一个罪人”，他也将伏法，为“过去的所作所为负起全部责任”。

当场居然响起了掌声。

他不禁感叹媒体为他塑造的新形象力量之大。

导游扔下报纸：“说实话你是赢是输对你来说意义不大。炸我车的那伙人相信你也了解是些什么人。他们不会放过你的，《日报》能保护你多久？大选之后还会有人关注你吗？”

“你是劝我恢复记忆然后和警方合作？”他难以置信地笑起来，“然后逃到火星上躲一辈子？”

“我不是在劝你，这个你。你应该了解记忆度假的程序。当你退出时技师会有一段时间让你选择要保留下哪些记忆。我们的这段对话将会在你脑海中重演，希望那时的你能更加精明一些，抓住这个机会。”导游站起来，走到门边。

“我追踪了你三年。你没有变成另一个人。”

他拉开门走出去。

当梅擦着湿头发从浴室出来时，他还呆怔怔地坐在沙发上。

“我们该走了。”她说，“你怎么还没换衣服？”

12

法庭辩论过程相当精彩，连走廊上都挤满了看热闹的人。最后休庭半小时，然后宣判最后结果。

他和梅被警卫护送到休息室。

“你居然睡着了！”梅说。

“你紧张吗？”

“那个律师的嘴，天啊！黑的都能被他说成白的，我看你能赢。”梅拍拍他的手。

他微笑。结果不是通过律师的口才或陪审团的良心或其他诸如此类的东西决定的。他能隐隐看到旧客户群、Lethe现在的头儿、警方，以及奥克兰两党在背后为无数条利益线的互掐。他希望他最后引入的安乐死法案争端能使这种局面达到，怎么表达呢，一种平衡。接下来的事他不想去考虑了，也明白自己无力去控制了。

无论法庭的判决是什么，他都能将之当作一种形式的“命运”去接受。想到今天可能是坐在此地的这个“自己”的最后几小时生命，他伸手反握住梅的手。

此时手机响了。他站起来去隔壁接听。挂断电话后他在洗脸池里冲了冲头，一直冲了好几分钟。他不想让她看见他哭过，那样就太软弱了。

“我们离婚办下来了吗？”他坐回梅身边，问。

她一下睁大了眼睛，然后平静下来，“你雇人调查我。”

“你在观光塔里跟着我跳下来了。没人会为一个只一起睡过一晚上的人冒这样的风险。当时我猜你是我提前付钱雇来的。”他说，“你为什么要离开他？”

他实际上想问的是：你为什么要在我身边？

“文书是半个月前批下来的。”她垂下眼睛，“我们一直相处得很糟。你永远是对的，你什么情况都想到了，最糟的是你自己知道这点。你像台真空机，把周围的空气全吸干净了。人是没办法在你身边生活的。”她抬起头看他，充满了积怨，“我去度了记忆假期，我在忘忧岛随便找个人背叛你，一次、两次、三次，我全部记得。可你居然都知道，你竟然说你理解。”

他无言以对。等她把泪水擦掉，平静下来。

“我……我是说他，以前是个怎么样的人？”

“跟你一样。那个警察说得对，我都听见了，你没有变成另一个人。你紧张时从不让人看出来，你喜欢控制感。你把任何事情都当成百米跑的最后十步，而且你一定要赢。”

“我没有——”他无力争辩。

“正常度假者在浮云遇到有人冲他开枪，他会怎么办？肯定会去找Lethe保护。”她笑得很凄凉，“可我打赌你想都没想过。”

过了一阵他说：“但这次我赢不了。”

“不，你依然赢了。”她掠开耳后的头发，揭开胶条，下面的皮肤完

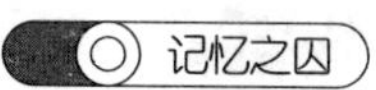

好无损。她并没做过记忆手术。胶条上黏着一根纤细的黑色棒状物——微型芯片。

“你请的侦探还不够好。我不仅是你的妻子，还是Lethe的计算机库主管。我是说在你掌权的时候。”她仔细地把芯片从胶质中剥离出来，黑棒看上去只要稍稍用力便会粉碎折断，“他们要绊倒你时我不在场，但后来我拿到了你办公室的摄像头资料。你的医生建议你休息一段时间，你说你没空。然后他们就把你一枪撂倒了。强行休假。他们不敢把你处理掉，因为记忆复制和选择性控制技术的关键只有你一个人知道。他们也暂时不敢动我，Lethe关于客户群的资料收集数据库的密码只有我知道，全部是电子文档，可以在普通计算机上解读。他们枪击你，是因为发现我跟着你一起走了。”

她对着阳光旋转芯片，眼圈又红了。

“有了这份资料即使你不变回王怀远，你也赢了。也许不是你请的侦探不够好，你是想让我自己把它拿出来，毕竟它非常脆弱，一抢一夺就碎了。”

他看着她。她把芯片交到他手中时，低头吻了他，然后推开门走了。

尾声

门外响起敲门声，他知道时间已经到了。

如果他输了，他也可以凭手中的芯片与Lethe做私下交易，保留住现在的“自我”。Lethe新头目们一定很乐意看到老竞争对手的消失，而且又能得到旧客户群的档案。

如果他赢了，他能用芯片与警方换取新的身份证，到某个小岛，某个像云浮一样在地图上找不到的小城，开始新的生活。

敲门声开始急促不安起来。输与赢都不是属于他自己的，他对自己一笑，你把任何事情都当成百米跑的最后十步，而且你一定要赢。他得到的侦探调查结果的确包括梅在Lethe中曾经的位置。知道自己是个罪犯，与明白自己是个浑蛋的感觉毫不相似。

后者更糟，糟得多。

这次我不一定要赢。我跟你不一样。

他站起身来开门，警卫涌进来夹着他走向法庭。他边走边捻着食指与大拇指，一道细细的芯片粉末洒落到深色地毯上。

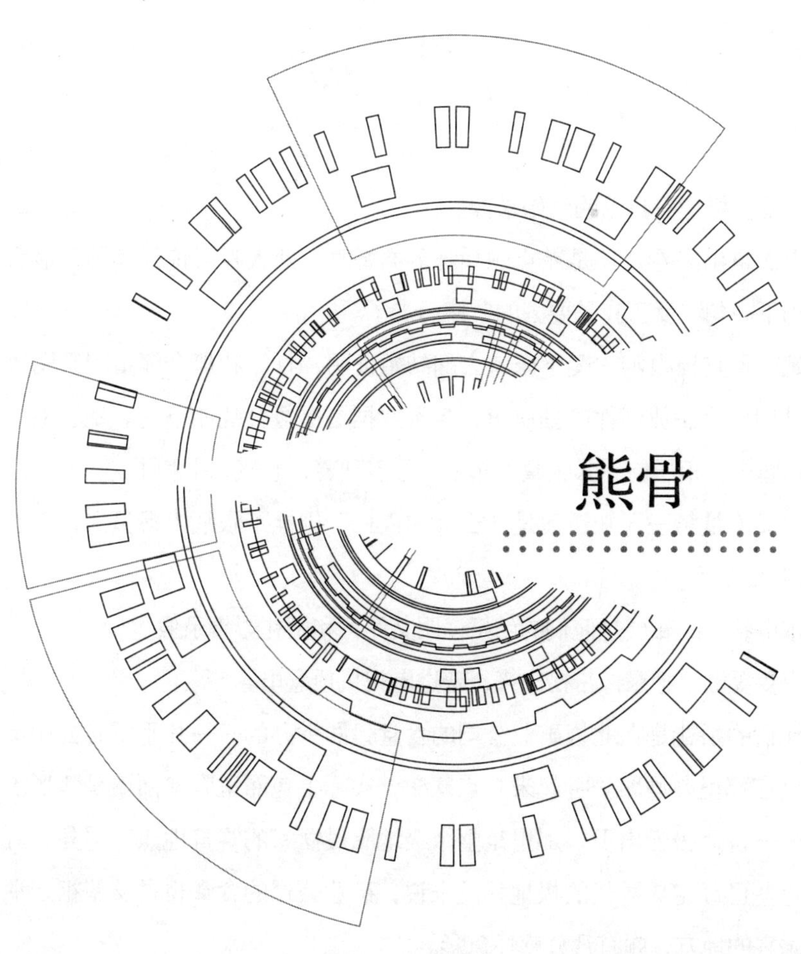

熊骨

01

白雯雯极少看自己的结婚录像。

上次拿出来看，还是差点想和陈瑞离婚时。两人吵得惊天动地，最后陈瑞扔下一句“反正我是要去的”摔门走了。

她气得直掉眼泪，爬下床就去翻结婚证明，打算和那个浑蛋明天民政办事处门口见。放证件的抽屉里，各种票据层层叠叠乱如草窝。她看不下去，盘腿坐在柜子前一张张整理起来，理着理着，心气也平和了。

“又不是第一天知道他是什么样的人！”她扯了张纸巾擤鼻涕，自己笑出声来。

水电费单的底层是他们的结婚证明文件，和婚礼影集录像。

白雯雯顺手把录像带捞出来，塞进电视机顶盒里。

他们的婚礼是在北极矿业公司的食堂包厢举办的——几乎所有公司员工都会在那里办酒席。听起来有点寒酸，实际上包厢里有整面墙是弧形落地窗——每逢极光出现，那里是整个极地圈最惬意的观赏地点。另外，对他们这些已经定居数代的极地移民来说，矿业公司的食堂也是父辈祖辈举办过婚宴的地方，颇有几分感怀色彩。

开机画面里，司仪举着话筒走来走去试音箱：“喂喂！背景音乐也再放一下！”财务科长四岁的女儿举着偷拿的花束，蹦蹦跶跶跳过去，科长老婆在后面一脸尴尬地追。高佳敏还是那副咋咋呼呼的样子，指挥着闺蜜团挨桌放喜糖。

下一秒，白雯雯出现在镜头前。

盘头，高跟鞋，厚重的防寒外套下摆露出白色礼服裙的花边。化妆师非常糟糕，画面中的白雯雯粗平眉、浓睫毛，两坨腮红像猴屁股一样。但化妆师是母亲的好朋友，主动来帮忙的，所以白雯雯也没抱怨什么。反正那天她要嫁的是陈瑞，整个采矿掘进组最高大帅气的男人，什么也不会影响她整个人轻飘飘快要飞离地面的心情。

录像还没看到婚礼誓词，外面就有人轻轻拍门。

“谁啊？”白雯雯立即抽出录像带扔到抽屉里，努力在声音里注入冷漠。

陈瑞在外面闷声闷气：“进去再说嘛，冻死我了。”

02

今天不是一个重看婚礼录像的好时机。白雯雯明白自己需要的是理智，理智，再理智——她在客厅转了几圈儿，还是将录像带喂进了播放器，盘腿抱膝坐在电视前。

在做出最终决定前，她还是想看一眼他。

镜头晃动，陈瑞穿着有垫肩的黑色西服，看上去傻乎乎的。他低头，仔细整理胸前口袋里插的小束兰花，挤出了双下巴。

更傻了。屏幕外，她用睡衣袖子捂住脸，笑着红了眼圈。

当年，陈瑞开始追她时，白雯雯根本想不到，自己会嫁给这个男人。

毕业分配进矿业公司会计部后，大部分青年男人的目光都黏在高佳敏身上。和明艳活泼的高佳敏比，白雯雯像是隐在背景中的灰色纸片人。她自小喜欢安静，一点儿都不反感这样的处境，反而有些窃喜。会计部除了月底忙一阵，闲时她便偷偷抱着手机看小说，打打游戏。矿业公司对时新的文娱资源一向舍得下血本，估计是怕员工们在极地圈太闲了，惹事。

高佳敏和她在学校里就是死党。每逢和矿区事业部搞联谊舞会，便不由分说拖她一起去。白雯雯眉目简淡端正，勾个眼线，穿上旗袍，颇有些传统美人的味道，过来搭讪的男人很多。高佳敏这方面消息灵通，悄悄地和她咬耳朵：这个是有名的花花公子，不靠谱儿，玩玩可以，别动心；那厮人模狗样的，其实大专毕业证都没拿到，用不着搭理，以后小孩万一随爹脑子太笨。

白雯雯憋笑听着，目光落到刚进场的一个青年身上。

他的长相令人眼前一亮，是十二分讨长辈们欢心的那种平头正脸的帅气。走进舞场左顾右盼的笨拙样子，又叫她觉得好笑。远远地，他的目光冲她们这边扫过来。

是在看高佳敏吧？白雯雯想。瞧那青涩的样子，估计是没胆子过来搭讪的。

第二天，当她坐在财务处柜台里，低头有一眼没一眼扫着手机时，有个低沉的男声响起来："麻烦报销一下车费。"

她抬头，是他。接过单据，白雯雯知道了他的名字：陈瑞，是掘进组的三级驾驶员。她知道，三级驾驶员是专业试开各种新型挖掘机的驾驶班老手。有两下子嘛。

白雯雯帮他办了报销，心里也不免嘀咕：这小伙子人缘不行啊，都混到三级了，还没个小弟帮着跑腿。

后面接连数日，她每天都从陈瑞手里接过数额只有十几块钱的车费单。他穿着还带有熨烫痕迹的短袖衫，在柜台前站得笔直。每次报销完，他捏着零钱和单据调头就走。

最后是高佳敏实在看不下去了，冲他喊道：“她六点下班，你这么老大个儿的男人开口约个晚饭会死吗？”

在财务处的一片哄笑中，陈瑞红了脸，直直盯着白雯雯：“六点我在门口等你。”

高佳敏“呸”了一声，挥手：“你约过女孩子没有？人家不要换衣服的时间啊，六点半。”

白雯雯笑了，目送陈瑞在更响亮的起哄声中落荒而逃。

那天晚上，是他们第一次出去约会。

然后是第二次，第三次。财务处的同事们开始习惯陈瑞站在外面等她。年纪大的阿姨偶尔会打听她的婚期。

白雯雯心里还是有点不踏实。接触时间长了，她能看出来，陈瑞其实和她是两个世界的人。他对她很好，男朋友该做的事一件没落下过。但他更喜欢和掘进班的那群粗汉子泡在一起喝酒胡扯，提到新的开掘路线、炸药和钻头时眼睛闪闪发亮。

可这样的陈瑞，比那个局促不安、捏着报销车费单站在财务处柜台外的男人，要有魅力得多。

“你家那个陈瑞嘛，就是长着小白脸的传统矿区老爷们儿。”高佳敏说，横躺在宿舍的床上抽烟。白雯雯笑出声，算是默认。

高佳敏最近和一个外号叫“八爷”的男人打得火热。她嘴上说玩玩而已。白雯雯倒有点担心，她这次动了真心。八爷是个供销部的小经理，在整个矿区前女友无数，还经常有女性朋友从大陆飞过来看他。他长相只能算普通，却有种奇怪的魅力吸引姑娘们前赴后继。

白雯雯偶尔发现她半夜哭过的痕迹，但高佳敏不主动说，她也没法问。

“矿区的男人，都这样。”白雯雯耸肩，“我也不喜欢那种伤春悲秋的文艺青年。”

“商学院林黛玉居然栽在了这种汉子身上。”高佳敏哈哈大笑起来，捅她的腰，“你就是个颜控吧！”

白雯雯嬉笑着躲开。

那年年末，陈瑞提出要带她回父母家吃饭。

03

婚后日子过得平静。

两人规划着要孩子，白雯雯开始每天认真数维生素片和叶酸吃，陈瑞也戒了烟。他们预约了新手父母课和基因筛检。最近几年，开始流行去基因公司给孩子改个头发颜色之类，偏远如矿区居然也有服务点。他们商量过，要不要赶个时髦，最后决定还是算了。黑头发黑眼睛挺好的。

美事连连，矿业公司分配给他们一套四居室的房子。俩人看房时，陈瑞直感叹，这几年分房比以前容易了。白雯雯心里叹气，其实是北极最近几年愈发留不住人，很多人回了大陆。她没说出口，怕打破了难得的好气氛。

迁入新居时，高佳敏带着八爷来暖房。八爷搂着她，说明年咱们结婚了也弄个有两个儿童房的套间。高佳敏笑得像个高中小女生。他们走后，陈瑞说不喜欢那个男的，油嘴滑舌的。白雯雯垂下眼睛疲惫地笑笑。

婚后，她和高佳敏来往得少了，高佳敏也知道他们夫妇看不惯八爷。白雯雯闲来无事，在网上买了厨艺课，生平第一次热衷于在厨房里鼓捣。陈瑞倒是没减少和婚前朋友的往来，周末经常会喝到微醺才回家。

白雯雯看他不算过分，也懒得说他。

他们第一次争吵，爆发于她在财务室看到了来自掘进组的一批伤残补偿金合同。试驾员的风险一直极高，她知道。但亲眼看着医院伤检报告和验尸单，她控制不住地全身哆嗦。

前思后想，白雯雯要求陈瑞调职到普通驾驶岗位。她说：“薪水少一点没关系，我不能让自己的孩子没爸爸。”

陈瑞一反平日里百依百顺的样子闷头不答话，说急了就跑出去抽烟。

掘进组暂时招不到新人，陈瑞加班的频率更高了。夫妻俩经常一连几天都见不到面，陈瑞一下坑道，私人通信就会断绝。白雯雯下班后，大房子里空空荡荡的。她独自躺在床上瞪天花板，厚重的窗帘将极昼如温吞水般的日光隔在外边。

她开始失去以往温厚淡泊的脾气。

有次说得急了，白雯雯吼道：“你不调岗，咱们生孩子的事就先放着吧！”然后操起药瓶一个接一个冲他的背影扔过去。

那天晚上，她差点儿想离婚。

白雯雯定格录像。

婚礼录像里，正好放到兼职牧师老张在念誓词。老张五大三粗，平时是个矿脉勘探员。他光秃秃的脑门闪着油光，四周杯觥交错，有个大嗓门的老太太在劝酒。

老张问陈瑞："你愿意娶这个女人吗？爱她、忠诚于她，无论她贫困、患病或者残疾，直至死亡。"

陈瑞说："我愿意。"

老张问白雯雯："你愿意嫁给这个男人吗？爱他、忠诚于他，无论他贫困、患病或者残疾，直至死亡。"

画面里的姑娘笑得眉眼弯弯。陈瑞在一边略带紧张地斜眼瞥她。

04

白雯雯冲电视机发了一会儿愣，起身重新检查摊在客厅餐桌上的文件：

陈瑞的死亡证明。

精子库提取申请报告。

她自己的体检报告和心理状态情况证明。

单亲家庭试管婴儿申请报告。

白雯雯将文件一份份归拢，装入手提袋——对于高危岗位，矿务公司例行提供生殖细胞冷冻服务。当初他们谁都没想到，这份福利真有派上用场的一天。

“我一年前的预约还有效吗？”她侧头夹着手机，语调平静，“我明天早上过来。对，备孕检查。”

白雯雯第一次说出自己的想法时，高佳敏痛斥她疯了：“你想独自带大一个死人的孩子？现在公司情况又不稳定，没准这几年就要全线撤离搞大裁员。万一有个什么变数你打算怎么办？你爹妈能接受吗？还有你才二十六，以后不打算再谈恋爱结婚了？”

看她面无表情八风不动的样子，高佳敏叹气：“反正申请使用死者的精子还有一年强制冷静期。我现在劝不动你，到时你自己缓过来就想明白了。”

那天，高佳敏陪白雯雯坐在殡仪馆火化室外的椅子上。

白雯雯的手指在骨灰盒边缘反复摩挲。其实里面是空的，她们待在这里，只是追悼会后走个过场。陈瑞他们队实验的是一种能直接跨越熔岩流的新型采掘载人单位。四个三级试驾师全折在里面了，载人单位的残骸可能已被熔岩流带入了地心深处。

研发组深感抱歉。

深感抱歉。

05

产科医生是个腰板笔直的灰发老太太，估计见多识广，刷刷核对完白雯雯带来的文件，又查了她的医疗保险状况，便要她换衣服进检查室。多

余的问题一个都没问。

白雯雯暗中感激。

等她扎完一系列促排卵针出来，看到产科门前已经聚了几对小夫妇，在看墙上的广告。景元基因服务公司——白雯雯留意了下列出的服务项目，不由得颇感惊奇。除了常规遗传病的筛查，对婴儿外貌的控制居然已经到了“您拿照片来，我们照着做”的程度。

“吹牛的吧。”白雯雯暗自嘀咕。

产科老太太正好推门出来招呼下一对夫妇，看到她也站在广告栏前，说：“景元的接待处就在隔壁，感兴趣可以去问问，他们公司很多项目涵盖在医保里头的。”

白雯雯点头致谢。

后来，每次去医院检查，白雯雯都会在景元公司门口犹豫一下。数月后，试管婴儿科的医生拿着化验单走出来，嚷道：“白雯雯是哪位？着床成功，你怀上了，下次来直接去挂产检科。”

等在化验室外间的其他姑娘，和她们的伴侣，都齐刷刷转头看她，满脸羡慕。

出了医院，白雯雯终于下定决心，直接走进景元公司的接待处。

那是间干净整洁的小办公室，墙上挂着一张镶在金边框里的DNA模型旧海报。办公桌后坐着个穿白大褂的年轻人。他叫顾亦园，名字写在胸牌上。

“顾医生？”白雯雯试探着开口。

“不用叫我医生。”顾亦园有双带卧蚕的长眼睛，笑起来显得很和善，“我其实是景元实验室做基因转录的研究生。公司要我们轮流在医院值班做咨询。他们觉得我们这些做技术的，能向客户解释得更清楚些。”

白雯雯点头，渐渐放松下来。

顾亦园：“您有什么样的需求？可以先随便聊聊。”

白雯雯从钱包里取出一张照片：“我想让将来的孩子，尽量长得像他父亲。”

顾亦园接过照片端详：“您先生真帅。今天没陪您来，是出外勤了？”

“他去世一年了。”白雯雯说。

顾亦园一惊：“对不起……对不起，我不该问的。”

他站起身给她倒了一杯茶。

半小时后，他们已经聊到了《呼啸山庄》。白雯雯也想不起来话题是什么时候莫名其妙跑偏的。刚开始，顾亦园的闲谈似乎是为了缓解开场时的尴尬。白雯雯平时并不喜欢和陌生人扯闲篇儿，更别提今天她心里揣着事。奇妙的是，他们之间的东拉西扯慢慢变得十分愉快，像是认识多年的老朋友。

敲门声打断了他们。

顾亦园看了一眼台历，冲白雯雯做个鬼脸：“抱歉，我有个预约。”

此时一颗脑袋已经探了进来：“顾医生——哇呀，小雯？！”

是高佳敏。

白雯雯也颇感吃惊，另外带着几分说不清楚的尴尬。

高佳敏扑过来按住她：“在对面的红顶餐厅等我，我这边二十分钟就好，出来找你。你先点个夏威夷比萨让他们烤着。”

白雯雯无奈地笑。和以往一样，高佳敏决定了的事，像龙卷风一样不容反驳。

06

红顶餐厅的比萨上得很快。白雯雯又要了一份牛排，最近她总是饿。

盘中的牛排切片粉红鲜嫩，大理石花纹般清晰美丽。它来自一种经过基因改良的牛，在寒带地区也活得很好，北极圈的人从此能吃上新鲜的肉类。

我应该为了自己的私念改变孩子的长相吗？她将手轻轻放在小腹上。陈瑞长得帅气，孩子长得像他并不亏。然而白雯雯记得，少女时她曾为自己不够大的眼睛深感遗憾。最后她想开了，外貌是老天替她做的选择。如果她知道是父母替她选择了细长的眼睛，而不是双眼皮大眼睛，她会不会感到……

“可算逮到你了。”高佳敏把手袋甩到对面的沙发椅上，嚷道。

白雯雯抬头冲她笑。

“我知道你最近躲我。”高佳敏划开桌面的电子屏看菜单，“你对咱们的友谊也太没信心了吧？你真想生我还能拦你不成。现在自己买精子生娃的单身女性都多了去了，不是什么大事。”

白雯雯乐：“等生下来认你当干妈怎么样？”

高佳敏翻白眼：“难道还有别人有这个资格？”

她们很快吃完了比萨和牛排，在甜点的选择上反复纠结。高佳敏一年前从矿业公司辞职，找了份为私人信息咨询公司做财务信息收集的SOHO

工作。白雯雯将共同老熟人的近况都和高佳敏“八卦”了一遍，俩人乐不可支。

当蛋糕碟子慢慢变空时，一阵意味深长的沉默开始漫延。

白雯雯早就注意到，高佳敏没戴婚戒。

“说吧，咱们为什么会在景元撞上。”白雯雯说。

高佳敏耸肩：“你先说啦。”

“我想让孩子长得比较像他。”白雯雯说，拿起咖啡杯看了看杯底的残余，“只是个想法，我还没真的决定。”

高佳敏欲言又止。

“我知道自己有点儿自私了，甚至有点儿心理不太健康。”白雯雯承认，“但是我忍不住在想，陈瑞在世界上什么都没留下来，要是能有个长得特别像他的孩子——”

“你这么想很正常。”高佳敏轻声说，“还有你知道吗，景元他们能做到的，不只是外貌上相似。”

白雯雯眨眼，慢慢意识到她的朋友在指什么。

07

“是景元那边说的？”白雯雯睁大了眼睛。

高佳敏抿着嘴唇点头。

“太不可思议了吧，我从来没听说过这种技术。”白雯雯说。

高佳敏压低了声音："我也是听到外面有传言，他们能做这种项目，才过来打听的。刚开始他们还不肯透露，我报了几个病例的名字，证明是熟人才松的口。"

"能改人的性格。"白雯雯重复道，垂下眼睛。

"我想改改八爷那个畜生的泰迪属性。"高佳敏直言，"我已经数不清抓到过他撩妹多少次了。他天性就是这样，我不能指望他自动改。"

白雯雯叹气："换个男朋友是不是更简单点？"

"我离不开他。"高佳敏的神情和语气之坦诚，令白雯雯不忍心再说什么。

"不会是骗子吧？！"安静了几秒，白雯雯打破沉默，"有这么神奇的技术，干吗不公开？"

高佳敏玩弄手包带子："他们解释说现在技术上已经很安全了，但伦理上争议太大，所以只在北极圈这类偏远地方的试点做。我见过那些改过性格的人。"

"怎么样？"白雯雯歪头，颇好奇。

"我老板，以前是个暴脾气。因为乱发脾气丢过单。他自己打听到了景元公司这个事，跑去做了。"高佳敏做了个鬼脸："谈不上脱胎换骨，但确实情绪控制力强了好多。"

白雯雯听得直眨眼。

"还有个考试特别容易紧张的实习生小姑娘。她家里人听说后送她去做调整，今年的注册会计证书考试一次过了。"高佳敏往椅背一靠，"也没见他们有什么后遗症，我就动心了。"

"八爷知道你要给他下药吗？"白雯雯忍不住想笑。

"当然不能让他知道。"高佳敏翻白眼，"我今天就是过来送他的生物样本来的。景元会先出修改方案，然后做靶向药物。现在我们同居，总能找到机会让他吃药。”

白雯雯摇头叹气：“真有你的。”

“试试又没损失。”高佳敏耸肩，站起身来，“好了，咱们起来散步消个食吧。去逛奥特莱斯？”

白雯雯笑着点头。

那天晚上，高佳敏把她送回公寓，以及一堆大包小包。她执意为“将来的干儿子”买了整套整套的小衣服、玩具，白雯雯拦都拦不住。

独自坐在客厅里，她按摩着酸痛的脚，那些打着婴儿用品标志的购物袋堆在地毯上。她控制不住想到要是陈瑞还在，他肯定会叨叨……

此时手机“嗡”的一声。

她划亮屏幕，有条新消息：一个陌生号加她——顾亦园。

08

到了孕期第五个月时，白雯雯开始穿宽松款的连衣裙。

和顾亦园一起出去时，别人都以为他们是一对新婚夫妇。白雯雯刚开始有些尴尬，顾亦园倒是挺配合，还和路人聊几句预备做新手爸爸的心得。以他做产科基因产品接待员的背景，演起来真是毫无破绽。

他们之间还没挑明过。

白雯雯也想过，自己会在何等情况下再次约会恋爱：也许等儿子上了小学，自己能分出些精力——她没料到居然会在孕期遇上顾亦园。

她对他确实有好感，虽然顾亦园和陈瑞是完全不同类型的男人。

她刻意回避在他们之间做比较，觉得这么做不厚道，却也暗自承认：也许和顾亦园在一起，自己更轻松随性。他们去小众影院，去书吧喝咖啡、听音乐。夏季他们在北极荒原的茸茸细草上散步，顾亦园指给她看多年前曾经有冰川覆盖的地方，还带她去看一具北极熊的骨架。那天他像个带小女孩去看自己宝藏的小男孩，神色骄傲得可笑又可爱。

那具骨架确实给她留下了深刻的印象。在她的记忆中，熊是一种极其凶猛强健的动物。没料到失去了血肉后，残余物如此单薄易碎。然而同时，她没见过比这具骨架更带有“熊”的特质的存在。

“是不是很神奇？”顾亦园轻声说。

熊骨以睡姿伏在草丛中。不远处即是青灰色的海岸线，一波波白浪反复涌动。仅仅在半个世纪以前，这里还是万里冰封的雪原。

白雯雯弯腰伸手抚过那些褐色的肋骨，说：“难以想象它曾经是一头熊。”她感到腹中的血肉团块在沉重地跳动。

顾亦园替她捡了一小段骨头碎片，带回家装在一个纸盒子里。

数月后，白雯雯和产科医生确定了预产期。她天生盆骨狭窄，医生建议剖腹，她同意了。她对是否自然生产并无执念。

顾亦园陪她和医生聊完，在走廊里开了口：“我们先把结婚证领了吧，就搞个简单的冷餐会，请熟识的朋友吃个饭。以后等孩子大点再补个正式婚礼。”

白雯雯侧头看他。

顾亦园抓住她的手，转身面对她：“我真不介意第一个孩子在基因上和我完全没关系。我自己是搞基因工程的，对这些事远比一般人看得开。”他顿了顿，开始从裤兜里费力地掏戒指盒，“我爱你。你是我见过的最特别的女人。我想和你共同生活。”

白雯雯笑着掩住脸。陈瑞向她求婚时，用的是几乎一样的词句。而眼下想起往事，她只感到一阵略带伤感的暖意。顾亦园给她套上戒指时，她没拒绝，三三两两的围观者吹起口哨，还有人鼓掌。

俩人轻轻拥抱，她的大肚子梗在他们之间。

这尴尬的动作令他们不约而同轻笑起来。

09

八月份，她顺利生产。

孩子长得和陈瑞简直一模一样：浓眉大眼，滴溜溜看人一点都不怕生。

高佳敏第一时间跑到医院来看这个“干儿子”。俩人把顾亦园赶出病房，凑在一起说悄悄话。

“那小子对你怎么样？”高佳敏说。

“挺好的。”白雯雯说。

高佳敏摸出烟，看了眼婴儿床又塞回口袋：“哪天他要敢欺负你，我叫人揍他。”

白雯雯笑着点头。她知道高佳敏一直不喜欢顾亦园，嫌他心思深。

“对了，他对你想改小孩的长相，心里真的没疙瘩？”高佳敏又伸手去逗婴儿，男孩一把紧紧抓住她的手指，发出“咿咿呀呀”的声音。

“后来我想了想，算了，该长啥样就啥样吧！”白雯雯说着，从床头柜摸零食袋子，“倒是亦园帮我走后门，托他们公司实验室的人，免费把能查的遗传病都查了遍。你以后要是有需要……”

“没准也快了吧。”高佳敏眨眼。

白雯雯“哦”了一声。

要是高佳敏和八爷结婚，她都拿不准该不该为朋友高兴。

“那家伙求婚了。我在犹豫要不要答应他。”高佳敏做了个手势，“最近半年，他居然真的老实了。”

自从她们那天离开红顶餐厅，俩人都没提过景元公司的特殊服务，像是出于一种奇怪的默契。

高佳敏自嘲一笑：“但我没想象中那么开心。我后来想了想，其实我要的不是个天性专一的男人。我想要的是他最爱我，爱到觉得别的女人都没有吸引力。”

白雯雯一时不知道说什么好。

高佳敏耸肩：“你看，现在木已成舟。原来我一直不甘心，也许有一天，我能让他爱我，爱到再也不看别的女人一眼。现在，我们之间这种张力已经消失了。我再也不可能知道，他到底有多爱我了。”

俩人听着病房里孩子的嘟哝声。

“我大概还是会和他结婚的。”高佳敏笑笑，“我确实爱过他。再说，已经对他做过了那种事，再撒手不管，好像不太厚道。”

白雯雯默默递巧克力条给她。哪怕当年被八爷的绯闻伤得再深，她也没在高佳敏眼里见过这么深的落寞。

“现代技术真是太神奇了。”临走时高佳敏警告她，“顾亦园就是景元的人。要是我，我会防着他点。万一他哪天想把你改造成什么超级贤妻良母怎么办？”

“你想太多了。”白雯雯把她轰出去。

然而当她回头看床头柜上，顾亦园带来的、装鸡汤的保温杯，心里飘过一丝莫名的凉意。

10

霍尔半岛分公司破产的消息来得猝不及防。

在绝大部分极地矿业移民的心目中，霍尔半岛公司几乎是像日升月落一样坚挺稳定的存在。很多家庭三代人都在霍尔做雇员。《极地快讯》的弹窗消息在电脑屏幕角落反复播放着霍尔半岛公司总裁的道歉信。

另一条热门新闻是几百名临时雇员已经包围了公司总部大楼，讨要前几个月的欠薪。

作为总公司的财务科科长，白雯雯很清楚近几年整个极地矿业公司的窘境。甚至自己的升职，都是公司上层人员流失造成空缺的附带效应。公司营利日益艰难。随着近地运输线的开通，小行星矿藏开发成本一降再降，极地矿业被冲刷得毫无招架之力。地外采矿可以绕开地球的法令使用类人机械，更是使情况雪上加霜。总公司卫星城人口已经从巅峰期的五十多万人流失了一半，临时雇佣矿工的聚集区近来经常发生骚乱。

她一直知道，整个极地矿业的衰败是迟早的事，然而听到霍尔破产的消息时，她还是呆坐许久。两个小实习生在她办公室门口探头探脑："白科长？"

白雯雯叹了口气，回神，起身带着两个小姑娘下楼去会议室。总公司已经召集他们，明天开始清算霍尔公司的账目，做员工遣散。

从电梯镜子的倒影里，白雯雯无意识地比较着自己和两个刚出大学的实习生。

她显然是老了。

脸上尚看不出明显皱纹，但也早已失去了少女时的圆润线条，眼神中的疲惫感与日俱增。自从两年前升任主管，她将大部分时间花在了公司，还报班考了两个证。以前在学校里她一向是个懒散的学生，现在却感觉有无形的东西在身后追赶。矿业公司情况下滑，她不得不考虑今后再找工作时的出路。大陆人都明里暗里瞧不上极地圈的，觉得他们几代人都已经被旱涝保收的矿业公司养傻了。万一极地矿业真撑不下去，她能预想到今后的艰难。

顾亦园倒是没出言抱怨，还经常替大儿子陈明玉收拾烂摊子。四岁的男孩，正处在淘气得惊天地泣鬼神的阶段——他坚持让陈明玉跟着陈瑞的姓。白雯雯刚开始很感动，时间长了，又有点怀疑顾亦园是想借此和大儿子保持些距离。

他们刚结婚时，也计划过等儿子上幼儿园时就再生一个。白雯雯想要个女儿，一直私心更喜欢女儿。陈明玉和陈瑞的性格极为相似——有时实在太相似了。幼儿园阿姨三天两头上门告状，他又和其他孩子打架，翻墙逃学，或偷拿走教师的茶杯往里装满积雪。

经历过无数累得精神崩溃的时刻，她和顾亦园都不约而同盼望能有个乖巧安静的女儿。要是女儿也淘气呢——也许景元公司能——白雯雯被自己的思绪吓了一跳，将手从小腹处移开。

她已经再次怀孕三个月。

电梯门叮的一声打开，小助理中的一个替她挡了把电梯门。白雯雯收神，冲她笑笑。手机在她手包里震动起来。

是顾亦园。

白雯雯心里一动，他在她上班时极少打电话来。

“明玉在幼儿园出事了，现在在医院，具体情况还不清楚，我正在赶过去。”电话那头的声音又轻又远，白雯雯突然感觉自己快要站不住了。她有一瞬间像是回到五年前，陈瑞班组的头儿给她打电话的那一瞬间。

出事了。

“你慢慢过来，自己小心。应该只是轻伤，不会有生命危险，你别太急。”顾亦园边补充，边报出了医院名字。

那天晚上，等夫妇俩把陈明玉从医院领回家，哄他在自己的小床上入睡，已是凌晨两点。夫妇俩看着他把带卡通图案的石膏手臂端端正正地放在胸前，脸上带着泪痕睡去的样子，都无声叹了口气。

“我们谈谈吧。”白雯雯关上儿子小房间的门，拉着顾亦园在厨房坐下。

顾亦园看着她给自己倒了杯冰水，喉结动了动，最终没说什么。他也倒了一杯，陪她坐下。要是陈瑞，肯定会直接把冰水倒进水槽里，嘟哝孕妇喝什么冰水。白雯雯想着，最近，她越来越经常想起陈瑞。

“你们公司，有可以帮人改性格的技术？”白雯雯开口问。

“你是从哪里听说的？高佳敏？”顾亦园愣了一会儿，接上她的视线。

“对人的身体会有损害吗？”白雯雯举起玻璃杯，闭上眼睛，让凉意在脸颊上停留了一阵。

“完全没有副作用。”顾亦园摇头，“你想听技术细节吗？”

“不，有你这句话就够了。”白雯雯轻声说，“帮明玉调整一下。”

顾亦园盯着她，微微眯起眼睛。她想起高佳敏对他的评价：这个男人情绪控制力太强了，捉摸不透。你又性子单纯，小心吃亏。

“这次只是翻墙手臂骨折，谁知道下次会是什么情况。”白雯雯瞟了一眼儿子房间的门，“我们不可能一天二十四小时盯着他的。我们可能很快会撤离极地，要重新找工作安置，还有第二个孩子马上要来了，我们会更加分不出精力给他。”

打出这张牌是卑鄙的，白雯雯知道，可她实在太累了。

“是的，我知道这个决定很自私。今天要是没保育员站在边上，把他从水坑里捞起来，我不敢想会发生什么。我已经经历过一次陈瑞的死。我不想再经历一次儿子的死。”

她站起身来，去水槽洗杯子。她的手直哆嗦，一下子没拧开水龙头。

“我明天就采样去实验室。”顾亦园走到她身侧，拿过杯子，“明天再洗吧。别担心，只是会让他变得更稳重谨慎些，不会影响其他方面的。以后他会过得更安全。一切都会好的。”

她站在水池边流下眼泪，双肩耸动，悄无声息，哭得停不下来。

顾亦园知趣地没打扰她，安静地走开了。

那天晚上入梦后，她发现自己又回到了那片绿茸茸的草地，去看熊骨。但在梦里，不是顾亦园带她去的，在她身边的是陈瑞。在细雨蒙蒙中，陈瑞替她撑着伞。她弯腰再次去触碰熊骨，骨骼在她的指尖下分崩离析，成为一阵粉尘。

“对不起。”她对陈瑞说，“我太累了。我曾经深受你身上那些特质的吸引，我也想留住这些东西，但我真的太累了。”

死去的前夫不回答，看着她微微而笑，眼神里没有责备。

“为什么我和爸爸的姓不一样，和妈妈也不一样？”

陈明玉六岁时，在晚餐桌上，第一次向白雯雯提出这个问题。

白雯雯和顾亦园对视，他们商量过在此情形下怎么办。顾亦园起身抱起婴儿座椅里的小女儿，“这是个很长的故事呢，让妈妈给你讲，爸爸先带妹妹去换个围兜。”

白雯雯把儿子带回他的房间，拿出旧相册给他看。

“这是你基因学意义上的父亲。”

照片里的陈瑞真年轻啊，白雯雯不由自主地想。死者不会变老。

她给儿子讲了什么是在极地找矿开矿，开挖掘机的司机都是勇敢无畏的男子汉，冒着生命危险替人类寻找地下的能源宝藏。

陈明玉听得很认真，眼睛闪闪发亮：“他是个英雄？”

“是的。”白雯雯说，“他去世后，我和你现在的爸爸相遇、相爱并结婚了。你的姓是为了纪念他，他是个很棒的人，大家都不想忘记他。”

“哇，太酷了。”儿子指了指相册，“我可以拿一张他的照片吗？”

白雯雯看着儿子将一张陈瑞的旧照虔诚地夹入自己的日记本。

“怎么样？”顾亦园临睡前开口问。床头灯昏暗，他俩拿着平板电脑并排躺着。顾亦园刷游戏论坛，白雯雯看一点财会专业书。

“他好像把生父想象成了卡通式的英雄人物，觉得自己有他的血脉很厉害。”白雯雯轻笑，“挺好的，小孩子接受能力比我们想象得强多了。”

“难道聪明的科学家老爹不够酷吗？”顾亦园半开玩笑说，“我感觉自尊心受到了伤害呢。”

白雯雯笑着捅他。

11

女儿六岁时，白雯雯怀疑顾亦园“外面有人”了。

顾亦园一直在景元公司基因实验室做医学咨询，工作时间比她灵活得多。前几年白雯雯忙于进修和适应新的职位，大部分家里的事全是顾亦园在管，白雯雯对此也深感内疚。

等两个孩子都上了学，白雯雯将手下助理也带出了道，她终于能有些闲暇时间关注家庭。然而有些事经不起细看，她很快发现，自己对丈夫的日常几乎一无所知。

大片大片的日程空白，和丈夫经常游移的神色，令她心里发冷。

“你查过他电话没？”高佳敏轻声说。

她们正在迪士尼乐园的小矮人矿山车前排队。六岁的顾小莉像只小跳蛙，被白雯雯紧紧拽在手里，还在原地直蹦跶。陈明玉十岁了，个头已经窜到只差母亲半个脑袋。他拿着园区地图细细研究，皱眉嘟嘴的严肃神色令白雯雯觉得好笑又心疼。

“阿玉，你带妹妹一起去买点冰激凌，我们在这里排队占位。”白雯雯把小莉推向哥哥，“其他东西她再闹，也别给她买。”

“知道了。”陈明玉点点头。

看着两个孩子的背影，高佳敏莫名叹口气：“要不是年纪硬生生摆在那儿，我肯定认为阿玉是顾亦园的孩子，小莉是陈瑞的。”

白雯雯也摇头："有时候觉得阿玉过分懂事了。"

"你后悔把顾亦园不是他亲爹的事告诉他了？"高佳敏瞥了她一眼，"我倒觉得阿玉没那么多弯弯绕的想法。可能就是看自己也是当哥哥的大孩子，不能像小时候那么淘了。"

白雯雯转开视线："也许吧。"

"说到顾亦园的事，你是怎么觉得不对劲的？"高佳敏说。她们随着人流往前挪了一小步。

"具体也说不上来有什么异样。"白雯雯皱眉，"就是——感觉他心思经常不在了。他对我还是很好，对两个孩子也关心，反正具体说我也挑不出什么错。"

"相信女人的直觉。"高佳敏"哼"了声，"这方面我可是经验太丰富了。"

白雯雯心里微微一酸。

高佳敏和八爷的婚姻没维持多久，具体为什么离的，高佳敏没说过。恢复单身后，高佳敏身边没断过人，似乎也过得挺潇洒。白雯雯的两个孩子都喜欢这个出手大方、行事酷炫的"干妈"。近来顾亦园经常自称"实验室太忙抽不出空"，反而是她们俩带孩子一起出游的次数更多些。

"你要找证据的话，咱们这行当有先天优势啊。要是通信记录难以搞到手，可以查账。"高佳敏冲她眨眼，"男人外面有花头，资金流上肯定留痕迹，你查他账就行。高档餐厅、电影票、开房记录，再查查他有几张信用卡，有没有提过现金。"

白雯雯苦笑："真没想到有一天居然要——"

"唉，话说，真要存在'那个女人'，你打算怎么办？"高佳敏望向远处。

小莉举着个粉色蛋筒在前面蹦蹦跳跳，陈明玉小心端着另外三个淡黄色香草味的，慢慢跟在后面。

“我不知道。”白雯雯也看向两个孩子，晃了会儿神，轻声说，“也许先和他谈谈吧。”

在冰激凌只剩下包装纸时，他们终于站到了矿山车队伍的首列。

“哇哦！”小莉立马拽着高佳敏冲上车，坐在第一排，替自己系安全带。

白雯雯看向儿子。

陈明玉盯着前方上下起伏的轨道，和前一列飞车上惊呼连连的游客，脸上一点兴奋的神色都没有。

“你想玩吗？”白雯雯问。

刚才，陈明玉已经拒绝了云霄飞车，被妹妹“胆小鬼！胆小鬼！”地嘲笑了一路，直到白雯雯语气不善地喝住了女儿。

“我能在下面出口等你们吗？”儿子皱起脸，又犹豫了几秒，低声问。

“当然可以。帮妈妈拿着包。”白雯雯把双肩包和伞交给他抱着，突然一时冲动揽过儿子亲了下他的额头，“我们一会儿就下来。”

陈明玉有点被她吓到了，眨眨眼愣了下，才转身往外面走。

当矿山小车载着她、高佳敏和顾小莉飞速划过黑暗的坑道时，白雯雯听着女儿和朋友快乐兴奋的尖叫。

她想起那个曾经爬墙摔断胳膊的儿子，想起顾亦园带回家的药末儿。她想起后来在空无一人的马路上，儿子还拖着她的衣角不让她乱穿马路。想起儿子被学校里高年级的坏孩子打肿了眼睛，回家还是一声不吭的样子。

现在的陈明玉是个讨人喜欢、不费心的好孩子。

白雯雯想起他生物学意义上的父亲，那个已经死去十一年的男人，当年坐在掘进机里做开机准备时，眼睛里的光。

“我以为那会对你好。”她在扑面的狂风中闭上眼睛。也许是第一百次，她觉得自己和改变了八爷的高佳敏，没什么两样。

12

高佳敏几乎是手把手教会了白雯雯如何查丈夫的账。她离开矿业公司后的工作，就是接受委托调查其他公司、个人的资金进出，偶尔自吹：“姐以后要是改行当经济犯罪警察，肯定是一把好手。”白雯雯勤于考证积累的知识，加上已经在管理岗位上干了好几年，令她对高佳敏的指导也是一点就通。

“这事其实挺好玩儿的，就和看侦探小说找线索一样。”高佳敏“啪啪”敲了个回车，让网络爬虫程序自己运行，一边四下打量白雯雯的独立办公室，一边感叹，“没想到你现在居然成白科长了。”

“我也没想过。”白雯雯笑道。

“女人还是得自己手里有点儿本事挣钱啊，男人都靠不住。”高佳敏仰头活动颈椎，拉长声音说。

“有时我在想，是不是前几年我太不顾家了。”白雯雯盯着屏幕上滚动的数据。

“放屁。”高佳敏说，“别从自己身上找原因……”

此时一声巨响将她们吓得惊跳起来，好像什么东西破窗而入砸在墙上，碎玻璃洒了一桌。警报声“呜呜”响起来，和外面传来的叫骂声混成一片。

“什么东西？！”高佳敏抚着胸口，跑过去看，地毯上有半截破砖。

白雯雯松了口气：“都没事吧？”

她听说过有游行者往建筑里扔自制燃烧弹的传闻，这几天街上都不太平。

“没事。”高佳敏弯腰捡起砖块，上面裹着一张传单。白雯雯将她拖回办公室立柱后的隐蔽处：“不要命啦，再扔一个砸到你怎么办。”

高佳敏耸肩，展开传单。上面还是那些套话，谴责矿业公司资本家十恶不赦，榨干了临时工的血汗后就拍拍屁股走人。

俩人相对叹了声。最近游行和骚乱蔓延进了市区，警力不足的问题日益明显。公司上层已经向大陆方面求援。白雯雯听到的消息是年底将展开全面撤离——若是能处理好流民的安置问题。

长期以来，替矿业公司工作的除了正式员工外，还有大批临时雇工。他们皆是在大陆混得不如意的人，听说北极矿业攒钱容易，便慢慢聚集起来。矿业公司默许他们在主城外自己建立住宅区，甚至在年景好的时候帮他们搞些基建。然而现在一旦矿业公司打算全面撤离北极，土地将被再次出售，这些聚集区的地位便变得尴尬起来。

传言新的旅游业资本进驻后，会立即强行铲除所有的非法聚集区。这使临时雇员们变得激愤起来，决定上街讨要个说法——白雯雯在感情上很理解他们的愤怒。在理性上，她坚持让顾亦园接送两个孩子上学，并打算若情况再恶化下去，就主动离职去大陆谋出路。

不到万不得已，自然是舍不得的。

白雯雯蹲在碎玻璃满地的办公室里，听着外面隐隐的警报声，重重抚过额头。到了大陆一切从头开始，她可能只能再次从普通财会的职位做起。顾亦园是学生物基因的，也许新工作不难找，一旦失去了他们习惯享受的免费住房，薪水又……

满脑子杂乱的思绪乱翻，白雯雯几乎没注意到电脑程序发出了“叮”的一声响。

“爬虫程序找到东西了。”高佳敏轻声说。

这时公司的警卫终于赶到，两个一脸倦态的中年男人。见除了一扇落地窗外没有损失，草草慰问了白雯雯和高佳敏，“白科长，要不最近换间不临街的办公室先待一阵？”

白雯雯点头。

“你有什么东西要带走的，我们帮你拿。”警卫说。

“先拿电脑就好。”白雯雯说。

戴头盔穿防暴服的警卫替她们收拾起了窗前桌子上的笔记本电脑。

“今天我先回家处理事务吧，谢谢你们了。”白雯雯向警卫们道谢。

她先开车送走高佳敏，然后回家进了自己的书房。家里空无一人，两个孩子还在学校，顾亦园在实验室——也许吧。

看了眼书桌上的全家福合影，白雯雯有些犹豫。装糊涂是不是更好些？也许离开北极后，他和“那个女人”会自然而然断了联系？可在下半生，她真能忍受和一个出过轨的丈夫继续生活吗？另外还有份近于超然的好奇心在催促她：顾亦园会喜欢什么样的女人？是和她相似的类型，还是截然相反的？

还有，他们之间究竟出了什么问题，让顾亦园不再满足于只拥有她？

白雯雯果断地打开了笔记本。

爬虫程序处理的结果正静静等着她。在她眼前的并不是一份现成的答案，而是一堆需要处理的异常线索。她放缓呼吸，开始着手追踪顾亦园去年六月一笔不明收入的来源。

13

确实存在“那个女人”。

她是顾亦园的实验室助理，二十七岁，未婚。白雯雯从社交平台找到了她的照片，女孩长得清秀温婉，算不得令人惊艳，但确实讨人喜欢。

高佳敏说得对，一旦学会了怎么查账，男人的行踪在你眼里就是透明的。白雯雯列出了他们一起用餐、外出短途旅游的日程，在阵阵刺疼中，突然觉得索然无味。他们皆是普通人而已，她、顾亦园、那位助理。他们之间的出轨细节能有什么特别的。

她点燃一支烟，企图放空大脑。长久以来的怀疑落地，反而带来一阵如释重负感。现在，另一个意想不到的忧虑抓住了她。

顾亦园的账不干净。

不单单是指用于男女情事方面的开销，景元公司在顾亦元的账户上走过大笔不明金额，还有些与看似空壳公司的出入账往来。也许是用于实验室采购避税？

白雯雯看了眼腕表，两个孩子马上要放学回家了。她直觉此事没那么简单。那些资金流太过庞大又频繁，但她尤其担心的是，有些还牵涉到了矿业公司开在大陆的离岸子公司。

顾亦园平时对金钱没流露出特别的兴趣。一个声音嘲讽地说：他平时也没对女人色眯眯地偷看，还不是出轨了？

他的公开职位一直只是景元的实验室负责人。虽说景元公司背后的基因药业算是行业巨鳄，但在极地只有小规模的医疗服务处，顾亦园为什么会卷入这些乱账里？

白雯雯感到头疼。

桌上镜框中的全家福里，两个孩子挤在她和顾亦园之间。小莉笑得露出两排白牙，明玉站得略靠后一点，笑容有些不自然——他面对镜头总是有些紧张，但白雯雯能看出来，那一刻他还是挺开心的。顾亦园还是像任何时候一样，神色温和从容。

第一个父亲死于意外，第二个父亲要是经济犯被捕——她猛然摇头，甩掉这些不愉快的思绪。

门外传来响动，是顾亦园和两个孩子的声音：“进家门先洗个手。”

“知道了，老爹，你好烦啊！”女孩说。

白雯雯合上电脑站起来，揉揉脸，恢复表情。

“你今天怎么提早回来了，公司那边还好吧？我听新闻说游行队伍又冲进主城区了。”顾亦园看到她从书房出来，略感意外。

“没事。”白雯雯细细打量他。顾亦园的眉眼也有了皱纹。

这小子要是欺负你，我找人揍他。高佳敏说过。

可他也带大了她和前夫的孩子，当年他肯定很爱她。

“今天我来做饭吧。”她最终一笑。

14

事态的急转直下出乎所有人的意料。

两周前，雇工们派出了代表与极地矿业和后续投资公司三方谈判，游行和零星破坏活动都停止了。大部分人心里都充满了一种恢复正常生活的希望，临街商铺也卸下金属门，重新营业，小学中学全面复课。

现在，白雯雯每天夹着自己的笔记本电脑开车去矿业公司。她暂时失去了独立的房间，也不想将电脑留在公用办公室里。

今天公司门前多了四个穿黑色西服的男人。白雯雯以为是新增的便衣安保人员，没太多留意，驶进地下车库，进电梯时却迎面被他们堵住了路。

“白雯雯？”其中一个开口问，声音冷淡。

她应了声，不由自主抱紧了笔记本电脑包。要说完全没预想过眼下的情况，是假的，但真出现在眼前，白雯雯还是头皮发麻。

“我们是极地网络信息安全部门的。你最近的行为已经触犯了……”

西服男的话被一声巨大的爆炸声打断。整座建筑山摇地动，泥灰从天花板上直掉下来，尖叫声模模糊糊地从地面传来，还有枪声。

五人东倒西歪地扶墙站在电梯口面面相觑了几秒，白雯雯撒腿就跑。谢天谢地她今天穿着平底鞋。

西服男们一边打电话一边追上来。

可惜双方腿长差距太大，没跑几步，白雯雯便被按住了。

“别紧张，我们只是调查了解下情况。”西服男松开她，也跑得直喘气。

这时，另一个安全局职员从手机里听到了什么指示：“上面让我们先回局里，留一个在这里。谈判的事完球了，有人炸掉了矿业代表的车，死了十多号人！麻烦大了！”

“那我留下看着她。”刚才按住白雯雯的西服男说。他留着平头，脸色发黄，唇上有一小撮胡子。

他将她带到矿业公司内部的一间小办公室里。显然公司方面知道且支持这次调查，一路上遇到的同事都回避她的目光。

锁上门，黄脸男人转向白雯雯：“知道我们今天为什么要找你谈话吗？”

她直着腰坐到椅子上，不回答。

“你最近的网络活动明显超越了自己的权限，而且动用了一些非法程序，已经严重违反了经济安全法和职业守则。”黄脸男说。

“让我打个电话。”白雯雯说。

黄脸男扬眉看她。

“外面是不是现在很乱？我要给孩子的学校打电话确认下情况，找人去接他们回家。”白雯雯说，语气平稳，“等这些安排好了，我会配合你们的调查。我发现的一些东西，你们肯定也有兴趣。”

黄脸男看了她一会儿，点头。

陈明玉和顾小莉在同一个学校上学。白雯雯先打了孩子班主任的手机，永远占线。每个慌乱的家长都在打吧，她想。学校规定学生不能带手机，也有不少孩子偷偷带去玩。她觉得手机影响上课注意力，没让孩子们带。眼下她后悔了。

一愣神儿间，居然有电话打进来。

是陈明玉的班主任。

“刚才接到紧急通知全校暂时封闭，顾小莉哭闹着要回家，偷偷翻墙自己跑了，陈明玉听到也跑了。估计两个孩子都想回家，你们家长沿路找找，我们现在实在顾不过来。”班主任的声音在那头又急又快。

白雯雯强忍恐慌，硬生生憋回“你们老师们怎么管孩子”的指责，挂断电话打给顾亦园。

没人接。

再打。

还是没人接。

深呼吸，镇定。白雯雯警告自己，想了想，打给了高佳敏。

电话背景音里，能听到那边也是兵荒马乱。

“没问题，交给我了。”她还是老样子，“别担心，不会有事的，接到孩子们我马上打给你。”

白雯雯放下手机，将脑袋埋在膝盖上深呼吸了几秒，直起身子理理头发，重新面对黄脸西服男。

“行了，你有什么问题就问吧。”

审问内容基本在白雯雯的预料中。问她为何会起意探究景元公司的资金流向，如何找到北极矿业涉及洗钱、资金外流的痕迹。

她说的财会技术细节，似乎对面前的这位调查人员来说是天书，对方很快就失去了兴致，目光频频飘到办公室一角的新闻屏幕上。

那里正滚动播出街头暴乱的细节，又一座大楼冒出浓烟，是市中心的希尔顿酒店。武装流民们直冲入市中心，炸药之类的东西在矿区实在太容易搞到手了。还有人开出了水力采矿切割机，切起普通汽车像奶油似的顺滑。

肯定已经有人死了。

“你愿意成为我们指控北极矿业非法资产转移的证人吗？”黄脸男问道，“作为回报，我们可以减轻对你丈夫顾亦园的追责，最好的情况下他不必负刑事责任。当然，我们也要事先找他谈谈，最好就是现在。”

白雯雯眯起眼睛：“你们不是极地安全局的人吧。”

对方一怔。

“你们是景元公司的。”白雯雯说，“说吧，顾亦园拿走了你们什么东西，你们这么着急要找到他。”

15

外面街道上满是慌乱的人群和浓烟。

前线的实时新闻报道已经中断，最后的消息是数万武装暴民正沿着西北主街向市中心进发。满大街尚完好的播音系统正反复提醒市民们去港口集合，会有船队带市民紧急回大陆避难。

白雯雯坐在黄脸男悍马车的副驾驶座上，紧紧抓住安全带。两个孩子若是沿平时的路线回家，正是要穿越西北主街。

“你倒是真机灵。”黄脸男斜眼看了看她，“等事情结束了，别忘了你的承诺。”

白雯雯的目光在人流中四下巡视，不停拨打高佳敏的手机，“只要接到两个孩子，送我们去港口，我就告诉你们顾亦园的下落。”

“我们凭什么相信你呢？”黄脸男一边说着，还是配合着打方向盘，朝白雯雯指的道路拐去。

“顾亦园是带着另一个女人走的。”白雯雯冷冷地说，“我对他拿走了你们公司的什么数据库的事没兴趣，但我乐意看到他在你们手里吃点儿苦头。”

黄脸男做了个无声的口型：女人真可怕。

将要进入市中心主路口时，人群突然骚动起来，尖叫着四散逃窜。趁机打砸的人也扔下满怀赃物，飞也似的消失在侧巷中。前面传来水枪的尖啸。

“糟糕，遇上他们了。”黄脸男咕哝了一声，猛打方向盘。

白雯雯突然拽他的胳膊：“停下！我看到他们了！”她看到一抹小学校服浅蓝色的影子。

“老子开的又不是坦克。你疯了吗？”黄脸男怒喝，车猛地一震。他挣开女人的手，发现对方正企图开车门。

“你现在下去肯定就是个死。他们已经失去了理智！”黄脸男推着白雯雯的脑袋，让她看街边被削掉一半的楼，里面带家具的房间暴露在苍白的阳光下，像是被巨人踩过的娃娃屋。

“我的孩子在下面。”白雯雯说。

黄脸男瞪了她几秒：“我在那边巷子里等你二十分钟。”

顾亦园拿走的情报就这么值钱？白雯雯一闪念间，看到悍马驾驶台上摆着的小动物玩偶，突然明白过来了，他也有孩子，他能懂。

“谢谢。”她跳下车，狂奔起来。

转过街角，正好看到令她鲜血凝固的一幕。

一个高大的粗汉正乐呵呵地拽着高佳敏，她满头棕红的长发随着挣扎疯狂飘动：“放开我，你这个浑蛋！”另一个暴民轻而易举捏住了高佳敏的脸，开始扯她的衬衫领口：“平时你们瞧都不瞧我们一眼是吧？”

高佳敏一口口水唾在他脸上，男人一愣。

此时有个女孩冲上去一口咬住了行凶男人的腿，男人疼叫一声抬腿将她踢了出去。

是小莉。白雯雯奔过去抱起她，女孩看到母亲瞬间大哭不止。

“哟，又来了一个，也蛮漂亮的嘛。”刚被咬的那个男人注意到白雯雯，越发有了兴致。白雯雯将女儿拢到身后，瞪大眼睛，反而有些镇定了：“放开她，你们想要什么东西，可以和我谈。我是矿业公司的人，高管。我可以给你们弄到钱。”

“矿业公司的神气个屁。”三五暴民围过来，为首的笑开了，甩动着手中的水力切割枪，“过了今天，极地圈就都是我们的了。”

“大陆那边会放任你们不管？军队很快会开进来的。你们现在混成逃难的离开也还来得及。”白雯雯高声说。她站起身，抹掉女儿脸上的土。这些人似乎一时间还可以交流。

阿玉在哪里呢？她分了些心思。

“他们敢吗？”暴民都大笑起来，“咱们手里有原子弹。”

白雯雯一愣。突然意识到，他们指的是矿业中心的核动力装置，很久很久以前，陈瑞带她去看过。这些人可能听到“核”字就以为是能起爆的原子核吧。

“和这女人啰唆什么？先享受一把再说。”抓着高佳敏的粗汉高声嚷道。

高佳敏发出愤怒的呜呜声。

此时，一朵血花突然炸开，所有人都淋了一脸。高佳敏跌跌撞撞跑出几步，躲开软倒的无头尸体。血雾和爆炸声四起，白雯雯抱住她，冲着她耳朵大喊：“快跑！”

有人在帮她们，白雯雯一手拉着女儿一手拉着朋友，冲向最近的一座建筑。

“快过来。”八爷冲她们咧嘴笑道。他扛着一把不知从哪里弄来的长枪。

陈明玉跟在八爷身边，看到母亲和妹妹眉开眼笑。

广场上现在只留下五具尸体，附近枪声四起，其余的暴民还没留意到这边。“咱们赶紧撤吧。”八爷说，捏了把高佳敏沾满血的脸，“你个不省心的小东西。”

白雯雯一左一右圈住两个孩子，不让他们继续回望那些残缺的死者。她的心脏仍在狂跳。子弹刚才离她们这么近。

“没事，他每年参加矿区射击比赛都是前三名。”高佳敏像是看出了白雯雯的后怕，笑道。她脱掉高跟鞋，和八爷走在前面。

“有车等在那边巷子里，有人能带我们去港口。”白雯雯干咳几声，开口。

“你老公呢？”八爷侧头看她。

“他坐另一条船，要替他们实验室护送些东西，不和我们一起。”白雯雯随口解释了下。高佳敏似乎开口想说什么，白雯雯冲她使了个眼色：

先什么也别问。高佳敏点头会意。

一行人从房子侧面绕行，去找黄脸男的车。

“你还好吗？没伤到吧？”她悄声问儿子。

“我没事。”陈明玉说，“对不起。”

白雯雯一愣。

“我该管好妹妹的。她刚才冲出去时我没能拦住她。”男孩缩了缩手。

白雯雯拉着他的手背一看，一圈小小的牙印。小莉是咬了他哥脱身后跑出去救干妈的。白雯雯有些哭笑不得，又有点鼻酸。

黄脸男果然仍在原地等他们。一行人爬上悍马，这种大车在男孩眼里酷极了，陈明玉兴奋得整张脸都亮了。白雯雯侧头看他，忍不住嘴角上翘。

八爷突然轻声凑在她耳边说：“你这个儿子将来有出息啊。”

白雯雯扬眉。

八爷笑：“是他打电话叫我过来的，还让我把枪带上。”

他回身去搂高佳敏，留下白雯雯微张着嘴，一时缓不过来。

一路上，大陆军警开始陆续出现，设置路障关口。迷彩直升机和飞艇从他们头上掠过。黄脸男似乎有行政特权，亮了证件就过了。很快将他们全部送上了撤离船。

离开前，黄脸男和白雯雯单独谈了几分钟，满意离开。

两个孩子、高佳敏、八爷，站在甲板上等白雯雯。远远看去，能看到北极矿业的主城区冒出更多浓烟。白雯雯红着眼圈跑上舷梯，一左一右搂住两个孩子。

“爸爸呢？不和我们一起走吗？”小莉问。

“过几天爸爸就和我们会合，”白雯雯回答，“再一起回家收拾东西。我们估计要搬次家了。”

正说到这儿，一朵蘑菇云在他们眼前寂静无声地升起。所有人目瞪口呆。

此后的四十年中，他们中谁都没有再踏上北极的土地。

尾声

“你后来真的再没见过他？”高佳敏问。

她们俩站在气垫船的观景平台上，各自端着一杯气泡酒，微风吹过她们已经半白的头发。

“其实我知道顾亦园的下落。”白雯雯承认，大半辈子过去后，很多事终于可以聊了，“他在445-B那艘船上。”

高佳敏凝神想了想，手一抖，差点把饮料泼在地上。

“天啦。”

“我当年是想放他们俩走的。”白雯雯轻轻摇头，“顾亦园订的是446-B的船票。我把这个信息给景元公司的安全部门了，但其实那天早上，我已经用自己的信用卡帮他退换了票换成445-B。我知道他偷拿了那些东西，肯定会有人追查他的下落。”

“结果——”高佳敏一口闷干了酒。

“只能说是命吧。”白雯雯倾倒杯口，让酒水落入大海，“我原本想，这就算还清了他的情。那几年要是没有他在身边，我一个人带大阿玉会很难。”

445-B是当年北极暴乱中受到爆炸影响沉没的那批撤离船之一，而446-B号船顺利撤离。

“顾亦园到底拿了什么？惹得那个基因公司要追查到底。”高佳敏问。

当年离开北极后，她很快去了小行星带并定居下来。出于某种回避心理，她甚至没继续关注北极矿业暴乱的后续消息。这次回地球度假，和老朋友一见面，才又起了好奇心。

“这些事当年也算秘密，不过现在都没关系了。”白雯雯拿着空杯，“你还记得景元公司能改性格的服务吗？我们当年都买过。”

“不是早就被揭露出来是场大骗局吗？”高佳敏大笑着摇头，“我第一次离婚还是因为这个。老八知道了我给他下药。”

“但当年景元公司为什么要骗我们呢？你想过没有？他们甚至没收多少钱。”白雯雯说，“后来过了很长一段时间，我才理解当年自己发掘出的那堆账目意味着什么。矿业公司早已是个空壳了，全靠景元的资金支撑着。”

“什么？”

“景元公司把极地矿业当成了一个非常合适的基因实验库。”白雯雯摇头，“极地矿业的整个形态都很特殊。地球上，再没别的地区像当年的我们一样，人员如此稳定，血缘谱系如此明晰。景元支付给矿业公司巨额资金，让他们出面养着我们十多万人。可能也做过什么基因药物实验吧，只是我们不知道。”

“浑蛋！这是把我们当小白鼠呢！”高佳敏叫起来。

白雯雯笑着看了她一眼，“基因改性格的事，景元想借着这个由头收集更多基因样本，大概也是想先在极地圈里试试大众接受度，万一这技术以后真的能做出来呢。再说，改性格有没有效果，还不都是心理暗示的事。”

“后来是景元那边资金出了问题？”高佳敏猜道。

“那年经济危机嘛，景元养不起这个实验场了。”白雯雯说，“顾亦园一直参与矿业公司和景元的交接。他很早就发现苗头不对，拷贝了基因实验室多年的数据库，想趁乱带着情人远走高飞。没想到——”

两人不约而同地注视着脚下的海面。

“对了，阿玉现在怎么样？”高佳敏岔开话题。

“前几年从试飞员位置退下来了，现在在做空军教官，说实话我松了口气。”白雯雯做个鬼脸，“小莉在火星当译员，她的两个孩子都上初中了。”

“阿玉还真像他爸。”高佳敏叹了声。

“是的。”

远方海平线上已经遥遥出现了北极大陆暗灰色的岩架。距离矿业公司流民骚乱引发的核爆半个世纪后，这片土地终于又可以向人类开放了。当时谁也没想到，会有疯狂的高层技术人员涉入，居然真的把核能源堆给引爆了。

往事如尘，白雯雯又想起顾亦园决定逃走的那天早上，偷偷塞进她大衣内袋的字条。他坦诚了自己的出轨，说他早已不爱她了。

说来可笑，你决定给死去的前夫生一个孩子，我因此爱上了你。我以为你是个无私的女人。陈明玉四岁时，你起意要改变这个孩子的性格。当时我的失望和震惊无以言表。那天以后我知道自己看错了你。我不是在为自己的出轨寻找理由，只是想解释为什么我们的婚姻最后名存实亡。

阿玉是个极度敏感的孩子，他这点和你十分相似。越长大，他越满足你不自觉的期待，变成一个谨慎懂事的人。但他内心其实仍像他的父亲，一个无所畏惧以冒险为乐趣的男人。所谓的基因性格修改完全是个骗局。是你，是我们使他变得束手束脚了。若你觉得抚养两个孩子负担太重，我安顿下来后可以来接他们走。

——亦园

除了已经死去的顾亦园，没人知道白雯雯曾经决定改变陈明玉的性格。这是她与死者之间的秘密了。字条她读了几遍后就烧了，怕被儿子看到。

她又想起了熊骨，原本深掩在皮毛和血肉下的熊骨，而那片草地早已淹没在持续上涨的海平面下。

粗放的陈瑞和他敏感多疑的儿子，共享着某种令人不安又着迷的特质。而顾亦园和她之间爱情的本质，她以前从未看清过，哪怕她与他生活多年，还生了个女儿。那个看似什么都无所谓的温厚男人心里居然藏着这么多事。还有高佳敏，在当年的暴乱中，发现八爷能冒死从船上回来救她后，终于心安，和他复婚并过得很幸福。

而白雯雯自己呢，她独自苦笑。当年她决定给儿子喂下企图使他胆小柔顺的基因药物时，她也看清楚了自我的本质：一个自私的浑蛋。

幸好，在陈明玉长大后决定报考空军时，她克制住了所有恐慌，表示支持。

熊骨脆弱得触手成尘，这是她力所能及的所有补救了。

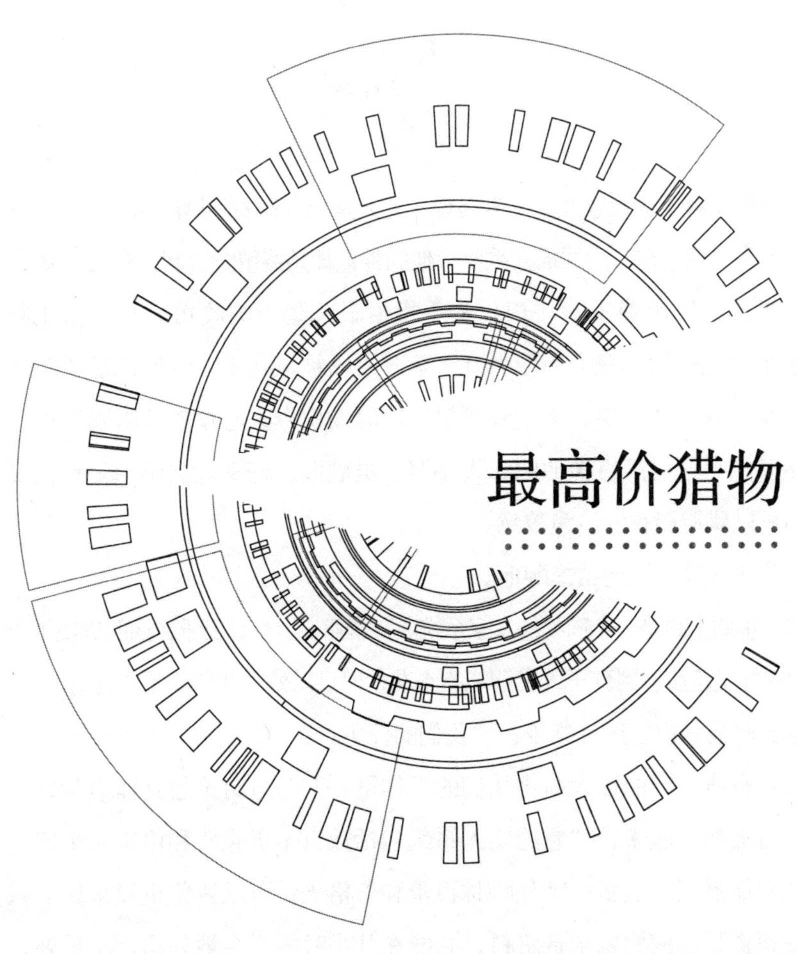

最高价猎物

1

“给我解释下这玩意儿。”老苗说。此人是个耷拉着嘴唇的粗汉，头发花白。一支手工烟卷在黄齿间摇摇欲坠，他的神色却始终警醒锐利，令人胆寒。

“当然。”李亚干咳一声，伸手摸摸眼镜腿上的胶布。和老苗比起来，这个学生气的年轻人单薄得几乎随时可以被风吹走。飞船底舱昏暗狭窄，布满了管线和电缆，大型计算机制冷时发出令人心烦的“嗡嗡”声。李亚平时觉得这里简直像他的私人小窝，虽破败，好歹也提供了一点儿安全感，可以躲避船长的冷漠敌意。

“我还在等。”老苗提醒他。

“它本质上算是一个简易的专家系统。”李亚说，挺直身子，向四周做了个手势，“可能还达不到真正人工智能的水准，但足以处理我们的采集任务。”

老苗暗笑一声，声音嘶哑：“我们的任务？”

“我有信心它能极大简化我们的工作量。”一旦讨论起具体事务，李亚的声音流畅了起来，“它的输入系统包括数百个摄像头和声音采集器，它的主存储器里有最新的地外物种目录和价格表，可以避免重复采集。只要给它提供足够的原始录音资料，它能在几小时内学会地外语言。另外，飞船外部的六条麻醉机械臂也由它精确控制。早年采集者经常受到地外凶猛生物的伤害，现在我们依靠这个系统，完全可以避免悲剧的发生。”

“悲剧？”老苗哄然而笑，“你懂什么叫悲剧？”

烟头上的灰烬终于掉到了地上。

李亚动了动嘴唇，然后意识到整条船都是人家的，当然包括了地板。

“以前我们管自己叫打猎的。什么狗屁采集者，都是后来那些玩儿票儿的大学生闹出来的。”老苗将烟蒂掐灭在计算机控制台上，直盯着年轻人的脸，“我们抢在政府的军队登陆之前降落，弄到好货，收工走人。有人死，有人被吃掉，有人的尸体连爹妈都认不出来，但我们干一票的收入顶那些坐办公室的胆小鬼一辈子。”

李亚看着对方掏出烟盒，给自己续上一根后，拿烟盒的手居然向他伸来。他接下了，捏在手里不知往哪儿搁好，因为他从不吸烟。

“78年，我连续干了几件大买卖，盘下了这条船。”老苗声音含糊，面孔埋没于一大片升腾的烟雾中，“后来你们这些大学生来了，还有你们的规矩：不能破坏当地生态，不能碰珍稀物种，不能拿新奇玩意儿和当地人做买卖。”他伸指头敲敲镶嵌于船壁的计算机主机，“政府当然是站在你们这边的。最后你们逼我们每条船都得安上这个鬼玩意儿，来监控我们有没有违规。”

“我们只是……”李亚轻声辩解。

“属于我们的时代已经过去了，我还是识时务的。”老苗摇头，“现在是你们和电脑做主的时代。很好，我们都不用弄脏自己的脚，就能搞到想要的东西。我期待看到你们的良好表现。”

他双手跷起大拇指，冲李亚晃晃，转身爬上钢梯，“咣当”一声盖上舱门。

底舱重新归于寂静。

登船三周来他和老苗的第一场对话到此结束，真是主宾尽欢。

李亚深吸一口气，立时被空气中残留的烟雾呛得直咳。他放下手心里已经揉烂的烟卷，找了张废纸，企图擦干净计算机面板。几分钟后，他不得不停了下来，以免损坏精密仪器。

他控制住颤抖的双手，告诫自己：保持镇定，你在离地球十万八千光年的深空拓荒地带，在任何情况下都不能得罪你的船主。

回想到半个月前，他还是一个骄傲的工程师和程序员，为自己的作品竞标成功，成为每一艘深空生物采集船的标配而狂喜不已。兴奋之余，他决定跟随某艘采集船出发，以获得一些改进系统的实际经验。老苗在太空港时表现得亲切热情，简直像童话故事里的纯朴老渔民，欢迎他“随船教教他这个老古董怎样操作新科技”。

尽管有人警告他，早期的深空拓荒者十有八九是些无法无天的暴徒，和他们接触得小心谨慎。李亚正春风得意，根本就没当回事。

现在，他肠子都悔青了。自从飞船进入曲速空间，他着手启动专家系统后——私下里他喜欢管她叫“大蟹”，因为她灵敏又凶猛——老苗一路上再也没和李亚说过一句话，年轻人才觉出事情不对劲儿。

舷窗外是一片阴沉的棕绿色，飞船正以高速接近目标星球。李亚再次令“大蟹”做着陆前的程序自检，同时暗自打定主意：甭管那个该死偷猎犯的态度了。他得弄到测试数据，然后保证自己安全回家。

2

出乎李亚的意料，正式着陆后，老苗反倒对他表现出了某种友善的态度。

他们挑了个干燥的缓坡当驻扎地，不远处有个土著人聚居区。

“大蟹”在近地轨道上即完成了对整个目标星球的扫描与制图，李亚把资料带到船长室，向老苗展示后，老头儿冰封的面孔终于出现了一丝缓和。俩人平心静气商量了驻扎方案，老苗最终没从“大蟹”给出的现成预案里挑选，而执意选定了这块坡地。

李亚一方面觉得离土著人的活动范围太近——《地外采集守则初案》规定，与当地文明的干扰越少越好，他们此行也没带着专业的地外人类学者——另一方面，他倒也不愿意为这些细节问题重新闹僵与老苗的关系。

驻扎后的头三天过得相当轻松愉快。

这是个地质构造十分个性的星球：行星地表大部分被疏松的石灰岩覆盖，又常年多雨，形成了宏大的地下溶洞系统，大量生物将地穴当作了天然居所。飞船降落时的巨大震动一时吓阻了野生动物的好奇心，但入夜后，它们便成群结队地靠近船体，过来一探究竟。

只要生物样本进入飞船机械臂的范围，“大蟹”便趁此机会将它们收入囊中。短短几天，老苗的货舱便填满了一半。

李亚对“大蟹”的工作基本满意。老苗也不得不承认，与传统的步枪相比，“大蟹”的捉捕方式对标本的皮毛伤害更小，也不会稀里糊涂地在重复的物种上浪费时间和弹药。

除了例行检查程序，李亚把空闲时光花在了观察土著人的身上。它们是些动作优雅迷人的细长生物，身披硬甲，有些像地球上的竹节虫，似乎和人类一样是杂食性动物。“大蟹”花了一晚上就大致破解了它们的语言。李亚通过监视设备听着它们谈论天气、农作物收成和村里的八卦新闻，颇有些乐趣。

可惜，风行水顺的时光总是维持不了太久。

“我们在浪费时间。”老苗说。

他单膝跪地，将裤腿束进靴筒。一只长形皮质挎包横在他身后，李亚能看出那皮革表面经过长期磨损及精心保养的痕迹。

“系统在四个地球日里就完成了六成的采集任务。”李亚辩解道，“我们……”

“最近两天，你的蠢电脑捉到的只有些小虫子。”老苗闷哼一声，“别当动物也是蠢货。它们知道我们的船是个陷阱，不会再过来了，更别提那些懂得藏在深处的谨慎的大家伙们。”他以与年纪完全不相符的敏捷程度站起身，“年轻人，你脑子得清楚，我是为这条船、这趟任务出钱的人。我得保证这大老远跑一趟不亏本。”

李亚张张嘴，最终还是没吭声。他看着老苗背着皮质枪匣，开舱门，沿着舷梯下到了陌生的土地上。

老人健步消失在莽莽丛林中，李亚觉得没必要提醒他按外勤规则，必须两人一起行动。老苗显然没带上他的意思。一方面，李亚自知是个毫无野外活动经验的“弱鸡宅男”；另一方面，那老头儿用的武器可能不仅是标准步枪。李亚好歹勉强也算官方人员，自然避开他更省事。

那固执的船主终究还是相信自己的老套路。不过“大蟹”的捕获量和品种确实在直线下滑，李亚脑内转着一堆混乱的念头，回到飞船底舱。

在来时令人难堪的漫长沉默期里，他有大把的时间来反思这次诡异的任务。设计“大蟹”时，他和一堆地外生态学者、动物行为专家合作甚欢，却并没真正接触过“打猎的”。政府强制推行船载系统，自然令这群野惯了的家伙感觉不爽。从长远来看，“大蟹”意味着宇宙拓荒牛仔期已经结束了，一切都要按规则来。老苗也知道自己那套已经日落西山，问题在于：他为何主动提出要带着李亚出任务？李亚的存在对他来说，只是限制和不便，等等。

计算机屏幕上跳出一行警示：监控点23号出现异常。

23号是土著聚居村落。李亚揉揉眼睛。

活见鬼。

老苗正出现在画面里，四周围着一大群“竹节虫”，他和族中地位最高的长老正比比画画，监控器里传来他模糊的笑声。

3

“你跑到村里去干什么？”李亚嘶声问。

机械臂正将一堆动物尸体搬运上船，执行清洗、检疫、装箱等流程。老苗挺直腰杆杵在一边，拇指插在皮带处，枪匣斜靠在腿边。

“做生意。”

“你和当地人交易了什么？”

“我们有亮晶晶的小玩意儿，它们喜欢。”老苗从裤兜里摸出一把东西，摊平手掌给李亚看，是些廉价的假钻石、金属链之流，“而它们知道怎么从地洞里弄到好东西。我们对到手的东西都很满意。”

李亚一时也找不到反驳之词。面前这些动物若不收入他们的标本舱，今晚也会下了“竹节虫”们的汤锅。至于什么文化影响，李亚倒并不特别当回事：像这种大气条件与地球极为相似的优质星球，没几年便会充斥大量的地球游客，提前让“竹节虫”们接触下人类，也算个预习。

“我也许可以给系统也加上自动交易。”沉默一阵后，李亚说。

老苗“扑哧”一声笑了。

当天夜里，李亚通宵调试了“大蟹”的新功能模块，与土著做买卖是个好主意。

私下他也承认，他需要老苗的经验来完善专家系统。如果能让老苗意识到，“大蟹”是个好帮手而非抢饭碗的冷血机器，事情会顺利得多。他边为自己的积极心态自豪了几秒，边给“大蟹”编制语言互动程序。系统能做土著语言输出，能描述他们的需求，甚至能倒过来给土著们提供捕猎指南。他老苗做得到吗？

次日，“大蟹”参与土著交易后，效率显著上升。当地人对飞船闪亮的外壳，灵巧的巨大机械手臂都十分有兴趣，近于崇拜。它们很乐意向系统卖出自己的猎物。李亚也嫌老苗太占土著们的便宜，企图向“竹节虫”们提供些更有价值的交易物，却发现人家喜欢的就是玻璃球，也只好作罢。

当土著们和飞船打得火热时，老苗再次不见踪影。从他归来时外套上蹭的白粉，李亚断定这老头儿是钻地穴去了。可也不见他带回什么战利品，李亚不由得感到一丝同情。

这个星球的昼夜节奏与地球相差无几，土著们怀揣着闪亮小饰物散去后，已是红霞遍天。李亚蹲坐在飞船舷梯上，试着点燃一支卷烟。强忍过最初的不适后，他也开始享受起从喉咙一路烧进肺部深处的灼热感。

老苗仍没回来的迹象。李亚将烟蒂捻灭扔掉，起身走进船舱。主驾驶室里没什么多余的私人物件，只在门背后挂了张旧照片，似乎是一张军队退役纪念照。李亚辨了半天终于认出了老苗。啧啧，也有不是一脸戾气的时候嘛。舱内其他物件都打理得很干净，归置整齐，一些零件较新，显然主人对船的保养十分上心。李亚伸指头摸摸打磨得油亮的加速杆，轻叹一声。又过了一阵，他的窥探欲退散，走到驾驶台前，透过前窗看着落日余晖一点点消失，心中渐渐涌起不安。

那老家伙别是在地下洞穴里迷了路吧？老苗身上有“大蟹”绘制的地图，理应不至于走岔道。但谁知道地洞深处会有什么？

一想到万一有什么变故，他得独自一人钻进异星腹地深处，去把暴烈的老船长弄回来，李亚不由得背后发凉。

夕照逆光下，森林边缘出现了一个移动的小点儿。李亚愣了愣，立马跑出船来。的确是老苗，但他的步伐失去了平日的稳健，似乎只靠一条腿在拖行。李亚犹豫了一下，迎上去。

“明天晚上你跟我走。”老苗抬眼瞟他一眼。

李亚扬眉。老头儿身上倒没血迹或明显的伤痕，脸色也正常。脚脖子肯定是崴了，走道时一点一划不敢使力。

“什么事？”

“有个值钱的货，我一个人搞不定。”

李亚一时没回答。按理说，他没那个义务陪着冒险，钱也不是能诱惑他的因素。但老苗是他回程的保票，万一老苗被地底怪物吃了，他总不能看着说明书将空间飞船开回地球。

当然，老苗比他更清楚这点。

李亚点点头，“具体情况怎么样？”

“在一个有水的岩洞深处，有条长了腿的巨型鱼。我找了个当地‘虫’当向导，那大家伙是它们传说中的东西，它们平时也不敢靠近那地方。”老苗咧嘴，抽着气爬上舷梯，“有个小东西最近要结婚，它们居然和咱们一样有送聘礼的习惯。我答应给它一大堆花花绿绿的破烂，它才肯给我带路。”

李亚跟在老人后头，想了想：“你得给我些装备。”

他们进了船舱。老苗重重坐到船长椅上，长舒一口气：“除了标配，我给你六发榴弹。”

李亚没多说什么，转身准备回自己的底舱。

“对了，”老人叫住他，“还有件事。”

“嗯？”

“那东西，比村里的虫子更聪明点儿。”

这才是重点，李亚心里骂了声娘。

4

第二天，白日征收普通物种的活动照常进行。

老苗看到李亚，流露出微微好笑的神色。李亚知道自己挂着黑眼圈的样子相当狼狈，也顾不上置气。

一个星球上有两种以上智能生物的可能性肯定存在。只要生态位没冲突，资源够用，也不一定得掐得你死我活。看样子群居的竹节虫们和深洞里的巨鱼，就是井水不犯河水的典范。自然，捕捉智能生物是大逆不道的行为。若被官方知道了，他和老苗的下半辈子都得在牢里度过了。

但地外智能生物活体或标本，在黑市上的价格是惊人的。也许老苗原先就得到过消息，这里有好货。这老狐狸知道避不开系统的监控，索性拉一个能控制系统记录的技术员下手，倒是个聪明法子。

李亚昨夜熬了一宿，分析“大蟹”从村落里采到的音频中提到“传说中的深洞怪物”的片段，得到的结论是：若这儿的传说也和地球一样夸张，他们才有保命回来的希望。什么喷火，放出毒液，看一眼就令人瘫软，全在它身上齐活了。李亚看看口袋里的六颗小号榴弹，不由得直摇头。

那老头儿怕是搏命想捞最后一笔当退休金。

天色渐晚，李亚和老苗也装备停当。他们的小向导出现了，李亚心里直骂，这个“竹节虫”比大部分同族都瘦小，估计还只是个少年。他把连夜改装出来的便携式翻译装置给它，示意它戴在脖子上。

异星少年领悟力很高，没摆弄几下就学会了。

“你好，我叫克里克。”

“你好，我叫李亚。”

克里克被翻译器里的声音逗得吱吱叫，这可能算是它们族的笑声。

老苗对他们用平板的机械声互相招呼的行动一脸不屑，催他们快出发。今天他似乎服了些强力止疼片，腿脚上的伤基本看不出来了。

三人趁着渐浓的暮色钻入丛林。

克里克似乎是个饶舌的少年，一路叽叽咕咕逮住李亚聊天。它对飞船的来历很有兴趣，李亚用尽量通俗的语言向它解释了超越空间飞行和地球人的日常。少年也热衷于向异星人介绍自己的生活，李亚偷听了几天它们的村落生活，也能接上话头，俩人很快热络起来。

至少老苗在关于克里克的事上没撒谎。它正准备向青梅竹马的一位少女求婚，可惜家中并没那么多钱。族长的儿子也看上了那位少女。下个雨季，少女就成年了，她的家长会在求婚者中挑选丈夫人选。她的父母是一

对见钱眼开的老家伙，所以克里克急需一大笔珍奇异宝。

李亚一边感叹全宇宙的爱情故事都像一个模板里刻出来的，一边尽全力跟上老苗和克里克的步伐。长期坐在计算机前不运动的恶果开始显现，前面两位还健步如飞，他已经喘得像头垂死的牛。

“白龙就在前面的地洞里。”克里克用它带来的长矛指向前方，“这里一直是禁区，族长不允许我们进来。”

他们前方是一片林中空地。和丛林中其他地方植被生机盎然的样子不同，这里方圆几十米内寸草不生，裸露出灰白的岩层。在他们的手电光下，四周高耸的巨树投出奇怪的影子，空地中央的洞穴入口黑乎乎的。

“你不怕族长的规定？”李亚逗它。

“我们仨肯定能打赢白龙。”少年做了个类似耸肩的动作。

老苗回头瞪了他们一眼，脸色阴沉：“别出声。”

地底下传来一阵极轻微的震动。李亚倒吸一口气，左右看看同伴。从他们同样强作镇定的面孔上，知道那不是自己的幻觉。

5

要论洞穴探险，李亚在地球上也玩儿过几次。不过是大家头戴着顶灯，腰上系着绳子串成一串，由一名专业向导带着，走进溶洞去看钟乳石。他本身没有幽闭恐惧症，对这种活动无可无不可。

但眼下，他突然觉得难以忍受。

老苗坚持不用安全绳，他的理由是有了“大蟹”的地图，腰上有根绳子只会延误行动的速度与方便性。李亚反驳说，克里克看不懂地球人的平面地图，万一有点儿意外仨人失散，这孩子很可能迷失在地底深处。

老苗哼了声说，“竹节虫”们在地穴里找路是本能，让他别瞎操心了。

李亚反对老苗的另一个安排是，他让克里克带着灯走在前面。

“你简直就是拿它当诱饵！”李亚吼着。他把翻译机先关掉了。

克里克正拎着自己的长矛，好奇地趴在洞口探头探脑。它根本不懂地球人的语气或肢体语言，李亚和老苗的争吵完全没引起它的注意。

“它会跑掉的。”老苗耸肩，“你别忘了它是当地人。”

李亚直摇头。他迅速考虑了其他方案：在几分钟内提升这老偷猎犯的思想境界，让他改变主意身先士卒？或者李亚自己打头阵，毫无经验的他在地穴里爬了十分钟后就失足摔断一条腿？再或者给克里克配上一把枪让它自卫？哦，对了，地球的武器根本不是为它们的爪子设定的。

天啊，这事从开始就错得离谱儿。李亚烦躁得直想大吼一声。

“没时间可以浪费了。把货弄到手后，我们还有一堆后续事儿要干。”老苗说，“你磨叽完了吗？”

李亚欲言又止，最终还是点头。

“他第一个，你第二，我断后。”老苗说。

至少他把最安全的位置留给我了。李亚没话说，克里克已经戴上小号顶灯，钻进了洞里。老苗做了个手势催他跟上。

洞穴里倒是出乎意料地干燥凉爽，岩道里不时还有微风拂过。大部分路程都算轻松，有些狭窄之处需要匍匐前进，但总体上并不艰难。李亚的情绪慢慢平复下来。克里克在前面走得很快，在遇到岔路时也不犹豫。李亚能听到它轻巧的爪子划过岩石的窸窸窣窣声、自己沉重的脚步声和身后老苗走走停停还不时粗声咕哝的动静。

他们似乎对路径很熟悉。李亚不禁想起昨天他们来此探路时，发生了什么？按理说有风险，因而老苗弄伤了他的腿，但他是个经验丰富的老手，不会轻易犯错。而现在两个知情者的轻松状态，都不像正步入一个恶魔老巢的人。

“我们找到它后，要做些什么？”李亚开口问。

“白龙生活在水里。”克里克回答，“我们的视线穿不透水面。到了白龙的巢穴后，你们只能靠自己找到它，我帮不了你们。你们会用地球人的枪干掉它，我会帮你们把白龙弄回地面。”

“听上去是很可靠的计划。”李亚说。老苗应该能听出其中的嘲讽。

“那玩意儿爬不上岸，”老苗说，“也基本上是瞎的，我们不会有太大的风险。”

看样子克里克并不真正知情，而老苗压根没打算说实话。李亚暗叹一声，事到如今也只能随机应变了。

四十分钟后，他们走进了一个岩洞。头灯光柱弥散在突然扩大的空间里，像一滴墨汁掉进了湖水中。李亚为这个地下空间的规模深感震撼，强忍住一声赞叹。

老苗从背包里掏出一盏大功率矿灯，启动。李亚眨了眨眼，适应增强的光线。洞底是一大片幽深的水面，李亚盯着看了会儿，觉得说不出的怪异。

“白龙就在下面。”克里克小声说。

李亚恍然：如此一片水域如镜面般死寂，一丝微澜也没有。

“那东西是靠水体震动来感觉外界的。”老苗说，蹲在灯边，从背包里继续掏装备，“等会儿我们把它引出来，我负责开枪打它的头，万一没死彻底，你再补枪。”

李亚应了声。

“就这样，往水里扔石子，从远往近扔。”老苗组装完他的枪，往背后一挎，向他们走来，“它会出来的。”

克里克和李亚也有样学样，从地上捡了把小石头。李亚奋力朝湖中央投掷石块，同时莫名地想起了小时候的水漂游戏。湖面“扑哧扑哧”闪起点点水花，他眯起眼睛直盯着水下，随时准备着。

就在那一瞬间，老苗把克里克一脚踢进了湖里。

6

李亚想都没想就跟着跳了下去。“这老浑蛋，”他咬牙切齿地念道。地下水冰冷刺骨，李亚勉强睁开眼睛。万幸的是克里克仍戴着头灯，他轻易辨认出了那孩子的方位。甩掉沉重的户外靴，李亚奋力朝前划水。

克里克似乎完全不会水，光源直直往下掉。李亚想到它说过它在水里看不见，自己该怎么接近它呢？他可不想被当成水怪挨一刀，“竹节虫”们的利爪不是闹着玩儿的，只能希望那孩子已经吓晕过去了。

此时光源一闪，照亮了湖底的某个东西。

李亚瞬间脑子清楚了。他往前挣了几下，终于捉住了克里克的一条附肢。它完全没动静。李亚一边往上踩水，一边将小异星人身上的头灯解下来，和自己的一起熄掉。

浮出水面后，他带着克里克一路游到湖的另一边，离老苗的矿灯光源远远的。

“嘿，小家伙。”李亚拍拍克里克的脸。

它仍没动静。李亚有点儿不妙的预感，他勉强记起地球上的昆虫是靠呼吸孔进行气体交换的，也许它在全身浸入水中的几分钟后就已经淹死了。

此时老苗那儿的灯也灭了。瞬间，绝对的黑暗吞没了他们。李亚心里骂了声，抽出腰带上的户外刀。

在湖底看到水下爆破装置后，很多问题都有了答案。所谓的捕捉“白龙”根本是个笑话，老苗想要的就是逮个“竹节虫”回去。他就想把克里克骗到地下洞穴里淹死，带着尸体回去，“大蟹”管不着。另外顺便也看看李亚的底线，要是不能同流合污就干掉完事儿。老苗想绕过“大蟹”系统的监控，可谓费尽了心机。李亚咬紧牙关，一身湿衣服上岸后微风一吹，冻到彻骨。

黑暗中有动静。

“怎么回事？”克里克问。

李亚大大松了口气，“小声点儿。你……”他飞快地转了个主意，“白龙出来了。”

“在哪儿？你的同伴成功杀死它了吗？”

“他把我的朋友吃了，变形成了他的模样。”李亚暗自赞叹自己的想象力，继续说下去，“我得为我的朋友报仇，把它引回飞船那儿，让金属人干掉它。”

“那个有八条长胳膊的金属之神吗？”小“竹节虫”的声音里充满了

崇敬之意。

“对。”李亚听着老苗的脚步声越来越近，“接下来都听我的，好吗？”

“好的。”

李亚开了头灯。

老苗就站在离他们数十步远的地方。现在，所有的伪装都剥下来了，那老头儿斜倚着步枪，歪脸笑得意气风发。

李亚关掉了翻译器，“你有这打算应该和我说一声。”他顺顺额头的湿发，强压下寒战，“我和外快又没仇。”

“哟，开窍了嘛。”老苗哼了声。

“你得靠我才能把它弄回去，”李亚耸肩，“否则系统不会让你和你的货上船。”

“我可以直接关掉你的破电脑，”老苗挥手，“别以为我没第二套独立的动力系统。”

“你当然可以。只要你肯下半辈子当逃犯。”李亚扶起克里克，帮它站稳，“或者你也可以给我足够的钱封住我的嘴。”

老苗眯起眼睛：“你要多少？”

“我不要你出现钱。”李亚考虑了下，“你可以说服你的兄弟们，让我来改装他们船上的系统。他们可以一面做明面上的政府采集任务，一面私底下照常做老本行。每一笔单子我都要提成。你们找不到比我更熟悉系统的人了。”

老苗扬眉：“年轻人，倒看不出来啊。”

李亚僵着脸笑回去。克里克在他身边动了动，靠紧了他的身侧。

他们仨人又一路往回走。

老苗问他是什么时候看出事情不对头的。事情全摊开后，这老贼倒也不尴尬。

李亚说他昨天晚上发现飞船上的应急炸药少了，就基本上猜出来所谓白龙是不存在的东西。加上老苗当初执意要在土著村落边驻扎，以及联想到地下洞穴水体是唯一“大蟹”无法透视监控的区域，他便大致明白过来了，着手调整了系统调定，以做两手准备。

“我把系统里关于它们的智能定义改掉了。”李亚呼出一口烟，冲克里克的方向点点下巴，“现在，系统会把它当普通的物种处理。”

“干得好。”老苗嘎嘎笑起来，伸胳膊拍拍年轻人的肩。

重新靠近停着飞船的缓坡时，克里克明显紧张起来。李亚咬着牙推着它细瘦的肩膀往前走。老苗轻声哼着调子走在最后，手却一直没离开过步枪。

还有十米。他们已经走进了飞船的捕获范围。船头的电源灯亮了起来，在夜色中像双红色的眼睛。“大蟹”已经从休眠状态中唤醒。李亚感到冷汗流下脊背，示意克里克重新打开翻译器。

“就是现在，快跑！朝飞船跑！”他轻推了它一把，喊道。

小“竹节虫”立马撒腿就跑。老苗以惊人的粗口大喝一声，追了上去。他果然舍不得开枪损坏标本，李亚强迫自己原地站定，看着八条金属臂从飞船背后升起，腿直发软。

飞船不收集重复物种，我是安全的。他默念着这句话，几乎要哭出来。

“大蟹”的出手速度还是极快的。只是一瞬间，已将老苗提到了半空中。克里克已跑到了飞船边上。他们看着机械臂给吊在半空中挣扎的人体打了一针毒剂。老苗的身体瘫软下来，另两条金属臂围上来，将他拖进飞船尾部的货舱。

李亚不敢想系统内部正发生的事，他通过翻译器叫克里克：“金属人已经把白龙捉住了，你得做最后一步。”

克里克兴奋得直蹦：“什么事？”

“进飞船里，把看到的第一个扳手按下去。”李亚说，仍不敢动。

“好的。”

它小小的身影消失在舱门里。

半分钟后，整条飞船安静下来，电源灯闪了闪，灭了。李亚知道“大蟹”已经重新启动，恢复了正常设置，重新将地球人定义为主人。

他浑身一松，仰面倒在草地上，哭了起来。

7

六个月后，李亚参加了克里克的婚礼。他相信新娘很美，虽说在他眼里，“竹节虫”们长得都一模一样。仪式很盛大，族人都相信克里克是战胜传说中“白龙”的英雄。另外，李亚上次离开前，把船里剩余的假珠宝全都留给了克里克，这也是个重要的原因。

村里的族人用某种奇怪的酒精饮料灌了他一肚子。为了避免给地球人丢脸，他谢绝了晚会的邀请，早早地躲回了飞船。

现在这条飞船早已是李亚的了。

地球法庭对他的应急方案表示默许。李亚松了口气，货舱里带着个死人回地球，他还真担心一落地就被抓起来。

人工智能协会倒是很忧心。李亚临时把飞船系统的主人定义为“竹节虫”，将地球人降格到一般生物，的确是为当时的困境解了围，但也引起了对人工智能系统尤其是装配有武器的系统的安全性能的质疑。

“大蟹”在其他飞船上也惹出过麻烦。李亚回到地球后，和警察一起翻检船上遗物，才发现老苗收藏着一张新闻简报：有个偷猎者企图瞒着“大蟹”私自出猎被保护动物，被电击晕迷。虽然“大蟹”意在限制其行动，偷猎者却不幸身亡。那人的脸看着眼熟。李亚回忆了半天，终于想起了，他是老苗钉在门后的旧照上笑得阳光灿烂的年轻人之一。

原来老苗也是有报复的意味在的。李亚终于理解了他刚上船时那漫长尴尬的冷战期，和老苗时不时流露出的敌意。

愿逝者安息，虽是活该。

李亚坐在老苗的旧驾驶椅上，看着外面陌生的星空。远处土著村落篝火闪烁，也有些人家已经用上了电。而第一批游客和建筑商正在赶来，还有行商、农场工人和矿业专家。

我们也可以不是猎物与被猎物的关系，李亚趁着酒意微笑起来，也许新一代人会做得更好些。

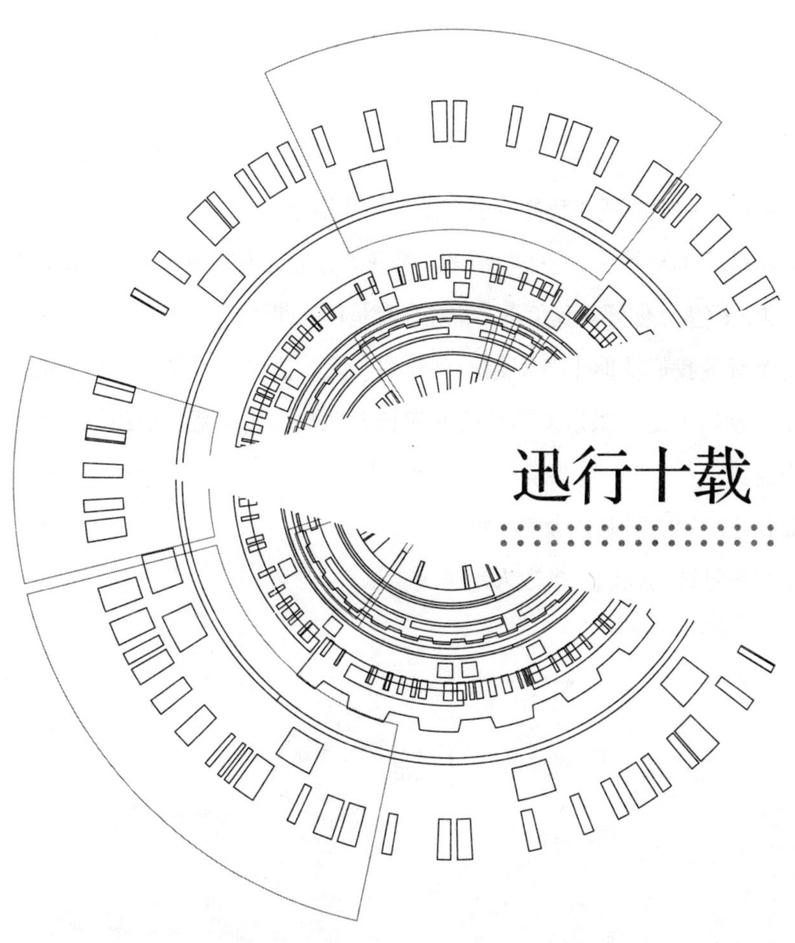

迅行十载

“不行，你不能死在我的办公室里。”我拒绝。

坐在对面的人笑了。这张脸很多人都熟悉，他的名字更多人都知道，李多。“嘿，医生，你要对我负责。记住，我是你的弗兰肯斯坦。”他说。

这个玩笑我们从他十八岁起一直开到今天。他已经很老了，整洁的灰色中山装领口上是一张白发雪须的九旬长者面孔。我甚至在他还没出生前就认识他。

而我还没到能领退休金的年龄。

李多的时钟比我们大多数人走得快。

上篇

1

故事从头说起。

我的原名是蒙特塞拉特语，长而拗口，所以大家通常都叫我ML。2064

年，我从部队退役后，回到故乡西泠，一个人口不足两万的三级太空定居点，接任社区医官的工作。

2073年8月，一对年轻夫妇走进了我的接待室。他们看上去比实际年龄大了几岁——长期在外太空出勤的人都这样。男的叫李建，25岁，是个矿务工程师。他的妻子林良，22岁，膨起的腹部怀着他们的第一个孩子。

我抽取了一些羊水组织，告诉他们不必紧张：那些在外太空怀上的婴儿容易畸形的说法都是无稽之谈，没有任何统计数据支持。两个年轻人对我笑了笑，脸却没有放松下来。我在某种程度上理解他们的焦虑。胎儿基因筛选应该在刚出现妊娠反应时就做，那时放弃一个有缺陷的孩子在情感上还比较易于接受。他俩离开医务站时，年轻女人的手温柔地搭在腹间。她没准已经为“她”或“他”准备好了一打名字。

检查结果第二天就出来了。

我打电话给李氏夫妇。

“我是ML，社区医官。我想告诉你们胚胎检测的结果：一切正常。”

“噢。”接着电话那头被短暂地捂住了。我能想象出丈夫扭过头去对一旁的妻子使劲儿点头时，两张喜笑颜开的脸。

“太谢谢你了。医生。我们真的松了口气。在外勤工地时我们都犹豫着要不要这个孩子。你知道，那里没条件做基因检查……”男人的声音哽住了，“老天，我真高兴我们选择留下了他。”

我等他的情绪略微平复后告诉他，如果要求百分之百的安全，最好去阿西特克做个全面筛选。毕竟我们这里只是个三级居留地，提供的检验只能排除常见的基因缺陷。

“什么叫作常见的？”

“发生概率在四百万分之一以上的。”我说。

“喔，那您认为我们应该去做一个吗？”

我迟疑了一下，“其实没太大的必要。大部分人只需要做常规筛选就可以了。你和你太太都没有遗传病家族史，不是吗？”

他说他会考虑的。

又是反复的道谢。

我放下电话。以后的几个月里我们频频见面。林良，那个未来母亲，选择了我做她的产前常规检查医生。每次结果都是良好。李建没再和我提起去阿西特克的事。他可能查询了全面基因筛选的价格。对于两个刚刚在定居点安家的年轻人来说，不是笔小数目。而且当时看起来，四百万分之一的概率是那么微不足道。

2074年新春，林良搬进了医务站住院部。分娩过程顺利，新生儿重六公斤，哭声嘹亮有力，是个男孩。

第二天，李建在医务站走道上挡住我，塞给我一大捧染红的鸡蛋，说：“您觉得李多这个名字怎么样？”

我说：“真不错，是个好名字。”

一周后这家人出院。在每季度注射婴儿疫苗的日子里，我又在候诊室里的大群母子中见过李多几次，红润，白胖。要他吞下糖衣药剂需要做一番斗智斗勇的努力：这小鬼头学会了把药片藏在舌头底下，再乘人不注意吐掉。

2076年夏，西泠从未有过的炎热。我一天中必须处理十多例日射病，忙得四脚朝天。

接待员说，有个带孩子的母亲已经等了几个小时。我大声说如果不是急症就让他们等，然后我看到了那个孩子。

我从没见过如此瘦的孩子。他或她简直令人想起20世纪新闻纪录片中的非洲难民。两三岁的婴孩正该是胖嘟嘟讨人喜爱的时候，眼下这孩子的皮下脂肪却像毒日头下的冰块一样不知消失到哪里去了。

说实话，第一个反映到我大脑里的词是“虐待”。我看向抱孩子的女人。

是林良。

她说：“告诉我他怎么了，医生。”

我把李多抱进诊室，他轻得令人害怕。

“什么时候开始的？”我问。

林良说，数月前他突然开始变瘦。当时她正尝试着用另一种代乳品来换掉合成牛奶，因为被一份杂志上的文章“合成牛奶如何杀掉你的孩子”吓着了。她以为是饮食变化带来的正常反应，但他的体重一直往下掉。她重新喂他牛奶，带他看儿童医生，检查没有结果。他瘦到了她不敢碰的地步。说到这里她哭了起来，并不剧烈，更像是个发泄掉惊恐的女学生。

我不是专科儿童医生。既然他们检查不出问题，我也无能为力。李多仰面躺在诊床上，他原本从父母那儿继承了一双细长的东方人的眼睛，此时却显得出奇地大，四处转动，对诊室四壁的器械表现出兴趣。

“他父亲呢？”我问。

“去天狼星四区出勤了，要到九月份才能回来。”她回答。

我对她说，立即带孩子去阿西特克，那里有一级医疗站点，必须马上确诊。

“会有人带你们去的。”我示意她坐到椅子上，“等我一会儿。”

在隔壁房间，我向上一级防疫站报告：发现不明病症。病人为儿童，父母均为外勤人员。不，没有明显传染性。好，我会等你们的人过来。

几小时后，防疫站的人带走了他俩。我向林良保证，他们会给她的孩子最好的医疗条件。但她像个猛然醒悟到受骗的动物似的瞪着我。

防疫站的人从头到脚被白色隔离服包得严严实实，不友善。整天和致命传染病打交道留下的后遗症。后来这个女人一直对我不怎么友好。

能怪谁呢。换个位置我也会这样。

我给李建打电话，告诉他，他的妻儿已被送往阿西特克就医。

李多第二天便被确诊为早衰症。

防疫站的人送来了回访报告，肯定了我的“高度警觉性”，并建议在社区内做一次关于早衰症的演讲以消除居民的紧张情绪。我只能苦笑。

早衰症，全称早年衰老综合征，患者自童年起快速老化。罕见，致命。这种病主要由一种名为Lamin A的基因发生突变引发。发病率在四百万分之一到八百万分之一。

我是个医生。我对李多的父母说结果一切正常。当然，早衰症不是常规检测的项目，但在阿西特克是能筛检出来的。李多的父亲曾问过我有没有必要去做个全面筛检。

有时候人们无条件地相信你，就因为你的军装，你的白大褂，你挂在墙上的专业证书。我再次告诫自己：只做常规检查的决定是李多父亲独立做出的，我只不过提了个建议。我怎么能知道未来呢？我是个现代医生，不是巫医。

该死。

2

现在我必须讲一点我自己的事了。比起李多的事情，可能没多少人会对我的生活感兴趣。你是谁啊？不就是个社区医官嘛。

以前，我也没想到自己会成为一个医生，至少在入伍前。由于在大学我的专业是生化制药，结束新兵集训后，军务部将我分配到一号工厂。

莱卡，是我们这批新兵蛋子的导师。他的名字读起来像一种老相机的牌子。他有上校的军阶，但并不介意我们当面叫他莱卡。他从第一天起开始便不断冲我们大吼："谨慎是最大的勇敢，年轻人！"这句格言对于生物实验室真是再合适不过了。

而我正好撞到了他的枪口上：没按污染处理规则办事，往废纸篓里倒掉了一瓶子菌液。"只是普通大肠杆菌。"我争辩道。

几天后我被调到了"度假村"，一个众所周知毫无前途可言的项目组。组员都是些懒散的怪物。当我报到那天看到项目组主任穿着长衬衣，在顶吹式无菌台上煮汤时，眼珠子差点儿掉出来。

"欢迎来到一号工厂的休息区。"他过来拍拍我的肩，咧嘴一笑。三言两语，他已向我介绍了这个项目组的近况。概括起来只有四个字：毫无希望。他们研究的是T剂——内在时间加速剂。

军方的一切投入都是为了要得到一件武器。T剂显现不出任何该方面的前景：药剂停留在动物实验阶段，被注射T剂的老鼠要么变得呆头呆脑，要么狂躁而死。"我们原来以为，老鼠会对刺激作出更加敏捷的反应。想想看，打网球时，如果球速在你眼里比对手慢一倍，你是不是能轻而易举胜过世界冠军？"组长从笼子里拎出一只大白鼠，"但是你瞧瞧这家伙。"那只白鼠甚至没有躲避的企图，像只填充玩具。

"打仗时我们士兵的表现和它一样的话，国防部是不会表扬咱们的。"

他把白鼠扔回笼子，连手都没洗就端起汤碗咕嘟咕嘟喝起来。

"年轻人，咱们这个组的资金还能撑半年。到时候你服役期满回家去，我也能回学校做我的讲师。只要你不想在部队里混个军衔，这里还是很不错的。”

我找到属于自己的实验台，清理掉上面如山的空可乐罐子。抽屉里有些T剂样品，和一些填得乱七八糟的动物实验日志。不得不说，我对生物化学的确有兴趣。

摆在我眼前的只有T剂了。

门铃响了很长时间，才传来拖沓的脚步声。现在正处于西冷四个小时的短夜，街区空寂无人。住在这一带的基本全是矿业公司的员工家属，连组合式住宅的样式都相差无几。

门开了两分，露出一张阴沉的脸。

“谢谢你的好意，但我们已经休息了，所以……”他停住话，“是你啊。”门全开了，“这两天来看我们的人太多了。有些都不认识。医生，抱歉。”

关于早衰症的社区宣传会已经过去一周了。消除传染病的恐惧后，接踵而来的是好奇。人人都想看一眼“小老头儿”。严重的遗传病已经有很多年没有出现过了。有个记者来找过我，想要点新闻。我直接拒绝了，没对李建他们说。矿业公司的福利体系能支付李多的医疗费用，他们没必要靠募捐。

林良正坐在客厅沙发上看电视，声音开得很小。我瞟了眼屏幕，是部老电影，彩色光影投到了她的脸上。我怀疑她究竟知不知道在放什么节目。通向其他房间的两扇门都关着。

“要不要饮料？”她突然站起来问，没等我们回答便转身走向厨房。

“她没事吗？”我轻声问。

“前几天一直在哭，现在好点儿了，但毕竟是个打击。你知道的。”李建说，“阿西特克的人告诉我们，孩子是不可能治好的。”

“我可以给她开点轻度镇静剂，没有副作用的。”我说。

李建摇头：“应该不用。她会缓过来的。”

我们相对默坐了一会儿。

“李多现在吃什么药？”

“你想看看他吗？”李建站起来。

我们走进一间侧室。孩子在摇篮床上睡得十分安稳。旁边的小桌上散着一些瓶瓶罐罐。我一个一个读着上面的标签，维生素、抗氧化药物。李建朝小床俯下身。我摆正那些药瓶，在医学上我们管那些东西叫安慰剂。

“你们打算怎么办？”

“你是指？”李建做手势指指薄毯下微微起伏的孩子。

我点头。

“还能怎么办呢？他们说如果控制得好，他能活到十四到十五岁。那么多年呢，医学进步那么快，他们应该能把方法研究出来的，是不是？”他语调里的热切让我不忍。

“可能性不大。”

“为什么？”他看我。

“早衰症不是一种单基因病。我们早已知道哪个基因肯定会引发早衰，但还有些附属基因没能找到，现在也没人在做这项工作。病人太少了，特别是产前基因筛检普及后，世界上患早衰症的人不会超过五个。没有一个医药公司会开发针对它的药物。要找到一个特定的基因并替换它需要一个实验室几年的工作量，花费几十亿元。”

他重重地摸了摸脸：“孤儿药品问题。”

我没说话。他当然早已查询过关于这方面的资料。一个水瓶下压着张卡纸，上面的字符串格式我很熟悉，是医疗信息库的私人有偿查询账户密码。关于早衰症、基因药物，他在短短数周内便成为专家，但有些知识越学习越绝望。要用基因疗法治愈早衰症，不仅仅是钱的问题。就算他手里现在有三十亿元，也不能加快基因药物的研发速度——将特定的基因片段插入并修复受损部位，目前只有最原始的试错法。和制药业相比，爱迪生发明灯泡时所经历的失败次数根本算不上什么。

“我想向你们提个建议。”我说，“有一种办法，可以让他在某种意义上活得更长。”

3

T剂是种奇妙的东西。我读了实验室里能找到的资料。它来源于20世纪七十年代的致幻药物。被麻醉品迷倒而处于极度兴奋状态的人，时间感超出了常规，一秒即永恒。他们报告说看到了成千上万美丽的幻景，经历了不可思议的漫长奇遇。而在我们这些清醒者看来，他们只不过拖着口水在沙发上躺了十分钟。

推论是：人的内在时间感觉是可以通过化学作用调节的，于是他们得到了T剂。我真想知道上一期项目组的成员名单，他们的活干得太漂亮了。关键化学键十分牢靠，作为一种人工合成分子，它性能稳定，结构简洁。

主任看到我勤奋工作后说：“每个人刚来时全是这样子的。小伙子，悠着点儿！”然后将整个实验室的白鼠笼全都归到我的责任范围内。原先管照这些动物的人有个古怪的外号叫果子狸。他似乎是个医科学生，看我处理动物时笨手笨脚一脸不屑。“玩六十分吗？”他问，拍着手里的纸牌。

我摇头。背后传来一片哄笑。

所有半死不活的动物全得处理掉——从没留下完整记录的实验对象中你得不到任何有价值的东西。一批新的大白鼠送来了。我给予不同年龄组不同剂量的T剂注射。由于找不到人愿意帮忙，我只能一只手抓老鼠，一边作腹腔注射，嘴里念叨着数据让录音笔记下，之后整理。

第二天，我得到了半数死老鼠。

一种是互相斗争而死，另一种外表毫无伤痕。我解剖了第二类，分析了它们的体液组织。

主任晃过来，数了数长桌上一列的鼠尸，说好大一堆活儿要干啊，又晃走了。第二种白鼠的死因不明。但等录音数据归纳完后，我还是得到了点东西：死掉的全是成年鼠。

也算是收获，我安慰自己。

“T剂？”李建重复。

我向他叙述了我在军队服役时所属的单位，我以前是个化学制药人员，所以能接触到某些新型药物。

“他的生命可以只有十年，但如果他的内在时间感比我们快上一倍，就等于在他的意识里，他活了二十年。你明白我的意思吗？”

“如果快上十倍，他就能有和正常人一样的寿命？”

我没想到过如此极端的情况，“理论上是这样。”

“那你说的那种药安全吗？”

“我不知道。”我承认，“动物实验没表现出明显的副作用，我只能保证这点。”

“我明白了。”他低头想了很长时间。我没催他。

“对于我们来说，他仍然会在十多岁时死去。即使他在他的时间里活了五六十年，是不是这样，医生？”

我点头。

那天离开李家时，李建没给我明确的答复。他说他会考虑的。

半年后，我接到李建的电话，让我带着“上次提到的那种东西”过去。一进他的家，我闻到一股奇怪的味道。客厅矮几上摆着一只小砂锅，正冒出热气。李建有点尴尬地看我一眼。我笑笑。当人们对现代医学失望时，就会求助于偏方，看来我也是奇迹的一种。

“他妈妈带他去医院了。”林建说，“我跟她解释了。她不反对。”

我从包里拿出一个大口瓶，里面每五六颗药片用小胶袋装成一包。“有好几种药必须配套服用。我把每日的剂量都包好了，再留张日程表给你。如果你真的决定采用这种疗法，我会经常过来看他的。”

他接过瓶子：“医生，这样做你是不是也有风险？”

我摇头：“我早已经不属于军籍了。这也不算在违禁药品里。风险是你和你的孩子来承担的。”

他眨着眼，嘴边陷下两道深沟。我有点惊异地意识到眼前这个男人才二十八岁。

“有些事你必须事先知道。”我说，“T剂对大脑中枢的改变作用是永久性的，主观时间的加速过程不可逆转。以前没有三岁的孩子服用过这种药物。从今以后你的家庭生活也许会变得比现在更糟，你们将有很多麻烦。”

“我不打算把它还给你。”他摇摇手里的大口瓶，露出的微笑让我感到凄凉，“但我的儿子能活上三十、甚至四十岁，不是吗？哪怕只是在他的想象里。我愿意冒这个险。”

后来我才知道，在我到访前两天，李多骨折了——由于早衰症引发的骨质疏松。他的母亲当时正试着教他走路。我猜这件事成了压垮他父母心理防线的最后一根羽毛。

那年他三岁。

4

剩下的幼鼠们长势良好。我用玉米粒引诱它们穿越迷宫，成绩与对照组相当。也许内在时间感的加速并不能体现在智力上。我设计了一座电子钟，让幼鼠们形成“分针移动–按键–得到食物奖励”的条件反射。

它们慢条斯理地按着长键，反应丝毫没变快。我原以为它们会根据它们眼中飞速转动的分针而不停击键呢。当然，我犯了个很差劲的错误：只有按“常规”时间按键，钟才会送出玉米粒。老鼠不傻，是我傻。

于是我让它们玩电子游戏机，接住屏幕上抛来的球。只有在统计学意义上，它们的成绩才比对照组高上几个百分点。

我感到沮丧，想脱掉白袍子，换上夏威夷衫和同事们一起玩纵横字谜游戏。T剂漂亮无比的方程式也许是为了向军方交差搞出来的乌有之物。如此美妙的药物可以为我们提供多少快乐！我能靠T剂在一小时内完成八小时的工作量，剩下的时间想干什么就干什么。如果此刻我心情不错，就服一片T剂，让幸福延长十倍……

主任批准了又一批实验动物和器材订购单。他看我的眼神颇有些古怪，可能没人的热情比我保持得更长久。

第一次给李多服用T剂后，他陷入了昏睡。我向他父母保证说是正常反应，大脑需要一段时间来适应新的化学环境。

这孩子的变化不大。其他同龄人猛吃猛长，时间似乎把他单独落下了。他缩得更皱更小，一头黑茸茸的头发细脆到近于透明。

林良双手环抱在胸前。我从她脸上看不出她到底是什么感觉。我说明天下午还会过来，晚上要是有什么情况就给我打电话。

孩子的父亲送我出来。

“我是不是做错了？”他问我。

我不知道怎么回答：“六倍加速不是通常的剂量。”

“我要他活得和正常人一样长，否则他活得有什么意义？”他提高了声音，“我替他作了决定，要冒一下这个险。即使他死了，也比瘫在床上十年后再死掉强。”

当一个人想说服自己的时候都是这样的。

我说明天我会再过来的。

他转身回去了。

第二天我在钟表店买了三块手表，电子液晶屏式的。

“我要到新可可西里出差。怎么调当地时间？”

新可可西里的一天只有八小时，那里的人却固执无比地坚持使用地球时间。店员教我如何设定时速。

出了店门，我将三块表都调整到正常时间的六倍，数字在液晶屏上以疯狂的频率搏动。

这将是李多生活的时间。

孩子昨天晚上睡得很好，今天却不肯吃东西，连喝水都吐。我将手表递给李建和林良，告诉他们以后要根据它来照顾孩子。他们脸上现出惊骇的神色。

“他还是不肯吃东西，怎么办？”林良问我。

我说：“没关系，饿上几顿后他会吃的。你不时去试着喂喂他。”

“那究竟意味着什么？是不是正常的药物反应？”李建问。

“不，现在他的时间感觉已经变快了。你可以试着想象一下，食物以慢上几倍的速度通过食道的感觉，会引发呕吐反射，但他会习惯的。”我说，“另外这几天最好限制一下他的活动，以防他伤到自己。可以用被子裹上他。”

“婴儿对空间的把握感并不稳定，近一段时间肯定会重新变得混乱。他得再次学会建立自己的肢体运动与距离、物体之间的协调性。在适应以前，我们得防止意外。”

林良站起来：“我记得橱里有条春秋天用的薄被子。我们可以用它来做个包裹。”

等她匆匆走进储物室，林建将我拉到一边，低头看腕上并排的两只表，其中一只的秒读数闪烁得近于一团光晕。

“天啊。我没想到会是这样的，医生。我们在他眼里是什么样子的？”

“会有个习惯过程的。”我说。

“我觉得……”他看上去像个迷了路的人，“我真不知道接下去会怎么样。”

我也拿不准，但我不能说。

几天后，李多开始正常饮食。我建议可以试着松开他的一条手臂。他以一个三岁孩子几乎不可能的速度拍击床垫。他肯定弄疼了自己，哭得喘不上气来。若不是刚做过骨质填充治疗，又是一次骨折。在他的世界里，他正因四肢放慢速度，不听使唤而恼火万分。

他会习惯的。

我们都必须习惯。

爱因斯坦先生说，时间和空间都是相对的。也许所谓标准时间只是我们每个人不同的时间感之间存在的一种谅解。

我曾试着为加速鼠们提供一个同等加速的环境。

“现在最重要的事是加快他的学习速度。”我对他的父母说，“如果不给一个正在发育的大脑提供足够的信息量，他不能达到他的年龄层应有的智力标准。”

李建指指房间里四外散乱的儿童画册、识字卡片、会放映三维图像的机器狗、音乐魔方。“我们给他买了四岁孩子的……”

我一件件翻检玩具，告诉他们普通玩具是没用的：即使你一刻不停地翻动书页，他仍会因一幅图片在眼前停留的时间过长而感到厌倦。一切发声的装置对他都不适用：当音波在空气中传播的速度放慢六倍后，将变成人耳接受范围以外的低频音，同理他将听到很多对于我们不存在的高频音。

“那我们——”李建摊开双手。

“可以用电视。”我说。

八只全息摄像头装到了鼠笼角落。所摄下的声音与图像以三倍速度播放。观看一个加速后的世界是很有趣的，哪怕只是小小笼子一角：动物以幽灵般的轻巧窜动，实验员添加食水饲料的手一掠而过，笼底的水痕以可见的速度蒸发消失……

我用全白纤维板搭建了一个1×1×1的标准空间。全息投影一旦启动，这里便成了一个“人工加速世界”，真假难辨，至少老鼠分不出来。

白鼠们在纤维板盒子里住得十分舒服。只是它们听不见任何声音。无论是“正常”的还是“加速”的。后来我才意识到音波速率的问题。而当幼鼠们听觉系统发育时，它们没能得到应有的刺激，全变成了聋子。

感谢相对论，光的传播速度在任何情况下都不变。

否则在十多年后，我会害得李多又盲又聋。

5

李建是个矿业工程师。在系外采矿业中，有许多稀奇古怪的仪器被发明出来以应付各种匪夷所思的外星环境。为自己的儿子弄些装置以调节时间感的改变带来的麻烦，对他来说并不困难。

李多的小床前架起了一台宽屏显示器。一只黑色钢匣被绑到他够不着的地方，里面是将正常语音转换成高频音的微电脑系统，同时程序将删除一些背景杂音，如微波炉、电视机启动时发出的高频音波。接收耳机用两根胶带固定到孩子脑袋两侧，几年后李多做了永久性植入手术。

显示器打开了，屋内响起一种类似鸟鸣的吱吱声，尖锐刺耳。李建将一根数据线连上，声音消失了。

屏幕上灰蒙蒙一片，偶尔有些黑影闪过。孩子的目光似乎被锁住了。他突然咧开嘴笑了，样子有些奇怪：一个还没来得及展开就匆匆平复的微笑。

“他在看什么？”

“《猫和老鼠》。”我低头看了看手中的空录像带盒子。封面上一只蓝色的猫正在追一只耳朵比身子都大的老鼠。

“我们为什么看不见？”她问。

“是用他的速度播放的。他能看见画面。”李建向妻子解释。

“他不能无休无止看下去。”我说，“他看一小时就等于我们连看六小时。你必须每隔一段时间关掉屏幕，让他休息。”

她的眼睛从我们身上转到李多身上。她的孩子，正盯着空白屏幕兴奋地舞动双手。“他真的能看见？”

她感觉正失去自己的儿子。现在她必须每天根据日程表、腕上飞速走动的分针，而不是母亲的本性照顾孩子。如今这间儿童房活像个仪器商店，地下四处是电线，宽屏上的图像无法让人理解。我想她认为是我、我该死的药物把她们隔开了。

我说：“是的，他肯定能看见。”

6

时间的流逝加速为以前的六倍，两个月即是一年。

李多消耗掉的录像带数量惊人。种类有卡通片、少儿剧、自然纪录片、小学课程的教学片，甚至有父亲的机械维修记录和母亲的做菜视频。也不知道他能看懂多少，只是屏幕一旦停止放映便哭声震天。他父母只得重新打开电视，直到他自己睡过去为止。

我想屏幕中的世界对他而言是异国里遇到的唯一一个能说“自己人”语言的亲切老乡。他当然不愿轻易放过。我们没法为他提供一个加速后的世界，只能把电视机的加速键连按六下。

这时一个新的问题出现了，他不愿学说话，甚至连尝试的愿望都没有。一般孩子学语的“呀呀咿咿”阶段在他身上全然无踪。他明显能听懂父母和我的话。“要打针了。”我说，还没做出要拿针筒的动作，他的小脸已皱作一团。

原因不久便找到了，李多必须要发出比正常人高出六倍的声音才能让自己听到，形成语言学习过程。人听到自己的说话声是通过头骨内部，而非外界空气传播。李多是个身体上四岁、心理年龄五岁的小孩，不是男高音歌唱家帕瓦罗蒂。

当我和李建商议着要不要在他喉头植入一个声音采集器，与管理他听觉的微电脑相连时，李多明白无误地表现出了：我识字。于是他说不说话变得不那么重要了。

事情经过如下：他一向对“正常儿童”的玩具毫无兴趣，这天却比比画画要擦涂板，一种可以反复涂鸦的小黑板。他母亲找出来给了他，惊讶地发现几分钟后黑板上出现了“要电视”三个字，字体方正，就像录影带上的字幕。

后来我与李多谈起这件事，“你怎么会先识字后学说话的？”他解释道：“那时他一直以为文字先于语言而存在。君不见影片中的演员说话前，字幕已经在画面下方了乎？所以先认字再发音理所当然。”

但擦涂对他来说实在是太过低效的工具。每个文字都得花上数分钟的努力——即李多的数十分钟。原因之一是他固执地要求每个字都得写成分毫不差的粗斜体。他从没见过手写体文字。

李建为他带来一个儿童键盘。在小学低年级影音材料中包括了打字教程。掌握键盘对李多并不困难。我陪了他一个多小时，看他细树枝般的手以昆虫触须般的敏捷敲击字母。与键盘同时安装的还有一个字幕显示器，不连贯的短句陆续闪过屏幕。

第二天我去看他时，出乎意料地发现他并没趴在键盘前。他母亲告诉我，昨天她想把键盘拿走便遭到猛烈哭叫的抵抗，只得由他去，结果今天发现他的两只手全肿了。

我过去拉起他的手。“轻度肌腱炎。”我对他说，“从今天起你不能再碰键盘了，直到两周后。”

两周即是李多的四个月。

当我为他解掉双手的固定绷带，将儿童键盘还给他时——他父母怕经不住他的哭闹一时心软，索性让我把键盘带回医务所。“以后还淘气不？”我问他。

“唉，”他像个成人似的叹气，“欲速则不达呀。”

我不知道他从哪儿学来的这个成语。

李建和我讨论过，当孩子提出“那个问题时”，我们该怎么回答他。

李多迟早会意识到自己和其他孩子的不同：他从来没有玩伴，也不能在草地上踢球。他的母亲付出过巨大的努力教他走路，却最终无果。试想你以六倍慢速骑自行车，保持平衡便需要杂技演员的天赋。他的活动范围仅限于床上、能用手扶着挪几步的墙沿。幼儿园和学校生活在他观看的录像带中频频出现，他自己却泡在一大堆电子设备中度日。

“我为什么和别人不一样？”李多总有一天会问。

我们能告诉他，他将在十多岁时死去吗？还是等他再长大一点儿再说？

“ML，我想跟你谈谈。”

2078年5月，李多对我郑重其事地说。在他的时间表上，日历翻到了2085年，他已经11岁了。这个阶段的孩子总爱模仿大人的语气，听上去令人忍俊不禁。

我走到他床前坐下。随着年龄的增长，他不像幼儿时期那样害怕我的针筒与药丸了，变得更加喜欢与我交谈，将我视作一个大朋友。

“我想问你一个问题。”李多说。学会打字后不久他即不满足于手工击键的速度，他父亲为他安装了一套微动作放大系统，通过指尖的微颤便能激活文字键，打出词句。语音合成程序能将屏幕上的文字“读出”。他也能开口说话了。我注意到他今天全神贯注地投入到我们即将展开的对话中——录像放映机关着，平时他总边看电视边与人聊天。不能怪他对人不尊重，而是我们“普通人”说话的停顿时间对他来说实在太长了。

“问吧。”我说。

“我是个和你们不一样的人，对不对？”

我头皮一麻，终于来了：“是的。”

于是我向他说了什么是早衰症，基因缺陷是怎么一回事。时间感加速，T剂，我和他父母所做出的决定。总而言之，言而总之，一切都是为他好。

李多很久都没出声。

我真希望他父亲在这里。

“我的速度不会再慢下来了，对不对？我永远都不会和你们一样了，对不对？”

人工合成声没有语调，我点头，听不出他的情绪。“是的，你……”

“天！”李多往后一倒，打开了录像机，“这下我可放心了。我还以为人一长大，就会变得和你们一样慢吞吞的呢。吓死我了。原来我一直都会这么快。”

几分钟后，我发现他歪在枕头上睡着了。

看来他为这个问题担心了很久。

那年秋天，他母亲坚持要他上学。我能理解她的心情：她的孩子在很多方面都太特殊了，她为他感到担心。我也不反对。李多的确需要与同龄孩子多接触。不能不说他是个可爱的孩子：聪明，安静，在他力所能及的范围内懂得体谅周围人的情绪。

但问题就在这里：他似乎太成人化了。李建向我抱怨过：我根本不知道他平时在想些什么。

我们能指望一个以六倍高速运转的大脑的发育过程与“正常儿童”的生长时间表呈完全对应关系吗？谁知道呢。也许他是电视看得太多了。学校能让李多向一个同等年龄孩子应有的心理状态更靠拢一些，至少我们希望如此。

在社区学校方面我们没遇到多大阻力。他们同意接受李多作为旁听生：从出生证明文件上看李多只有四岁半，但他顺利地在入学资格考试中拿到了高分。所以没问题，下周一开学。

那天我也去了。李多窝在一张儿童轮椅上，坐在教室后排。上课时教师几乎管不住学生回头张望的次数。还不时有成年人从教室窗户或门口探头看。李多看上去很厌倦。课堂上的内容他早在一年前（我们的两个月前）就从录像资料中看过了。

课间休息时，没有孩子过来搭话。他们拘束地保持着距离，互相悄声议论。我忽然意识到李多和这些所谓“同龄人”之间的差距之大。他在外形上几乎还是个婴儿，身上连着古怪的电线，还有母亲陪同。总之，在社区小学的孩子们眼里，李多并不算是同类。

如果假以时日，让他们互相熟悉——我的想象无法继续，因为当天下午，他们回了家，李多从此再没和正规教育沾过边。

几天后我重新提起他短暂的校园生活。“无聊。”他回答，“没有一件东西是快的。”稍后他又加了一句。

好在他母亲也没再坚持。她也看出来了，李多在小学里无事可干。他离不开他的快速放映机、耳机、打字键盘。

作为教育的替代品，李建给儿子买了第一台电脑。

7

人们说，越小的孩子玩电脑越容易上手。这话在李多身上被证明是真理。

几周后，李建下班后习惯性地打开一个名为“网络父母”的监控程序。他想知道儿子浏览的网站内容。列表一片空白。他检查通向儿子房间的网站接口，一切正常。

于是他打电话给我。我答应与李多谈谈。即使你站在李多身后也并不一定能知道他进入的是哪种类型的网站。他的速度太快，一张网页在眼前一闪便过去了。

我们担心的倒不是通常孩子家长所焦虑的：七岁的孩子对色情网站的沉迷。但各种奇怪的现代宗教、激进政党在网络上比比皆是。李多很聪明，可他毕竟还只是个孩子，又生活在这种特殊的封闭条件下。

“是你把监控程序上的列表删掉的？”我问他。

计算机屏幕上四五个窗口此起彼伏地打开消失。我只能勉强看出他在与人聊天，内容却根本看不清。

“他有什么权利偷看我的上网记录！”还有一个恼火的表情。

我没上当。

“得了，别装任性了。昨天你上了什么网站？”

孩子想了想：“我可以告诉你，别跟他们说就行。”

屏幕速度放慢了。在搜索关键词“Lamin A基因”下，是上千条医学资讯。我懂了。他是在找关于早衰症的资料。

“他们知道后又要瞎猜。其实我只是想了解一下罢了。”

我想起一个老笑话：在你没得关节炎之前，对它一无所知。一旦你得了关节炎，就什么都知道了。

“我会和你爸说的，让他别再监视你的上网记录了。”我说。

“对，这样做会伤孩子的自尊心。”他冲我眨眨眼，“我也保证，以后删完列表后补充一份‘无害’的。”

以后的半年里，李多向我透露了一些他通过网络做的事：开办了一个聊天论坛，偷进社区管理中心的计算机溜达了一圈，诸如此类。

其中一件是：他开始挣钱了。

如果不是他想动我账户的脑筋，可能连我也不会知道，更别提他的父母了。

他挣钱的方式是玩网络赛车、射击类的速度反应游戏。他当然横扫天下无敌手。赢来的网络游戏币值等于星元，一元兑一元。我只听说过用星元买游戏积分卡，没听说过有谁能用赢来的积分换成现钞的。

“我有办法。”他说。显然不愿和我说详情。

问题在于他不可能用自己的身份去银行开户。他只有四岁半。所以要借我的户头一用。

我把账户和密码告诉了李多。拒绝他没有用，只会逼着他去学搞虚拟黑户的流程。至少现在他还信任我。我坐回办公桌后，眼前屏幕上的对话框变灰了，李多下线。近来我已不常去他家，大多通过网络联系。

利用游戏赢钱算不算作弊？我苦笑。有些人的反应能力天生就比别人快，李多只是这种情形下的一个极端吗？他这么需要钱干什么？只是出于一种孩子气的“我能挣钱了”的骄傲？

几天后，我查询自己的账户，有笔钱存入又移走了，数目远比我想象中要大。

再次去他家时，我发现了李多的变化：一辆新轮椅。除了由两只轮子和一把座椅构成基本结构外，这种新式轮椅和我们观念中的代步工具毫无共同之处。它更像一架没有前盖的跑车。李多的大多数附件：语音转录、播音系统、遥控键盘、计算机等，全都或挂或嵌在了“蜂鸟号”上。

“是他自己攒的。”李建拍着轮椅高高的背架，自豪地向我宣布。

你知道他凭什么挣来的吗？我看了李多一眼，他窝在一大堆电子器械中，显得更小了。他冲我吐吐舌头。

“是吗？真不错。”我赞许道。轮胎外壳上“蜂鸟”这行字下，是“自助”的商标，一家为残疾人制造辅助器械的专业公司。难怪他需要钱。我松了口气。

“小小年纪就能靠网站广告挣钱，很不容易。”李建说，“我年轻时也搞过一个小网站，啊，那个流量少得就别提了……他一开始还瞒着我们哩。”他笑道。林良也一直在笑。这家人很少这么高兴。

“以后他可以自己到处走了……”

自己到处走，只是个开头。我的户头上款子来了又走。李多的“蜂鸟”上添了原本用于精密仪器加工的机械臂、更快的计算机系统，一些连他父亲都看不懂的古怪东西。李建告诉我，凭借这些玩意，孩子甚至能在母亲做晚饭时搭一把手了。我感到欣慰。有时“李多可能不仅仅靠游戏挣钱”的念头在我脑子里闪过。但结果是好的。反正孩子长大了，让他自己把握吧。

8

2079年夏天，一系列的麻烦接踵而至。首先是李多的“蜂鸟”速度越来越快，引起了附近居民的不安。他的活动范围早超出了家中的四间房。度过相对自闭的儿童期后，他开始以引起别人的注目为乐：一个驾驶超酷赛车的小怪物——此时他的身高不足1米，后来也没超出这个高度。自从谢顶愈发严重后，李多索性理了个光头，加上满脸青筋，他的外表令人不愉快。

十七岁的男孩鲜有不喜欢摩托车的。李多在他的代步工具上加装了四个大功率引擎，并非不可理喻。他也是个值得信赖的机械专家。靠网络赛车搞钱的日子早已一去不复返。现在他是几项虽小却极实用的工程专利所有人，不过在专利局文件上的登记人是他父亲。他有了自己稳定的收入。

但以上事实却不能消除近邻们看到一辆鲜红的“跑车”以骇人的高速窜过眼前引起的惊慌，尤其是因为社区主路上常有孩子玩耍。

“我已经够慢了。”他说，“他们有什么可担心的？你走路时会来不及避开一只蜗牛而撞上它吗？”

我无言以对。他当然不会失误撞上任何东西，甚至连这个念头都令他感到可笑。

交通员找不到合适的理由劝李多减速。西泠交通法规的制定者们做梦也想不到会有一辆时速高达260公里的轮椅出现。事情最后闹到了社区仲裁法庭，一份有很多人签名的抗议书将李多和他的“蜂鸟”告了。

最终裁决是李多必须遵守机动车的限速标准。从限制令下达到他离开西泠，李多几乎没再上过街。“没有意义，跟蜗牛爬似的。”他对我说。

他将拆下的四台赛车引擎卖给了附近高中的飞车族们。

这件事也使李多一家与四邻关系搞得很僵。李建长年在外工作，李多满不在乎，承受这份代价更多的是他的母亲林良。有次在超级市场我碰见她，孤零零地推着购物车。平时和她在一起的几个同事在另一条过道上。她们肯定互相看见了，却没打招呼。

第二件事是李多要求搬出去独住。李建给我打来电话，问我会不会有问题。从他声音里我听到一场争吵后的残余火药味。我告诉他从医学角度来说李多独立生活是有可能的。他因早衰症而服用的药物早已固定，不会出现突然的并发症，而且随身携带的身体监控系统可以在意外发生时第一时间通知救护站。随后我小心地说："像李多这样的孩子有独立生活的愿望是很正常的。毕竟他快成年了。"

电话那头沉静了很长时间。

"医生，他看上去只有五岁。"他的父亲说完挂断了电话。

李多的新居离我供职的医务站不远。这是他父母作为允许他独居所提出的条件之一。我过去看他。地板和墙壁全是光秃秃的，满屋子牵牵拉拉的全是光缆、电源线。他正埋头于计算机屏幕前。"医生。"他招呼我，声音流畅自然，甚至带点变声期男孩的沙哑。我吃了一惊。

"我更换了发音合成软件，那东西快成老古董了。"他说。

"你干什么呢？"

"一家公司委托我做的工程设计。"

"你怎么和他们联系上的？"实际上我想问的是：你以什么身份出现的？网上交易系统对身份验证的要求很严，他不可能再用他父亲的身份了，最近我借给他的账户上也没有资金出入。

"我有张网上虚拟身份证。想看看吗？"他听出我的意思，调出一张证件正面图像。上面的照片是个二十出头的男性，细眉长眼，隐隐有他父母的面部特征。

“能通过国家身份库的认证吗？”

“当然。还能在银行开户，登记驾照，申请保险，甚至登记竞选总统都没问题。医生，想要一张吗？五分钟的事儿。”他咧嘴一笑。

“不用啦。”我没问他从哪里学来的，反正都一样。他正通过非正常的手段来得到一个正常年轻人应有的生活，我没理由责备他。

离开他的新居时，我注意到门口贴着张快递单子，送货方似乎是个化学药品公司。当时我没想太多。

每隔两个月，我都让李多来医务站做一次内在时间感测试。他三岁时服用的药物作用是终生的，但我希望能绝对确定他的时间感保持在与正常时间六比一的数值上，否则说明T剂有缺陷。

那年年尾，测试结果出来后我没让他走。

“有什么问题吗？”他问。多亏了新型软件的效果，我听出了他语气里的虑焦不安。

“想看看你的结果图表吗？”我将长长的一列打印纸推向他。

“6∶1。”他说，“校点计时。结果没什么不对啊。”

“就是太正确了。”我说，“你每个按键间的时间间隔都是等时的，精确到了小数点后六位。你以为自己真是台计算机？”

坐在对面的人晃着头。近两月来，他将“蜂鸟”从张扬的红色喷回了黑色，增加了个全密封型空气罩——一幅全息激光投影图反射到罩面上。从外部看，轮椅里坐的是个面目温和的年轻人，双膝上搭着毛毯。图像有些不自然。他说他自己正在改善程序。我问他为何不以真面目示人了。他回答：“医生，这才是我原来的样子啊。”

“你究竟在干什么？”

“医生，我还不够快。”他说，“我想要更多T剂。”

我忽然想到门口快递单上的药品名录。

“你会毁掉你自己的。你以为仅仅是服用一片药这么简单的事？你同时必须……”

“加快脑神经中枢的传播速率，调节海马体的记忆模式。”李多替我接下去，“我这两年在自学生物化学。医生，我知道自己在干什么。六倍不够。你能想象一下我的生活吗？我不能专注地干一件与他人有关的事，比如说交谈。在等你作出反应的时间里我能断断续续地读一本小说。我不想在自己房间里窝一辈子。如果我能以更高的速率生活，比如说十倍，我就能在处理‘正常’事务时，同时做两到三件事，否则我的余生就是一堆零乱的碎片。我想要更多整块的时间。我需要T剂。”

“十倍？”我说，“你会死得更早。”

他笑了：“在哪种时间里？我的还是他人的？”

过了几分钟后，我站起身来：“我去给你拿T剂的方程式。别自己乱试了。”

“其实我可以确定自己的分子式是对的。”他说，“不过对比一下也好。”他伸出机械臂翻看文件，动作迅速得像蜂鸟掠翅。

“那你现在的内在时间比是多少？”我问。

“算是8∶1吧。”他说。

我怎么知道他说的是实话呢？他躲在全息影像后，只要他愿意，他能使测试得出任何他想要的结果。

“别这么沮丧，医生。”他说，“我只不过完善了一下你的弗兰肯斯坦罢了。”

“弗兰肯斯坦指的是那个科学家，而不是怪物。”我说。

“我知道。但当人们用文学典故时，应该按约定俗成的规则使用。”他说，“当然，像我们这样熟悉经典文学的两个人碰到一块的情况是很罕见的。”

我被逗笑了。这个比喻像黏在鞋底的口香糖一样，我没法忘掉。

两周后，康佳总部向“李建”提供了一个顾问工程师职位。他们以前购买过他的专利使用权。工作点是新柳州，一个位于南联中心地区的直辖定居点。李多接受了。

他离开了西泠。

下篇

1

李建告诉我，他的妻子又怀孕了。

自从李多离开后，时间又过去了一年。他不时与我保持着联系。大城市的生活显然很合他的口味：高速的生活节奏，人与人之间恰当的距离感，还有超音速地下公路……这些都使他心醉神迷。在康佳内部，他近于神奇的工作速度得到了升迁与同事们的嫉恨。我问他以什么理由解释自己必须得终日待在全密闭式轮椅里。

“我有先天性免疫力缺失症。”

这种病的患者对一切东西都过敏，他们必须生活在无菌条件下。那是另一种罕见的遗传病。

“用一种疾病掩盖另一种？”我问他这么做的意义。

“彼此彼此。你也用‘时间感错位症’来治疗早衰症。”他笑道，然后发送来一张20世纪早衰症儿童的新闻照片——两个手拉手的干巴巴小老头儿。“你觉得我手下的四百名工程师看到老板长成这副样子后会有什么反应？人有以貌取人的老习惯，医生。他们会以为我只有十岁的智力，不足以开除他们。”

我想，他在康佳的管理风格肯定有罗伯斯庇尔[①]的遗风。

当从我这里得知他将有个小弟弟或小妹妹后，他没表现出高兴或沮丧的情绪。下午银行通知我，我的户头上多了一笔钱，附言为：让他们去阿西特克做检查。

我把支票转交给李氏夫妇，他们的神情有几分尴尬。我猛地意识到他们有多年轻：李建32岁，林良29。而今天早上与我在计算机上交谈的他们的儿子，亦年近不惑。再过上几个月，他们会比“孩子”更年轻，而且是越来越年轻。过去几年里，他们尽全部努力学着去做一个病孩、一个少年、一个青年的父母。

这六年来他们的生活如同被一场飓风袭击。

“我们会的。”李建说，支票在手里攥成一团。

他的手腕上留有两道白痕。那只疯狂走动的电子表被摘下了。“欢

① 罗伯斯庇尔（1758–1794），法国革命家，法国大革命时期重要的领袖人物，信仰自然神论，是雅各宾派政府的实际头脑之一，主张严厉的恐怖统治。

迎来到正常时间。”我在心里对他俩说，忽然觉得有点儿滑稽，也有些悲哀。

2083年春，我得知最后一组导致早衰症的基因被定位了，是研究阿兹海默症过程中的附带收获。在理论上，早衰症成了可以治愈的疾病。

我想李多对这方面的进展比我关注得多，他应该早知道了。但我还是企图联系他。李多对自己的疾病抱有一种奇怪的幽默感，比如在新柳州第一次看到人工降雪时，他说：“真美啊。纷纷扬扬，无穷无尽——就像我脑袋里的淀粉蛋白沉淀物。”淀粉蛋白过量堆积是早衰症病理现象之一，最终会使他的大脑百孔千疮，失去智力。还有2082年大堵车时，李多被卡在车流中长达28个小时，对他来说近于正常人的一周。

“医生，告诉你一个秘密。外星人早在1975年就光临过地球，但飞碟盘旋数天，没找到停车位，又飞走了。”

我对他说：“别变得愤世嫉俗。”

“医生，这很困难。”他回答。

康佳公司回复，我们公司没这个人。我反应过来，李多用的是假身份。

“就是那个先天性免疫力患者，坐轮椅的。”

他们告诉我，他在两周前辞职离开了。

刊有早衰症消息的医学期刊是在两周前出版的。西泠是个小镇，送到这里已经晚了。

我放下电话。2077年，李建说我们替他冒险做出决定，是为了他好，完善了我的“弗兰肯斯坦”。

窗外有孩子的嬉闹声隐隐传来。

很久以后，李多告诉我他在那段失踪的时间里干了什么：四处游逛，从一个定居点到另一个定居点。他在中心广场上表演特殊杂技：接住一个盛满水的杯子，连抛三十多个小球，一些与速度有关的玩意儿。

“来看的人很多。”他说，“给钱的人很少。”

我说：“你别冒充流浪艺人了。专利收益你一直在领。”

李多做了个鬼脸。我也没详细问下去，只知道他那段时间心里的确大大不平衡了一番。

2085年初，一个名为FN的家族公司同时收购了索尼、瑞得立和联合大学生物部。我之所以关注这件事是因为在候诊室里人人都在谈论FN，以及它飞涨的股票。五月，一队穿着有FN标志蓝制服的技师来到了西泠，免费帮我们替换了学校、社区中心以及医务站的计算机和网络设备。区长是“天下没有免费的午餐”格言的信徒，冷眼相观，“喂，早晚是要你们付钱的。”

面带微笑的技师们走后，我们全都爱上了这些新设备。它们太快了，太稳定了。操作计算机不再有呆坐等待的时间。我不再能忍受家里那台破电脑。但FN的产品贵得惊人。不过电子产品的降价幅度和速度有目共睹。我希望明年这只“王谢堂前燕”就能飞进我家。

2

同年八月。我收到世界神经医学大会的邀请函。会议地点在地球冷泉港，路费由会议组织方提供。

天上掉馅饼的事总算让我遇着了一回。我自嘲，肯定是同名同姓搞错了。我只是个三级医官，甚至连博士学位都没有。我打长途到地球的世界神经医学大会中心去询问。他们信誓旦旦地保证：“没错，就是你，ML先

生。要不要我们派专人来接你？”

我收拾好行李，搭上下次航班。但他们还是在换乘机场截住了我，坐上反方向的航天飞机，将我带去了地球。你瞧，只要军方想要你，你就是篮子里的菜了——无论你有没有嗅出陷阱的味道，有没有自动往里跳。

在冷泉港，我见到了二十年前的所有同事。没出席的人都是实在抽不出空的。尽管现代人的平均寿命是120岁，还是有人想提前退场。

我们这些人被军方用纳税人的钱集中到一块，要讨论的问题只有一个：T剂。

会议厅长桌尽头军方的发言人嘴巴一开一合，离得太远，我看不清他肩章上有几条杠。他的每句话都像地球绕日一样盘旋在一个主题上——根据可靠情报，“他们”也拥有了T剂。

对冷战时期的美国人来说，“他们”是指苏联。对二战时的中国人来说，“他们”是日本鬼子。而对我们这些南联人，“他们”当然是指万恶的西联人。至于什么是联盟，学者们争论了几十年，并用旧时期的国家、联合国、独联体、欧盟组织来作对比，还是没解释清楚这种大宇航时代的产物。简单地说，西冷属于南方联盟，你在西冷要买西联的产品只有通过两个途径：一、付高得离谱的官税；二、黑市。总之，我们是敌对的两方。政论家们预言会有一场大战。仗总是要打的，他们发狠誓。就是不知道在哪一天。

我们当年研究T剂时的假想敌人就是西联。但我不明白为什么军方对一种没什么实际效果的药物大为紧张。T剂研究从来没进展到人体定量实验的地步，它只能使大白鼠神经兮兮一阵儿。

会后，军方将我们放进冷泉港分子生物中心的餐室里。年轻时这里是我心目中的圣殿。一些不修边幅的青年人边往嘴里填快餐边在纸巾上写写画画。这三十多年来我一直在与感冒与消化不良斗争，偶尔翻翻医学期刊。我已经听不懂他们在说什么了。

有人拍我。他说他叫汪远。见我没反应，他补充道："以前我是T组组长。"

我才想起他就是那个在无菌台上煮面条的家伙，我过去的顶头上司。我们握手。

"没时间去种头发。"他笑着摸摸闪亮的头顶，"你在哪儿混，小伙子？"

我告诉他我在一个三级定居点当常驻医官。他吹了声口哨："小镇生活，怪不得胖成这样。"

对，我笑着环视四周。我们都有了三层下巴、松松垮垮的大肚子、秃头和轻度高血压，并很有信心活到3050年。

"你知道这里到底是怎么回事吗？"

他拉我到靠墙的一张桌子坐下："小伙子，我记得你是2064年走的？"

我点头。

"啊。那有很多事情你都不知道。"他揉揉鼻子，"我跟他们都谈过了。果子狸、陈、KAREN，还有扎西达杰。他们都参加了第三期。"他提到的那些人我也认识，刚才在会议上碰过头。

"你结婚了没有？"他突然问。

我摇头。

"为什么？"

"没找到合适的，工作又……"我笑着摊摊手。

"T剂的确会导致遗传性改变。"他说，"这是第三期研究的内容之一。我们——”他环顾四周，果子狸和陈冲我们这桌举杯示意，“都没孩子。”

我没说话。

“你服的T剂量不多，所以你能通过测试。”汪远直视我，“他们不该放你走，ML。”

白鼠实验的进程令我感到绝望。在虚拟加速环境中成长的幼鼠们不久即死于运动过量：它们的身体是为正常时间速率中的活动需求来进化的。专业运动员的损伤成倍出现在它们身上。还有神经信号紊乱问题、记忆损失……牵一发而动全身。我每天每夜都将自己想象成一只服了T剂的老鼠，考虑每个细节……直到我厌倦至极。按我的体重称量出的一份T剂看上去白白的一大堆。一部分消失在胃液里，一部分在肾脏中解构，还有在血液中滞留的，最终只有百分之二的化学物质会抵达脑部产生作用。我安慰自己，将时间放慢半拍有何害处？等于活得更长……我像吃炒米粉一样吃掉了那堆T剂，用可乐冲掉满嘴怪味。当然我也可以选择静脉注射，但万一有不良反应难以对付。我随时准备喝下催吐剂来中止这个没有任何保护的人体实验。

两天后，正常时间内的一分钟在我眼里拉长成73秒。两周后，我脱掉白色实验服，在供销部买了两副纸牌。果子狸他们十分欢迎我的加入，他们只花半天就赢掉了我今后四周的伙食券。

西泠镇区长的座右铭是：天下没有免费的午餐。我百分百同意这句话。理解某件事同样需要付出代价。如果不拍摄数千张照片，你不会理解什么是光。如果不吃掉一堆T剂，你不会理解什么是时间。13秒足以将你与世界拉开13米。一切都变得古怪，不可思议，令人恶心。人们说话的声音，走动的样子，每件东西的颜色都加深了，浊重不堪。——这件事的原理我到现在都没想明白。我站起身“砰”的一声被绊倒，血流满面。血液流过皮肤的缓慢令人想尖叫。我花了好几个小时说服自己，用这种频率呼吸不会使人窒息。身体像件潮湿的橡胶衣一样裹住我的每个动作。我以为这种状态会持续一生，吓得浑身发抖。好在13秒是道可以重新愈合的伤口。不适渐渐消失。

但谁能忘掉这种该死的经历吗？谁有了这种经历还会继续研究T剂呢？想以后将它包上彩色玻璃纸发给幼儿园孩子吗？

难怪T组的人会在无菌台上煮面条，玩纵横字谜游戏。

他们再聪明不过了。

“想听听第三期项目里我们都干了些什么吗？”汪远问。

“你们全留下了？”

“出去后还能干什么呢？”他咧嘴一笑，“第三期的研究对象是首期实验留下的人体实验对象。”

我的胃像被人狠狠打了一拳。

“他们在R－23，一个隶属海军的空中基地上。”汪远说，“80年，R－23被当作废旧物资卖给了西联。上面的工作人员全体撤回，但他们之中没有人体实验者，一个都没有。”

“你们现在才发现？”我觉得不可思议。

“T剂项目早停了。”

“那么说西联得到了实验者。但又有什么意义？”我问。如果药物注射是在二十年前进行的，他们的体液里早已经没有T剂的游离分子了。

“如果西联没有关于T剂的任何资料，这批人对他们来说毫无意义。”汪远做了个手势，“要是他们也在进行T剂的相关项目，这些人就很有价值，值得扣留，而他们真的失踪了。这种行为要冒风险。”

我耸耸肩。“我看不出这又有什么关系？T剂不可能被当作武器用。就算它等于一颗原子弹，当初每个大国都有原子弹，最后不也是没派上用场？除了每年拿出来吓唬一下对方。”

“谁说它不能作为武器？”汪远眯起眼，“别小看了我们。”

“你们解决了那些问题？”T剂如果要用在人体上存在许多几乎不可能翻越的障碍。我曾让我的白鼠们在虚拟环境里活过了完美的两周。但老鼠不是人。两周不是一生。

“你有没有注意过FN？”汪远没回答，扯到了我想不到的方面。

我说他们的计算机真棒。

“不只是计算机，他们还为西联基建部更新光缆。基建部的人估算过，每铺一公里光缆，FN就得自己贴8块6毛钱。”

“他们为什么这么做？”

“他们在合同上写的是2.0型光纤，可用的却是蓝K型线材，最新的型号，信息传输量达到每秒亿比特。他们在做亏本生意，还不想让人看出来。”

“FN近几年收购的企业只有三类：生物制药、电子机械以及计算机。”汪远说，“你想到了什么？”

“有人想卖T剂？”我说。心里蹦出一个人，李多。

3

冷泉港会议后我没回西冷。汪远给了我一张星际全能信用卡。以后我每一次出行，去了哪里，在哪个麦当劳连锁店买个汉堡包，都会进入军方档案。

汪远的军衔是三级科学官。我是最后一个知道这个事实的人。

“找到李多。”他拍了拍我的肩，语气像要和老朋友去抽烟一样随便、亲切。

我原本没打算说出李多。谁会主动招供出自己将军方试验药物给了一个绝症儿童？但我们离开冷泉港时有个测谎过程：

你过去的三十年里与T剂有过任何形式的关联吗？

我的运气没退役时好——当年我是唯一能离开的。现在我留在了最后。

至少比被当作向西联出卖T剂的间谍要强。我是前T剂研究组中仅有的非军方人员。要泄密的话他们很乐意相信没有出内奸。他们将我留在一间空屋子里。我趴在桌子上睡着了。几小时后，汪远叫醒我。“去找到你所说的那孩子，确定他和FN的关系。”他说着递还给我钱包，里面的证件还在，原先的信用卡全没了，替代它们的是张全能卡。

我问他：“我会不会上军事法庭？”

“以后再说吧。”他说，皱着眉，挥挥手像赶走一只微不足道的苍蝇。

我看出来了，他也像那些大人物一样，以为自己看到了世界大战的阴云。

找到李多。

汪远给我提供了一个电话号码，代号“A”，说有计算机方面的问题就去找他。我自始至终没见过“他”或“她”的真面目。只知道我想要的资料一小时后便会出现在我所在房间的传真机上。也许那是个属于军方的黑客小组。

首先我要的是自从李多接触计算机后的所有浏览记录。早年的网络痕迹他并没想到要去掩盖。我很容易搞到了一份网络登陆清单：大量关于计算机、电子机械、生物医学方面的论文访问，某些聊天室的十多个用户名。他显然终于找到了恰当的对话者：不是某个特定的人，而是一群人。2080年左右，记录开始出现大段大段空白。他懂得隐藏自己的活动轨迹了。我打电话给A，稍后送来的资料令人哭笑不得，只是些青年男孩通常忍不住瞟上两眼的成人网站罢了。

专利局中用李多父亲名字登记的发明有五六项。我搜索邻近相关申请，一个名字引起了我的注意：FN.Li。有些归属于他名下的专利除了用在李多的“蜂鸟”改装上别无他用。我找了个工程师，来看这些对我而言无异于天书的图纸。

“风格类似。”他说，“工程设计和绘画一样，每个人有每个人的风格。这些是同一个人做出来的，我敢打包票。”

FN.Li的作品到2083年7月就没再出现过，专利局也再没出现过同类型的设计。如果他在这一时期加盟了某个公司（如FN），他的新技术成果将被作为商业机密加以保护，不再是人人可查阅的注册专利。我在记事本上记下了这个日子。

在康佳的两年里，李多的身份是他父亲的名字，显然是为了和专利书上的名字保持一致。他在“李建”前加了个“小”前缀。康佳是前美洲企业，没看出来这种命名方式在中国传统里不存在。

李多自从离开康佳后去了哪里？我企图查那几天离开新柳州的旅行者名单。新柳州是个大港，这种排查毫无意义。线头断了。

我不是个专业侦探，我不知道他去了哪里，他和T剂有没有关系。

我母亲教过我寻找失物的一个老法子：在房间里转来转去，将你几小时来做过的事在心里重复一遍。“叮咚”，它就在这里，你去开门时顺手放在那里了。

现在我要找到的是李多。他没有正式身份文件，是个计算机高手，能轻易修改出入境记录和银行账户。他八成还有隐蔽身份所需的足够的钱。按正常方法是找不到他的。军方也没闲着。李多父母在西冷的住所已被监视得连细菌都不能随意出入了。我坐在一个名为大西洲的航空中转站休息室里，用报纸遮住脸，想象一下我就是李多：

“2082年时，我的生活基本上达到了平衡：我能和正常人一样随意行动，在工程设计上的才能得到了承认，有一份稳定的工作、丰厚的收入。有了网络之后，我甚至不比一个网虫更缺少社交。直到某天传来消息，早衰是可以治愈的。”

李多想使自己被治愈吗？我问自己这个乍看起来十足荒谬的问题。

他十岁时曾惴惴不安过：“等我长大了，我会不会变得和你们一样慢？”从小他就习惯了自己比旁人动作迅捷、思维敏锐。在我们眼里他为此付出了代价：他被禁锢在床上，只能通过机器和世界接触，将在正常人的少年时代死去。但李多可能并没体会到那种所谓的代价。他为自己的速度感到骄傲。我曾问他：“你怎么看待我们这些正常人？”因为我发现他正读尼采。纸版书被翻得哗哗生风。

“放心，医生，我没自以为是超人。”他没停下阅读，过了一会儿，补充道，“说到底，你们也有自己的乐趣，不是吗？”

我忍不住笑了：“对，我们慢吞吞的乐趣。”

瞧，他对他的生活很满意，对我们表示同情。

但平衡是建立在一个事实上的：早衰症不可治愈。没有T剂，他很难活到十五岁。

他是否偶尔也有冲动做个“正常人”，尤其是意识到的确有这种可能性之后？我走到休息室服务处，租了台计算机终端，进入网络。2083年7月，对医学资源中心关于早衰症相关词的搜索达到了十五万。与阿兹海默症有关的任何进展都是重大新闻。我拨通了A的电话：“排除有阿兹海默症相关历史检索记录的用户。”

五分钟后回复来了：“剩下二十三个。”

我要他把名单传真过来。勾掉几个明显在为论文收集材料的学生，划去医学记者、奇闻专栏写手，留下了两个用户。

李多应该就是其中之一。

“到地球的7-11号航班即将起飞。”

我回到休息厅，提起留在座位上的旅行袋。我从来不怕丢失行李。对面两个军方特工替我看着，他们也替军方看着我。

4

冷泉港。

克里克—沃森楼的接待员将我送到一个白大褂面前。他的笑脸像张印刷品。“早衰症的治愈？当然，有可能。实际上现在只是个纯技术问题了。”我让他谈谈所谓技术问题的细节。

“是的，只要一个私立基因实验室工作半年。花费？五亿到六亿元吧。现在还没人在做这个项目，没几个病人。”

“以前有没有人咨询过？”

“有。一个坐轮椅的。他打听的是先天免疫力缺陷，顺便问了问。

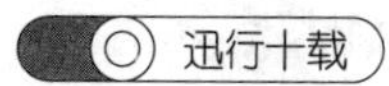

那几天我们这儿人挤人，全是记者。他们以为找到一个基因就万事大吉了……外行。”

我离开了地球。五亿到六亿元对FN来说甚至算不上九牛一毛。如果李多愿意，他现在也许已经是个靠自己双腿行走的中年人，顶着满头黑发。我隐隐感觉到这种想象里有种不对头的东西，非常不对劲儿。我走向两个便衣。“能直接和汪远通话吗？”我问。

他们真算得上训练有素，连尴尬的样子都没装一下。其中一个掏出手机，拨完号后递给我。

“你上次说过。第一期T剂的人体实验对象安置在哪里？”

“R-23基地。你想干什么？”

“我要去那里看一看。”

“不可能。”

“为什么？”

“我说过，现在它卖给西联了。西联用拖船把它运回了左旋臂地区。现在它不在对外开放地区的目录上。”

“我要签证。”

“李多在那里？”

我没回答。

过了一会儿，汪远说：“待在原地，明天派人送签证来。”

“你们要跟我去西联了。”我告诉两个便衣，将电话还了回去。

他们的铁板脸上露出的表情让我感到恶作剧般的快乐。

去R-23基地需要在南联首府灵丘转机。我花了半天在市区转了转，感觉与在家乡一般无二。同样的连锁商店、大型超市、流行款的别克汽车将公路塞得严严实实。女人同样好看，唯一的区别是人群中带亚洲特征的面孔比例更高一些。街上的行人没有注意到我是个来自南联的人。或者说根本看不出来。

FN的宣传画在这里也随处可见。我接过一张传单，新款F5计算机的价格与我在南联得到的报价一样。FN是在哪儿注册的？我提醒自己要留意一下。

两个便衣在周末的人流中跟踪得很辛苦。最后他们挤到我身边：“先生，我们得到的指示是，在这里目标一有潜逃的企图，立刻击毙。”

我吓了一跳，好在登机时间马上要到了。我们仨紧挨在一辆出租车里回了机场。

R—23基地原先是艘退役的航空母舰。现在左侧改成了军人俱乐部，右侧挤进了一家非传统疗法医院。我很惊讶地发现来迎接的人是果子狸。

他有个长得不合乎比例的长鼻子。花了二十年工夫总算把唇上的几根胡须养成了密密的一大丛，更像头果子狸了。他带我穿过R—23基地的中央走廊，两边房间里漏出的音乐声、球戏的碰击声和草药味混成一团。他说退役后我去了医学院，而他跑去学了顺势疗法。我问他有什么不同。

“你是你们班上年龄最大的学生，”他说，“而我是我们班上年纪最小的。”

走到他的办公室前，他侧身让我进去，顺手把两个便衣挡在门外。

我紧张了一下。

“没关系。”他说，“这里我们说的话他们都听得到。”

“说说，你怎么来了我这儿，还跟上了这么两条尾巴？”

我把能说的都说了。

“好啊。我们本来以为你是唯一一个逃出去的。”他摇了摇头，“可你居然还拉进来一个。给一个孩子吃T剂，亏你想得出来。”

“我想知道第三期的内容。”我说，现在不是对当年的决定做伦理分析的好时候。

“自己去看吧。”他说，“走廊对面的那些人就是了。”

我回到走廊上，每扇门上都有个小小的观察窗。房里几乎空无一物。一个成年人正摆弄着一只粉色音乐盒子。他朝我转过身。我对这种空洞的面孔并不陌生。在西泠我送走过几个精神分裂症患者。某扇门里传来“砰砰”的撞击声。他们不是在玩球，是头和墙碰击发出的声音。

“他们都疯了。”我问果子狸，“我们怎么没事？你也服用过T剂。”

“问题在于他们只服用了T剂，其他方面没跟上。”他用指关节敲敲脑袋示意。我知道他指的是神经传递加速之类的。“大部分实验者很快就死了。他们根本来不及调节自己的运动机能。早期的录像都在，你可以看看。”

我下意识地摸了摸额角的伤痕。

“我们根本不知道一期的人体实验结果。他们把数据套到老鼠模型上给我们。”果子狸笑，“轮到你偷尝禁果时，T剂已经被我们改良到基本无害了。”

基本无害。我苦笑，“如果一个正常的成年人，服用T剂将主观时间加速到十倍……”

“他马上会死翘翘。”他立刻接上，“人的身体承受不了。”

我明白了。李多根本不可能摆脱掉轮椅、感应式键盘和高速计算机。决定他生存状态的不是早衰症，而是T剂。

“你就一直待在这里？”

“2070年的时候一切项目都停下来了。军方对我们很失望，除了一大堆疯子外我们什么都没造出来。我们讨论过几种将T剂作为常规武器的方法……”我和他一起笑了。当时在打扑克休息时，我们总爱拿T剂打趣——T剂武器。方法之一：用一把枪指着西联士兵的头，让他吃T剂吃得消化不良。这样他就会被送回国就医。西联士兵少了一个！方法之二……

“总得有人来守破烂。现在这里除了我还有十多个人。他们全都以为在为一个疗养院干活。T剂的事儿完了。”

果子狸的办公室里弥漫着印度香。桌面文件堆里露出个塑料佛像的脑袋。他见我打量这些东西。

“在上顺势疗法课时，我认识了很多东方文化爱好者。我并不真的相信那套东西。但你知不知道——”他似乎有点不好意思，“在他们的观念里，时间是个很有弹性的概念。”

“你的加速率是多少？”我问。

“一比二点五。”他回答，“我已经一百二十多岁了。想想多可怕。”

“西联没人来过？”临走时我问。汪远说西联买下R-23基地是要利用其中的T剂资料，但在这个死气沉沉的地方根本没有这种迹象。

“西联？”果子狸耸起眉毛，“我们跟西联有什么关系？”

“那这里的开销——”我指指四周。

“听说军部把我们转给一个公司了，叫什么N之类，谁搞得清其中的关系。”他摇头，满不在乎。

我猜如果告诉他正身处西联境内，他会大吃一惊的。没准不会。一百三十岁的人思考方式和我们是不同的。

5

回到旅店，我邀请两位便衣到我房间里坐坐。

他们推门而入时，我刚好写完最后一行分子式。

“您有什么事？”便衣之一问。他俩都长着一张毫无特征的面孔，也许是整容手术的结果。几周来的形影不离都没能使我分辨出他们的不同。

“从现在起，我需要十二小时的活动时间。”我说。

“抱歉，我们接到的命令是——”

“关于你们的任务，你们知道些什么？”

“我们没有义务回答你的问题。”

“至少知道是关于一种化学药物的吧？”

他俩面无表情。我接着说下去。

“现在我们身处西联境内。你们如果发现我是个西联间谍，当然可以击毙我，枪在你们手里嘛。但想想你们怎么回去呢？我的入境护照是外交证件。你们俩是作为我的陪同人员得到签证的。没有我，你们不可能通过正常路径回南联，而瞧瞧这个。”我将一张书写纸递给便衣之一。他皱着眉头扫了一眼，传给另一个。另一个也看了。

好，够了。

“刚才你们看到的是T剂的关键方程式组。”我说，“打死我之后，南联军方即使肯安排你们偷渡回国，你们也通不过测谎检查了。你们看过了方程式。你们不能背出它，但它储存在你们的视觉记忆里。深度催眠可以诱导出它。”

我往沙发后一靠。

“现在你们和我一样，都有叛国的可能性了，而我要求的仅仅是十二小时的活动时间。我会回来的，我要处理的事与你们的任务无关。这事就当没发生过。你们考虑一下。”

他们面面相觑。

我起身走出了房间，背后的皮肤一阵阵紧抽。他们没有开枪，也没追出来。

当电梯从七十二层开始下降时，我深呼一口气，腿直发软。

免费旅行的日子结束了。我将全能金卡一折二，确定里面的芯片已经损毁后将它扔进了垃圾桶。我不傻。这张卡里肯定有信号发射装置。

但我必须有钱。

我的确有些钱。在一个不受军方控制的账户里。以前李多为我搞的，一个网络虚拟黑户。“你在任何时间，任何ATM机里都能提款，不用提供身份证明，只是一个密码。”他的口气里充满骄傲，像个刚捅过马蜂窝而没伤到一根头发的小家伙。做这种事的确需要高超的技术来绕过银行系统的层层障碍。他将这个账户送给我，意义相当于一个坏孩子送另一个坏孩子的礼物。那时他十五岁。我接受了，并象征性地往里面存了点钱。我并没想过有朝一日会动用它，当时只是为了照顾到他的自尊心。

ATM机里弹出一张张粉红色的南联纸币。我摸着这些厚实精致的纸张，又想起那时李多疯狂地迷上了车库摇滚。他还逼着我听他自己写的歌。那声音足以使蝙蝠从天上掉下来死掉。好在少年的热情来得快去得也快。回想起来恍如隔世，可屈指一算，才过了六年。

我穿过市区，在城郊一个按小时计价的旅店里租了个房间。只有我逃出的星级套房的厕所大小，但四壁涂满了我想要找的东西：电话号码。私人游船的。

打过几通电话后，我订下了一艘小船。他们愿以合理的价格送我去R－23基地。船老大口音很重，我们在可视屏前比画了半天才搞懂对方的意思。我这才有了身处异地的荒凉感。在市区，满耳朵听到的全是标准语。

离出发时间还有四小时。我蜷在地上的床垫上，企图睡一会儿。楼板很薄，外面上下的脚步声总令我惊怕，似乎两个便衣或西联警察随时随地就会闯进来把我这个小镇医生带走。后来总算睡着了，却做了个很糟糕的梦：我只穿着件白色单褂行走在及膝的雪地里。头顶狂风夹着雪片呼啸，天际没有太阳，积雪的反光亮得刺眼。我怀着莫名的恐惧，急切地寻找着某件东西，某个人。即使在梦里，我也知道自己是陷进了儿时看过的电影《弗兰肯斯坦》的场景里。我所制造的怪物出现了。它看上去一点儿也不可怕。它是个孩子，有双千年老人的深黑眼睛。“我想要的东西你带来了没有？”我伸出双手，一块儿童用的小黑板掉到雪地上。“我想要的不是这个。”它说着猛然扑到我身上，细小的爪子死死抠住我的衣袖，“给我！给我！”

我惊醒了。黑暗中我睁大了眼睛，一身冷汗。弗兰肯斯坦想要的只是一个与它相配的女人。李多要求的更多：他想让整个世界都跟上他飞速转动的时针。

在玛丽·雪莱的故事里，科学家最终杀死了自己的造物。我抱住自己的肩膀，感到自己在发抖，这时可视电话亮了：“先生，我们在楼下。”

船来了。

6

李多问我："你怎么知道我在这里，医生？"

我坐在果子狸送来的椅子上，不急着回答，细细打量着这个房间。它原先应该是航母主计算机机房的一部分。现在四壁嵌满了标有FN标志的水冷式大型机箱，液体循环所产生的咕咕声响成一片。地板上电缆无数。还有半完工的机械模型、纸版书和旧式唱片。

"你过着霍华德·休斯的隐居生活。"我弯腰捡起一本老书，《20世纪化工手册》。

"别把我和那个偏执狂相提并论。"李多说，并不恼怒。他看上去有五十多岁了。即使深陷在一把明代团椅里，也显得身形高大，肩背宽厚。我看不出他是以谁为原型合成了他的全息影像，逼真得令人震惊。当他开口说话时，脸部肌肉的细微变化也十分细腻。在2082年世博会上展出的全息人像远没达到这个水平。他又领先了一大步。

"你为什么要住在这种地方？"我问。

"微重力环境对我有好处，医生。"他说，挥手示意四周。"我有晚期关节炎和心脏病，而且我想要的东西这里都有。"

"你不必忍受老年病。早衰症是可以治疗的。"

"没错。我也动过这个念头，但我不想活上一千岁。"他冲门口做了个鬼脸，"瞧瞧你早年的那位同事，他已经很厌倦了。"

李多指的是果子狸。"老而不死是为贼。"他引了句中国古谚。

"南联在找你。"我说。

“我知道。昨天跟你来的那两个人是南联军部的？”他得到我的肯定回答后直摇头，“隔八百米就能闻到那股鬼鬼祟祟的气味！西联的也是一路货色。我真被他们搞烦了！”

“他们怀疑你通过FN出售T剂。”我说。

李多用指节敲着下巴。“是汪远对你说的？”他哈哈一笑，“咱们从头说起，医生。2079年我离开西冷时，时间感觉还是六比一。我骗了你。”

我看着他。

“你认为我很聪明。我不用谦虚，在工程学上我的确干得不赖，但在生化上我充其量只不过是个读了很多资料的门外汉。我想要进一步加强自己的时间速率，但稍一深入我就明白了，这件事凭我一个人干不了。我偷偷进入了你的计算机。医生，你对应该好好保存的东西处理得太随便了。”

我苦笑。我从来没想过有人会对我电脑里的东西感兴趣到了窃之而后快的地步。

“我复制了关于T剂的资料，并开始收集关于军方T剂研究的过程资料。2070年左右他们就停止了T剂项目，认为它没有发展前景。我当时很沮丧。因为T剂的副作用，人体所能承受的最高剂量是一比六点七。而我想要得更多。”

我一惊。当年我们的确太幸运了。我们差点毒死他。

“T剂碰到的最大障碍是人的身体结构不适于以几倍高速进行运动。本来它的设计目的就不是这个。如果当时项目组里有些电子机械工程师，也许情况会有所改变。但你们的思路完全局限在通过化学反应改造人体本

身。人再怎么改造也只不过是堆骨头和肉，材质不行。”李多摊摊手，“我知道要使南联T剂项目重新启动，只有一个办法。”

“让西联也加入赛跑？”我说。

“不知道汪远是怎么对你说的。”李多说，“他们一直都知道西联的T剂项目组进展。早在2060年初西联就在搞了。当然，我也对他们透露了点儿消息。”

“你到底属于……”

“两边我都得看着点儿。我不时替他们的科学家传递数据。搞科学的人在不涉及专利申报的时候是很乐意合作的。重复劳动毕竟很累人。”

“现在T剂怎么样了？”

“第五代产品出来了。更温合，对海马体的改变更准确、更稳定，与神经传递加强药物的配合更好，还有几种调节记忆速度的辅助药物。人体实验的结果不错。”

“你想怎么办？以后每卖出一台FN电脑就附赠一份T剂？”我问他。

李多愣了愣，随即大笑：“FN不是我的。”

我摇头。

“好吧。”他承认，“我在里面有16％的技术股，是我提出了第一代高速计算机的模型。那时我还在康佳。他们想买断它。我当然不干，他们出价太低了。我了解自己做出的东西。它和视窗系统一样，以后将人手一份。我雇了个企划小组，他们拉来了资金，招聘了十二个执行董事，让股票上市。哗啦啦，一觉醒来，我发现自己的图纸正变成实物，从生产线上走下来。”他笑得无可奈何，又带有几分得意。

“别把自己撇得一干二净。”我说，“你肯定向西联或南联的军方提供过关于高速计算机的设想，并说服他们重新开启T剂项目。FN在西联和南联都属于本国企业。”

李多注视了我一阵。我知道自己猜对了。“他们两方都想通过生产更好的T剂来控制对方的市场。”

我一愣，随即笑出了眼泪。李多也大笑。

“我们都是服过T剂的人。”他说，“你能看出这里面有多荒谬。”

“你怎么知道的？”我感到意外。

“我和旁人的对话是通过计算机转译实现的。程序收集完一句话后加速传给我。每个人语速不同，但时间差是固定的。只有你和别人不一样。我当时不明白，后来和军方高层某些人的交谈中也出现了这种情况。他们都是T剂服用者。”他冲我微笑，“我回忆起小时候的许多细节。我的父母对我的许多感受根本不明白。你可以。这不能怪他们，因为你也是T剂服用者。你可以维持正常人的生活，所以我想你加速的幅度不会太大。是多少？”

“一分钟等于73秒。”我说。我想起了果子狸、陈、KAREN，还有扎西达杰……我认识的人们。汪远说他们都没有结婚。我甚至没有亲密的朋友。13秒使我和所有人的脚步都错开了。T剂意味着疏离，而隔绝在自己的时间内最终的结果就是R—23基地橡胶房里以头撞墙的疯子们。

“所以我们能理解。一旦有了T剂，西联和南联的分野就根本微不足道了。”李多说。

“你当时根本没想到会是这个结果。”我说。

“谁能控制得了呢？FN招来的工程人员里比我更能干的人多得是。记得爱迪生发明灯泡吗？有很多人同时在干。灯泡出现在1879年是早晚的事。谁第一个发明它只是种机遇。重要的是所有条件都成熟了。高速计算机也是。没有我它迟早也会出现的。计算机的速度迫使人求助于T剂或其他的东西。黑市上现在有不少种类似T剂的药物在卖。拿经济学家的话来说，市场有这个需求。”

我找不到话说。他在为自己辩护，但他的确控制不了，如同我当年控制不了那个孩子的行为。我们都是在雪山里喊了一嗓子的人，一转身面对的是滚滚而来的雪崩。

“你设想过T剂在连锁药店里能买到的时代吗？”李多问我。

“是不是得等每个人到了十八岁才决定要不要服用T剂？”我想起了出示身份证买啤酒的日子。

“别忘了。T剂造成的大脑改变具有遗传性。”李多竖起一根手指。“不过我想人们会争先恐后地给自己的孩子服用T剂。看看现在会使用计算机的人和电脑盲的收入及社会地位的差别。以后社会充满了高速电脑加T剂。”

“改变不止这些。”

“对。两个同步加速者之间的对话用不着这些劳什子。”李多指指拖在耳边的电线，“服用T剂的人会形成自己的社会阶层。他们会有自己的语言。也许他们会实行内部通婚制。我认为能承受更高剂量T剂的加速者会成为新的精英分子。可能会有几次回归自然时间运动的游行，反对新出现的歧视，不过……”

我们相对无语。我也曾模模糊糊地看到过一个接一个T剂服用者如同多米诺骨牌般扩散的未来，但我没想到会来得这么快。

“你为什么要待在这里？”我重新提出这个问题。从他的叙述中，我得出的印象是他一直和两边保持着联系。为什么他要消失，肯定害得两边的高层好几晚上睡不着觉。

“和你交换一个问题，医生。你是怎么知道我在这里的？”

“果子狸不可能不知道R－23基地被南联收购了。我想汪远对我说的话都不能信。他只是要我把你找出来罢了。”我从口袋里掏出一张传真纸，展开。“加上你访问医学数据库的账户。我以前见过。是你父亲当年申请的。我调出了它的登陆地址。”

“你能记住几十年前的——对不起，是几年前看过一眼的数字？”

“数字的最后几位正巧是我在中学里的学号。”我说，“人对与自己有关的事总记得特别牢，不是吗？”

李多点头，笑了：“医生，你真该去当个密探。我之所以躲起来的原因是我已经很老了。我不想死在外面，早衰症患者的尸体可不漂亮。”

我盯着他：“不是个好借口。你用不着突然失踪。”

“南联想要高速芯片的军用使用权。西联和FN当然不想把专利给他们。我在当中受的是夹板儿气。”他终于承认，“我消失一阵会比较好。让FN和西联自己去扯吧。”

这就是我被从西冷诊所拎出来，冒着背后吃冷枪的风险所干涉的事务。不是拯救人类，而是该死的商业扯皮。李多保证再过几天事情就过去了。他也保证我的安全。我不敢相信他：他从十五岁开始，就是个滑头小子，但我没别的选择。

一周后我回到西联。汪远交还了我的证件和旧信用卡，拍拍我的肩说谢谢。我想问问那两个便衣的下落。他顾左右而言他，显然不愿正面回答我。

年末，李多出任了FN的新一任执行董事。我从自己FN新电脑的新闻视频里看到了他接受采访。

他谈到了T剂，说它的确能提高人的工作效率。他演示了操作计算机的过程，快得令人羡慕。但我知道他其实尽力克制了速度。否则造成的印象会是诡异和令人恐惧的。FN正在推出T剂，当然不希望有这种宣传效果。

7

2087年，李多出现在我的办公室里。我让我的秘书兼新婚妻子出去一下。她是个三级T剂服用者。西泠现在已成为三级T剂社区。拒绝改变的人都搬去了高平县。南联解体后他们对移民来者不拒。

“销毁我的尸体对你来说并不难，医生。”他说。

我摇头。

“我是T剂最早的形象代言人之一。你想看看我现在的样子吗？”

我眼前一花，老者的全息投影消失了。坐在轮椅里的人看上去像从噩梦里走出来的。他身高可能不足一米，皮肤像古老的羊皮纸，没有头发、眉毛。他像个从火堆里抢救出来的洋娃娃残骸。最令人惊讶的可能是他居然还活着，有双奇大无比的眼睛，在层层皱纹的包围下向我望来。“他们会以为是T剂造成的，我不想引起恐慌。对外界的解释我全准备好了。一架航空飞机正从汾阳起航。它永远不会到达目的地，一场意外。”

“那我得杀死你？”话一出口我才发现我已经做出了让步。

“你同意了。”老小孩笑了，他没有牙齿，“不用麻烦你。我进来之前已经死了。和你对话的是一段程序。不要担心我身上发生的事。我只能这样做。以后别人会找到避免的方法的。”

第二层投影撤去，我看到了他的尸体。

我戴上医用手套，将他从座位里抱出来，轻得几乎感觉不到分量。医用污物处理炉完全能一次性烧毁他的尸体。

但我锁上门，先做了解剖。我得搞清楚他最后那句话：“不要担心我身上发生的事。”我、我妻子、我们未来的孩子全是T剂服用者。

现在我知道了李多为什么会在R－23那座阴郁的疯人院里躲藏。他有比暂时从军方与公司的纠纷中脱身更重要的理由。

李多对人类身体的脆弱嗤之以鼻。他求助于机械、合成钢铁、计算机来弥补缺陷，但大脑本身同样也只不过是一堆蛋白质。最终在他以高于常人十倍的速度思考、生存的过程中，这堆蛋白质的承受能力达到了极限。人不可能连续工作十天，再睡上十夜。

李多找到的解决方法是分区交替工作，和海豚一样。海豚是永不入睡也永不清醒的动物。它们左右两脑交替工作、休息。李多的大脑由人造胶体分隔成五个区。我不知道是谁为他动的手术。也许是果子狸。在沉浸到神秘主义之前，他是个很高明的外科医生。

但同时李多必须应付心智分裂带来的问题。从他的血样里我找到了大量的Zyprexa，通常是用来治疗精神分裂症的药物，还有大量没通过药品安全局检验的地下化学制剂。他和R－23基地里的疯子们比邻而居。他最后的几年里一直在和自己的分裂倾向搏斗，作出了不惜代价的尝试，否则他不至于死得这么早。从他第一次服用T剂算起，他只活了十年。

李多、我、所有人和疯狂之间离得有多远？一堵墙？一层纸？

李多说将来会有人找出其他方法的。我希望如此。现在投在T剂研究上的人力、物力比历史上钻研永动机的人加起来还多。也许他只是在安慰自己。也许这是个天然屏障，阻止我们以更疯狂的速度毁掉自己。欲速则不达。中国人古老的智慧总有些道理。

8

我要保持着乐观态度来观望。因为我还要在这个充满T剂的世界上活个250年，或更久。雪崩已经开始。我相信我会看到事情的结局。

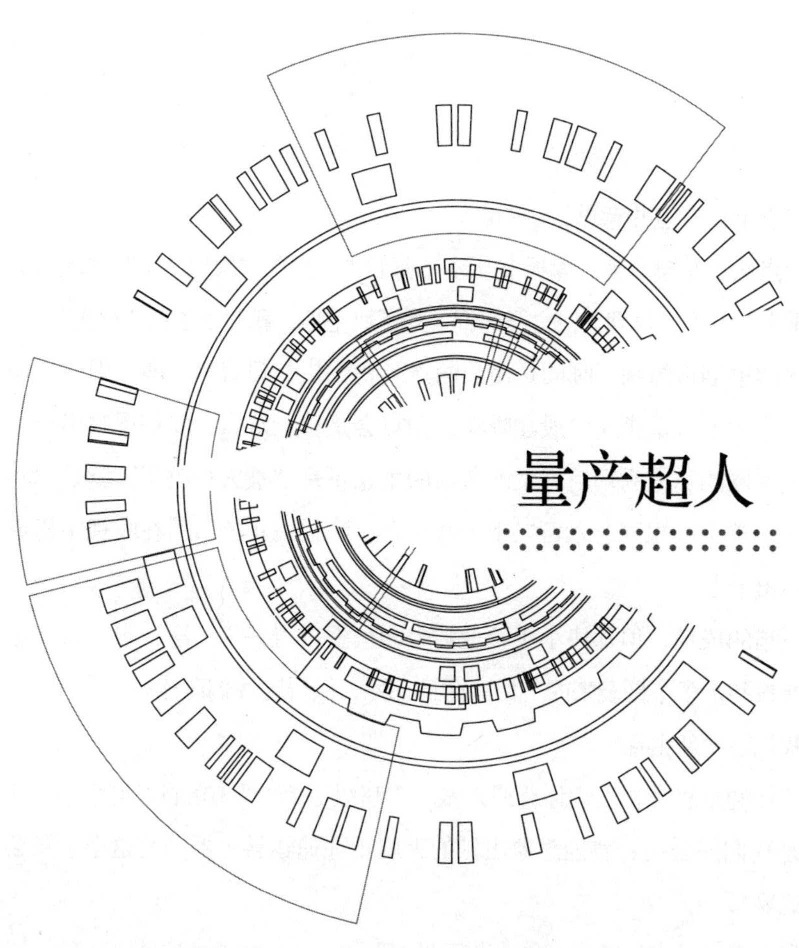

量产超人

“听上去有点儿意思。”K说。

我点头，站起身来，黑板上已经写满了“厨师”“假绑票案”“地月列车搭乘者”“太空修理工”之类的词。找了块空地，我写下了：“超人”。

房间里烟雾缭绕，时间是凌晨两点。我们仨都顶着黑眼圈，脾气暴躁如熊，撒出的尿里带着一股咖啡味。预算会是早上八点，我们得拿出今年有线电视网的真人秀项目提案。所有的主意不是“被人炒滥了”就是“不出戏”。整个电视网有六百二十个娱乐台，我们去年的节目在收视率榜单上排名第十七。

不错的成绩，但那块小小领地转眼即被蚕食得一干二净，眼下打开电视就能看到十多个抄袭来的节目。而且该死，做得比我们还棒。

我们需要新主意。

“你的意思是，我们让普通人做一次超级英雄？”L扬眉。这个小个儿姑娘是我们的公关，我能想象出她的大脑正飞速运转，罗列着这个主意会带来的麻烦。

我挥手：“大致这样，给点儿意见？”

“如果给我们一整个技术支持团队，制作一个20世纪的传统超人形象，不算太难的事。”K说，“个人飞行装置，一些炫目的小道具——我认识些哥们儿，手里正好有些装备，可能符合我们的需求。”

“但你怎么说服人们信服这个形象？”L反驳，“大众不像过去那么傻了。更别提互联网上那些业余专家，他们会看穿我们的小把戏。”

“也许我们没必要真的——”我打了个手势，有些思路正在脑海中渐渐成型。也许真有点儿意思。

到了四时半，我们离开了小小的会议室，留下满地烟头和空易拉罐。黑板上的字绝大部分被草草擦干净了，只留下孤零零的“超人”两字。我们已经说服了自己，四小时后我们得说服那些真正有钱投资的人。

L回家补觉，我和K打开了各自膝上的计算机，开始制作将在项目会议上播放的PPT。

1

一开始他们觉得有趣，这个主意把他们惊到了。我又花了二十分钟让他们看到，它包含着多么丰富奇妙的可能性，例会上的每张脸都开始发光。此情此景像个美好的翻版，预示我们也许有机会复制去年的辉煌。

于是我们得到了钱。

于是我们得到了时间。

于是齿轮开始转动。

像节目制作组的一贯分工一样，K负责技术支持那块，L疏通各种关系网络上的小小麻烦，比如说得到许可、借用政府机关或地铁车站拍摄一些场景。她擅长搞定这些。

而我，挑选主角。

关于如何使大众信服一个超人的存在，那天夜里，我们最后的讨论结果是——没必要。K是典型的技术宅男，家里的壁橱里还保存着成堆的陈年超级英雄漫画。和所有正常男孩儿一样，我也曾经有对此痴迷的时光。关于超人的模版并不陌生，于是我们在黑板上列出了一个传统超级英雄所具有的要素：

某种超级能力

普通人身份和异能人士身份的转换和冲突

道德感

对抗有同样等级力量的反派角色

助手和同伴

这些都是能出戏的地方。至于英雄的超级能力是哪儿来的，似乎不是问题的重点。传统通俗文化里，有时他们是外星生物的后代；有时含糊地提到，他们得到了某些怪物科学家的帮助；更多时候是被化学药剂或辐射物莫名当头浇了个透。将这些狗血因素换成一组电视拍摄人员，似乎也没什么不可以。

现在我们所要找的，是一个普通人。有平均水平的道德标准，不太僵硬也不过于随便。我双手支着下巴在办公桌前愣了一会儿，打开了Facebook，在最热闹的讨论区发起了评论投票帖“关于最新汽车炸弹事件”。一个动物权利激进组织控诉某生物实验室不尊重动物，在附属停车场放置炸弹，结果伤了一个孩子。我编制了一个投票测试，备选项中暗含的倾向性覆盖了一整个谱系，从明显冷血反社会，到中立，再一直过渡到同情受害者。

网撒开了。

几小时后我锁定了几十个候选者：男性，年龄在二十八岁到三十五岁之间，受过高等教育，职业是大型企业的中层职员。至少从主页信息上看是未婚单身。业余爱好大众化。对公共事务的见解平庸，带些温和的同情心。

我进入了他们的公开相册，挑出形象过得去的——我想象了下试镜的场面，删除了其中一个每张相片、各个角度看上去都挺帅的家伙，镜头感太好了，很有可能他会一路直直地盯着摄像机。

第一个系列的人选，我想尝试传统的男性形象。如果成功了，我们还可以找女性、老年人、孩子——不，用未成年人的法律限制太多了，我们会碰上麻烦的。那都是以后的事。我收回心神，给目前名单里的五个候选人发邮件，以有线电视网制作人的身份，邀请他们参加一个策划中的真人选秀节目。我提到了去年的《我知道你梦见了什么》节目，如果他们是我们收视率百分之十五里的一部分，回信的可能性会大一些。

点击发件后我往椅背上一靠，普通人并不喜欢以一种“有可能会大丢其脸”的方式抛头露面。和去年的睡眠解梦节目不一样，我心里也不知道这次我们会走向哪里。当时我们请了一群毒舌的心理学家和刑侦人员，挨个捅醒那些正进入深度睡眠的人，让他们讲出梦到了什么。指出他们在说谎，分析他们为什么会说谎。残忍而富有戏剧性。但最后我们总会给他们点补偿，比如国外旅游的机票，和失散多年亲人见面的机会，甚至有个参与者当场远程求婚成功。

我不认为我们伤害了这些参与节目的人。大家都各取所需，不是坏事。

这时计算机荧幕上方的邮件提醒亮了。有回信。

我跟候选者们来回发邮件，进而电话交谈。了解到节目的细节后有些人表现得过于兴奋，有些人变得冷淡。背景调查也淘汰掉了一些人选，毕竟会接触到一些还在保密的技术。这些技术涉及相当巨大的商业利益，虽说眼下只是潜在的。但我们必须小心。

到最后，只有一个候选者挨到了面试。他中等身材，一头深棕色的短发，圆脸，线条含糊的下巴上长着些短胡子。我想，正式上镜时必须得说服他剃掉。他完全划不到英俊或吸引人的类型里，只有眼睛大而灵活，将整个面孔都带得生动起来。他穿着暗色的夹克和牛仔裤，棕色系带鞋，除了兜里鼓出一块暗示着是手机外，没有拿包。

我在心里为他的外表打了80分，真是扔到人堆里便找不着的好典型。

他坐在小会议室的折叠椅上，捧着一杯热咖啡，略显紧张。

“一开始我以为是开玩笑。”

“对我们来说也是新尝试。”我笑道，“你为什么会对这个主意感兴趣？很多人对上真人秀节目会有顾虑。”

“实际上我平时很少看电视。”他看了我一眼，有点不好意思地低头，“收到你们的邮件后，我上网找了些你们以前出的节目看了看。感觉上——”他停下来寻找措辞，“你们在帮助那些参与者，用一种比较激烈的方式。我喜欢这种氛围。”

他抱有这种念头，对我们来说真是太好不过了。

“的确有心理治疗的效果，”我说，“对我们这些节目制作者和参与的观众来说，都属于某种自我探索。我们永远不知道下一步会发生什么。”

他笑起来，眼角的皱纹挤作一堆，“那就是我想参与的目的，我觉得好奇。”

不错的理由。我暗自点头，打开一直搁在膝上的笔记本计算机。房间暗了下来，对面的空墙上显出一幅投影。

“我们现在谈谈这个节目的设想和细节问题，如果你觉得没有问题，我们可以签个初步的协议，并拍些试播片段。”我说，“如果你有任何问题，现在都能敞开讨论。”

他盯着墙上出现的一身红色紧身衣模型，放声大笑：“这是什么玩意儿？”

我干咳了一声：“你的服装。”

他转回视线，表情一下僵了：“你的意思是——”

我点头：“你得穿着这身出现在公众面前。”

他开始挠头。

“自然不是每时每刻都穿，只有你进入超人模式时，才会以这个形象出现。”我开始向他解释整个游戏的规则，“也许你觉得它看上去有点可笑，过后我们可以再和道具美工沟通下，找个你能接受的设计方案。外形不是重点，它不是件普通的紧身衣，你可以穿着它隐形、短距离飞行、防弹，还具有一定的攻击力。”

“隐形？”他摸鼻子，一脸不可思议。

“过后会有我们的技术组向你解释其中的原理，”我说，“其实这种产品并不超前，只是很少用于民用，成本太高了，也有很多限制。节目一旦进入摄制过程，你会得到这样一件紧身衣。我们会跟踪拍摄你和这些特性磨合的过程。”

“我是不是有些任务——”他皱眉，“比如说阻止犯罪之类的？”

“不……不……”我立即否认，这正是我们的敏感之处，L为此头疼不已。我们得绕过许多行政上的条条框框，作出一堆堆保证，我们的节目不会干涉正常的司法管理，而且不会沿着一般的超人漫画套路，使城市警察显得像群白痴。

“你所要做的，是顺其自然，看看一旦一个普通人拥有了某些超能力，他会以什么方式生活或思考。你在整个过程中会不时接受我们的直接访谈，以及和我们的电视观众互动。”

“听上去不是特别刺激。”他说，语气里倒没有特别的失落，仍兴致勃勃。

“还有一个重要的环节，”我说，“你能否继续拥有这件超人服，每隔一段时间都会由节目观众投票决定。”

“喔，真人秀。”他表示理解。

“比如说，你拥有了它，一周之内，却只是穿着它在自己家门口飞上几米，给邻居看看这有多帅，观众感觉腻味了，就会投票中止你的权利，把紧身衣传给下一个候选人。”

“我要保有这件紧身衣，得不断做些看上去有趣的事情？”他挑起眉毛，我也明白这和我刚才说的顺其自然不符。为了保证收视率，我们会安排一些救树上的小猫之类的意外事件。

“不用过分刻意。”我告诉他，“总会发生些意料之外的事。”

我们又谈了些诸如意外保险、保密协定、报酬之类的细节问题，他思路清楚而不过分计较。我对他的好感度又上升了，开始期待一个愉快合作的前景。

两小时后我们签了合同。

他是我们的第一个超人。各自签名时，我注意到他有个极为普通的名字，后来也一直没记住。摄制组的人和我一样，一直叫他一号。

2

第二天，他来台里试穿服装。我们找了个看上去极有高科技情调的房间当背景——要达到这种效果其实只要把所有普通家具撤走，让空间看上去又亮又光秃秃的即可。正式录制前我们先做了个简短的访谈录像，让他谈谈为何会选择参与这个节目的录制。内容与我们昨天谈得差不多，只是我的角色由一个穿高衩旗袍的漂亮姑娘代替了。一号表现不错，语言表达清晰，同时带些初次上镜的紧张羞涩感，显得十分自然。

K带来了超人紧身衣和一堆叫不上名字的电子设备，还有一些实习生。K手下的人在我看来都差不多，头发没型，穿着格子衬衫或图案T恤，手脚不知该往哪儿放，脸上的飘忽神色属于十二岁的青少年。但他们能搞来神奇的玩意儿，并让它们顺利运行，比如说眼下的这件“全息传感仿生服”，超人装备的略正式的名字。

一号与技术组的成员们一一握手。

摄制组围了上去，导演这次决定大部分镜头用手持拍摄，造成某种真实偷拍的效果。我和摄像师们点头打招呼，然后搬了把折叠椅，坐到房间后部的几块实时显示屏前。导演今天没过来，觉得这场不太重要，只通过网络视频远程指挥。我乐得独享坐在这里看原始片的乐趣。

从小小的荧幕上看，他们进展得不错。

一号展开全息服，观察它的质感，掂量它的重量，一脸好奇。K的声音在话筒里偏小，我想他又得后期重新配音了。

“先说说隐身，本质上讲，它就是一件可以穿在身上的液晶显示器。”K说着冲手下的一个小孩打手势，让他打开他们带来的计算机，“这种设想出现了快一百年了。也就是随时随地拍下四周的景色，计算出你的身体位置本应该呈现出的景象，并制作出电子画面，反映在体表。只是出于数据传输的速度能力所限，这项技术并不实用。”

“听上去像一种高科技的迷彩服。”一号说。

“好比喻。”K点头，“当你穿上它，它会通过无线信号和我们的计算机设备联系起来，会有辆小货车跟着你的，里面载有我们这些技术装备。当你启动隐身功能时，我们会为你计算数据并提供掩护。但为了防止数据流过载，你的隐身时间不能超过十五分钟，并且有可能在环境色彩过于复杂，或你运动得过快时，失效。”

“听上去——”一号歪头，欲言又止。

“确实没科幻电影里那么神奇。”K耸肩，“否则我们早就人手一件了嘛。”

他们一起笑了。

接下来是初步试穿。

一号首先套上了头套，看上去有点可笑，像个银行大盗忘了在头罩上开眼洞。K手下的小孩们忙着调试计算机，建立信息连接。一个瘦长条儿直起腰来冲K竖了竖大拇指，场内响起一片抽气与压低了声音的惊叫。

我们男主人公的脑袋不见了。

效果的确惊悚又滑稽。我在荧幕前乐得东倒西歪。

“天！”一号望向事先摆在他身边的一面大镜子，他倾斜着肩膀想看到脖子那块儿截面的图像。自然不可能有血管和骨骼，只有一片数据缺失的灰色。“太不可思议了。”他说，不急不缓地走了几步。

“摄影棚的图像环境很单纯，你完全可以随意行动。”K告诉他，“感觉怎么样？”

“稍微——有点儿恐怖。”一号说，不断抬手去摸自己隐形的头和脸，“简直怀疑自己的头是不是真的还在那儿。太逼真了。”

“你可以试试全身的效果。”K一拍手，相当得意。

他在镜头里消失了几分钟。

回来时，K扶着一号的胳膊：“你可以走得慢一点，一开始双脚从视野里消失后，需要一点时间重建你的身体方位感。”

隐身的人不回答，镜头随着“他们俩”走走停停地移动到房间中央。突然传来一声大笑，另一机组迅速转回门口，一个身上穿着类似于暗灰色橡胶服的人扶住门框哈哈大笑，K在房间中间也甩开了那个不存在的隐身人，发出“咯咯”的笑声。几秒钟后全场哄笑。

他们把我们全都耍了，这段花絮真不错，得保留下来。

接下去的半小时里没什么值得最后剪入节目的镜头。他们调试全息服，让一号试着在隐身状态中行动，教他通过一些特定的暗号动作通知后备组，什么时候该开启或中止隐身模式。我独自在荧幕前感到无聊起来，端着水瓶走到K的技术小组那边。

现在一号处于完全隐身状态，我们只能通过GPS定位在荧幕上看到他的行动轨迹。

“但我们看不到他具体在做什么。”我压低声音说。这也许会给将来的跟踪拍摄带来一定麻烦。

“没关系，到时可以用红外热能模式拍下他的行动剪影。”K侧头想了想，“不过在人非常多的闹市区有困难。”

“到时再说。”我点头。

男主角学得相当快，他们又给他拿来了飞行腰带。和隐身功能一样，这也是听上去相当酷、实际上有些鸡肋的玩意。只能离地飞行一公里左右，速度比普通的自行车略快一点儿。而且需要一段时间的训练，才不至于一头摔断脊梁或脖子。

飞行器具厂派来的技师为我们演示了一些特技动作，像只苍蝇一样自由灵活地在空中打转。一号坐在一边仰脸看着。接下去的一周里，他将在装有软垫的房间里由这个技师上飞行课。我们会跟拍这个过程。

最后一个项目是重点——搏击能力。

“你现在可以捏碎一个玻璃杯。”K向他宣布。

“真的？”一号左右四顾，大概在寻找一个玻璃杯。

“拿着。”K从身后拿出了杯子，同时递给他一个托盘，“小心碎渣。”

一号接过玻璃杯，翻过杯底看了看。“我怎么知道它不是个道具？”他迟疑了下，“隔着这层衣服，我的触感也不太灵敏。”

“哦，你回家后可以再捏些自己家里的杯子，重复下实验。”

“我会忍不住的。”一号说，做了个鬼脸，试着用力。摄像师给他的手来了个特写，我看到包裹在灰色全息材料里的手指紧紧扣住杯壁，随即一声低弱的脆响，他往托盘里抖掉满手的玻璃渣子。

“它——放大了我的力气？”

“并不是你所有的行动的力气。”K解释，“否则你会在水泥地板上踩出一串洞，或者握手时握碎了人家的手骨。你可以通过一些特定的微动作控制力度的增强幅度。这需要一个训练和适应的过程。我们还会有一些特定限制程序保护你不伤害到自己或别人。”

镜头移到一号的面部，此刻他没戴着头套，我可以清楚地从荧幕上看到他被放大的表情：迷惑、兴奋、惊奇。

他伸屈着自己的胳膊，想立马找另一个杯子或别的东西试试手。

“有件事必须声明下，我们有权随时随地中止全息服上所有的功能。”K说，他的声音适时地变得严肃。

“以防内心的黑暗力量控制了我？”一号说，我看出他是在调侃。一句超人漫画中的常用台词。

“力量只能用在正确的地方。”

这台词太老套了。我皱眉，正式播出时必须得换掉。太赤裸的道德说教出现在娱乐节目里简直是收视率杀手。

不过我们也得给观众和节目审查方吃颗定心丸。我们放出了一个能随时捏碎人头或举起汽车的普通人游走在城市里。虽说“线”始终紧紧牵在我们手里，但总是让人提心吊胆。

3

第一天的节目录制收工后，K打电话给我，说要下班后碰面喝一杯。

我处理完了一大堆的收尾工作：安排摄制组明天跟拍一号的住所和同

事邻居，做些简短采访；一号的飞行练习安排和简单的搏斗训练；几个厂商闻风而动要求插入广告，我希望私下能和他们谈谈。L打来电话说，两周后在市中心购物广场安排的那场戏可能有些麻烦。我一边听着她转述几层“上头”之间的扯皮过程，一边离开了片场。一号还没走，他换回了普通衣服，靠在门口，看着勤务人员清场。

“他们会开车送你回去，你今天晚上可以先把家里收拾下，明天要拍你家的场景。”我捂住手机话筒，对他说。

他点头，神情有些涣散。

“你们有没有别的候选人？”他突然问。

我一愣，对L说了句“等下再谈”，便切断了电话。

“没有。你是最合适的。”

“我为什么会合适？”他听上去并不像在暗示应该得到夸奖之类的。他是真的想知道。

因为你普通，没有对暴力的过分欣赏，也没要改造世界的变态雄心。我想这听上去并不完全是赞美，于是说：“你是个善良可靠的人。我们的这个节目有风险，你看到的那套衣服和装备，如果落到——”

“对。”他随随便便地点着头，突然笑开了，神情轻松起来，“虽说我不知道你们怎么推断出来我是个好人，但——我会处理好的。今天很出乎意料，跟我想象中不一样。但我会处理好的。”他挥手，“明天见。”

我看着他的背影，想着刚才的那段话所展示的内心活动真不错，可以让他在镜头前再来一遍。

我在六路居里第一眼就扫见了K，他喜欢坐在吧台上最敞亮的位置。

这个时段，六路居里人还不多，基本全是熟客——在附近传媒公司工作的各路“怪物”。我走向他，并冲他身边的吧台老板点头，“老样子。”

“你对他感觉怎么样？”K转向我。

“那个隐形的段子是谁的主意？”我等着饮料上来，问。

“他的。”

“有点过于聪明了。”我同意K的暗示。

“他对我们的技术挺好奇。”K一向喝得很快，我留意到他面前杯子里的白酒已经只剩下二指高。

“哪种意义上的？”我低头抿了口自己面前棕色的液体，皱了皱脸。

“不是那种‘喔，这真是太神奇了！你们是怎么做到的’那种样子的好奇。”K望向我，眼神里有忧虑，“他提的问题都切中重点。我手下那帮小孩都挺喜欢他。他本身是搞技术的？”

我回想了下，一号的大学学历似乎是实用经济学方面的。他的业余爱好是做车模。也许这就是他对技术方面保持敏感度的原因。我能理解K的警惕性，他为这个项目的技术保密性担着责任。我告诉了K一些关于一号的背景资料，以及我们做过的排查。我相信一号是安全的。项目定下来后的两个月里，K都在宇航中心跑来跑去，对我们的选角过程并不清楚。

K听完似乎放心了点儿，“你是怎么找到他的？”

“通过Facebook。”

K瞪大眼睛看我，然后搓着额头大笑。

“真有你的。”

“我厌倦了事先写好脚本，然后找专业的真人秀演员来充场子的那种流程了。”我摸额头，酒精替代饮料总是难喝难闻又让人心情郁闷，听上去还丢人，真不知道为什么我要在这上面花钱，“我想试试其他的。”

“你在冒险。”K说，“而且你挑的不是个笨蛋。”

我耸肩。一号不是个容易被控制的家伙。从今天片场的表现看，他学习能力很强，有种冷淡的幽默感，也不会对着镜头咯咯傻笑或偷瞟。也许有点超出了我原本的预期。超人都该是些胸肌超过脑容量的家伙，天知道观众会不会喜欢他。

“你们！”L的声音在我们背后响起来。还没来得及回头，她就一屁股坐上我身边的高脚凳，双肘撑在吧台的木头桌面上，抱着头哼哼起来：“天啊！累死我了！”

我抬手示意老板拿杯子来。

“老大，你说过你戒了的。”她冲我杯子里看了眼，嚷嚷道。

“不是真酒。”我叹了口气。如果你只在工作社交场合见过L，很难想象到她私下里的行事风格。她对着老板粲然一笑，接过满满一杯生啤，解开昂贵套裙的领口扣子，舒舒服服地安顿下来。不用低头看，我也能猜到高跟鞋已经被她踢到了半米开外。

“半小时内不要跟我提工作的事。”她郑重声明。

不到五分钟她便开始“毒舌”今天见过的每一个官僚，用词锋利得像刚开刃的张小泉剪刀。

“这群浑蛋要求我们通过成人级的节目审查。”她说，“真是坏消息，如果有暴力或破坏性的镜头，就得把时间档调到十一点以后。”

我摊手。

“他们还对咱们装备的真正性能表示怀疑。”L说，“他们不信任我们。”

K苦着脸一耸肩，“这点上他们倒是还真长了脑子。”

所谓全息服的功能限制，我们向一号、向将来的观众展现得并不多。它实际上是早期太空探索项目的富余发明物。在地球的重力环境下的表现也许没那么惊人，但穿上它，单枪匹马打败一小队武装分子还是没有问题的。它也一度前途辉煌，直到人体生物改造的思路在载人航天中占据主流。宇航局正需要将20世纪的诸多闲置专利民用化变成现钱，以补贴越来越少的财政支持经费。而我们正好是绝妙的广告窗口。如果节目火了，就能双赢。

我们都担心全息服真正能做到的事会吓坏将来的顾客和商务管理局——说实话第一次知道时，我也吓坏了，毕竟宇航局瞄准的只是娱乐市场。现在一号手头的全息服仅仅是个“阉割”版本，K跟我说过他们如何锁定限制了每项功能。实际上一号能捏碎的远不止一个杯子，隐身时间也能足够长到跑完一个马拉松。如果让节目审查组知道，我们在玩类似于人型核弹秀的游戏，就死定了。

我深深地叹了一声，扬手示意老板拿点真正含酒精的玩意儿来。至少目前为止，还没有失控的迹象。

4

接下去的一周过得相当有趣。一号恢复了正常工作作息，我们和他的老板沟通过，同意在节目里插入他们产品的广告，换来了在工作场合跟拍

他和他的同事们的权利。

第一天，大家纷纷与之开玩笑，话题集中在“隐身进入女更衣室或老板办公室”，以及拿来马克杯让他捏碎的把戏上。闹过一阵后便也安静下来，他坐在自己的隔间里开始敲击键盘。

我们像停在电线杆上的鸟一样聚集在公司的走道上，感到无事可做。摄像师开始注意来往复印间的漂亮女职员。午餐时，一号来找我们。

我问他感觉如何。

“比我想象中好。”他手里是一盒公司快餐，“我原来担心他们会把我看成某种——古怪的东西。但现在看来，我就像第一天带了个新款手机上班的人一样。没什么大不了的。”

“有没有一点失落的情绪？”我做了个手势。

他笑：“稍微有点儿。不过我也没期望有什么惊天动地的变化。”

“这才是第一天。”我提醒他。

他耸肩。

下午我们留下超人自己待着，去采访了他的同事和老板。同事们对他会参与一个真人秀节目表示惊奇，他们的原话是：“平时他是个低调的家伙。”

而他的老板兴奋过度，费尽一切力气要把话题往他的公司产品或自己的领导能力上扯。我能看到摄像小哥正躲在硕大的机身后，默默地翻白眼。

傍晚我们开着后备车，跟踪他回家。

路过一家超级市场时，正赶上一辆货车卸货。几个工人扛着纸箱轮流传递，其中一个看上去接近退休年龄了，动作明显比壮年的同伴慢上几拍。隔了几米都能看到别人等他时露出不耐烦的表情。一号缓下步子开始注意这个场景时，我们都感到兴奋。他站在超市前犹豫了几秒，我示意摄像师们快下车占机位。

“我能帮个手吗？”他走近他们，开口问道。摄像师给了他一个面部特写，从车内的转播屏上看，他抿了抿嘴，有些紧张。

工人们停下看他。

他看上去一点都不像干重体力活儿的——休闲西服，计算机包，典型的下班路上的小职员。

“你想要什么？”搬运工之一开口问他。那人比我们的男主角高一个头。

“只是想帮个忙。我力气很大。”他为自己听上去傻乎乎的台词皱眉。

搬运工们沉默了几秒，互相看。

“走开。”有人轻声说。

一号左右看看，茫然无措。工人们不再搭理他，恢复了传递纸箱的流水作业。

他愣了愣，走开了。

车内我们面面相觑，我打开对话系统，咳了一声：“第一次看上去不太顺利嘛。”

一号在前面扬扬手，闷头往前走。

那天晚上我们在他家里补了一个采访场景。他从飞行训练课上回来，坐在厨房小桌前，用一罐冰啤酒贴在脸上青肿的撞伤处上。训练房间里有尽可能严密的安全措施，但防不住他一时失控和教官迎面相撞。虽说是个不幸的事故，但必须承认，在镜头剪辑软件里看上去惊险、有趣极了。

“你第一次主动提供帮助，被拒绝了。”我说。

“感觉很糟。”他承认。

“为什么？”

“我看不到他们接受我帮忙的理由。”他撇撇嘴，面颊上现出深深的纹路，“就算我能顶替那个老人搬完今天的箱子，我想我更可能会害他丢了他的工作。他也许很需要它。”

“他看上去的确力不从心了。”我附和。

“他跟不上节奏。他自己清楚，和他一起干活儿的同伴也清楚。我的干涉大概会让他们觉得，这个老家伙已经没用到路人也看不下去了。”他摇头，把啤酒罐放下，抬起袖子擦了擦脸上的水汽，脸上的青紫斑块变得更加触目，“他需要的不是我能提供的这种帮忙。这段会播出去吗？”

“要看最后的剪辑了。”我觉得话题正转向某个不太轻松娱乐的层次。

他晃晃头，“噗”的一声拉开罐头拉环。

“他有种无能为力的感觉。”回到厢式车里，K看了我们这段对话后，发表感想，“这家伙多愁善感得跟个娘们儿似的。”

自然，他立即被L在头上猛敲了一记。活该。

我们都有点沮丧，要是这么小的事情都搞不定，难以想象接下去该怎么办。

第二天情况有了很大的好转，起因是一只猫。一只顶多两个月大的幼猫，被困在树上。

5

“我觉得黄色的更好些。”L发表意见。

“为什么？”我低头看着掌中的小白球。这已经很符合大众对幼猫的刻板印象了，柔弱无害，有水灵灵的天蓝色眼睛，你愿意从里面读出什么可怜的诉求都没问题。

我们正在一家刚开业的宠物店里，拿着节目制作经费要买一只猫。实际上只需要租借几小时就行了，但老板告诉我们，如果傍晚我们把猫活着带回来，他可以全额退款。他也许把我们和拍“宠物也是肉食”真人秀节目的剧组搞混了。

经过昨天在超市的挫败，我们决定还是要来点儿经过小小安排的场景。没有比救助一只动物更人畜无害的了。

“蓝眼睛白猫——”L用一只手指顺顺猫的额头，它“咕噜”一声眯起了眼，“给人的印象有点儿像贵族，应该只会出现在客厅的垫子上。黄色条纹猫更平民化些，更像会自己爬上树下不来的那种。黑猫的话，能自己下树。”

我大笑：“听你的。搞只黄色的。”

事实证明L的直觉是对的。一只趴在树上发出细声尖叫的黄色虎斑小猫，很快引起了人们的注意。我们挑了棵小学附近的树。围观者大部分是孩子，有个男孩跃跃欲试，看上去几分钟后就会开始往树上爬。虽说我有直觉：他把猫拎下树后的行为不是喂它牛奶，而是往猫尾巴上拴罐头。

“我可以出场了吗？”一号通过夹在他衣领上的微型对讲机轻声问。

“是时候了。”我说。

他在得知今天有场预定的表演时，露出乐意配合的神色。我们除了安排了树上的猫外，没有更详尽的剧本。我们仍在期待自然发生的趣事。

“这是谁家的猫？”他略提高了声音问四周的人。

没人回答。

一个六七岁的小孩儿回答：“你能把它弄下来就是你的了。”

我和技术组都乐了。

“是吗？”一号皱起脸看着他，或她。这孩子有张清秀的小脸和齐耳的西瓜头，一时看不出是男孩还是女孩。

“如果它是你的了，你就可以把它送给我。”孩子口气严肃。

一号蹲下身：“如果我把它弄下来，就送给你，你好好照顾它？”

“当然。”孩子露出一脸“你个愚蠢的成年人”的神色，“它是我的猫。”

一号顿了顿，站起身，开始解衣领的扣子。

必须承认，一个正常男人脱下外套和裤子的过程，在公众面前显得漫长而可笑。我开始明白为何所有的超级英雄电影都不用完整镜头来描述这件事了。人群开始退后，发出窃窃私语。一号的服装最后被定为灰黑相间的连体衣，不特别紧身，也没有夸张的胸前标志，与其说像超人服，不如说更像件寒带探险服的内胆。

他把脱下的衣服随手放在树下，皱巴巴的一小堆。

我在车里捂住眼叹了口气，这个环节必须改进。还不如吃猫肉体面呢。

“你是个变态吗？”刚才要猫的小孩问。大概这也是四周所有人心里正转悠的问题。

“当然不是。”一号说，“我只是穿得很奇怪而已。方便爬树。”

“保证你不是个变态。我要保证我的猫的安全。”

“我发誓。”

小孩神色凛然地退出几步。

一号开始往树上爬。

这棵树我们经过精心挑选——粗细得当，承担得起成年人的体重，上面稀疏的细枝条让受困的猫十分显眼。但这也使预料之外的麻烦来了：猫不断往后退时，一号不能跟着它退到更细的分岔上去。刚才他轻松地爬上了主干，从我们这里全息服的读数来看，他甚至没借用过装备的外力。小猫看到朝它逼近的陌生人，开始一点点向更细的枝条末端退。

一号开始向猫打“过来”的手势，并配以笨拙的轻声猫叫。

小猫明显不买这个账，一脸惊恐地团在细细枝条的一端。微风吹过，细枝开始上下摇晃。

几分钟过后，这种对峙开始变得尴尬了。

树下的人越聚越多。我们开始担心有人会报警叫消防队来搭云梯救猫——以及在树上犯傻的奇装异服者。这时一号触动了通话装置：“让我隐形。猫看不到我，也许会过来的。”

K扭头看我，我点头。他启动了程序。

眼下的环境比第一天在拍摄大棚里复杂得多，计算机用了十多秒钟才让隐形程序起效——一号跨坐在树杈上，首先消失的是他的身体，从双腿开始，像融化在热水里的黄油一般消失在空气中。他从颈后拉出头罩，往脸上拉，此时他只有胸部以上还是实体，视觉效果十分奇特。

小猫似乎被眼前的异象迷惑住了，偏着脑袋呆愣了一会儿，开始慢慢向一号靠近。有希望。

突然之间，猫又开始后退，弓起身子发出嘶哑的呼吸声。热能显示器上有了三团红色的暗影，我们都大惊。

是那个小孩。向一号要猫的孩子，他也上了树。不知为何树下那群成年人没一个拦住他，也许是被我们的隐身花招吸引走了全部的注意力。孩子动作十分利索，手脚并用如同小壁虎，没几下已然悄无声息地坐在了一号身后。小猫看到了逼近的另一个人类，才重新炸了毛。

一号的全部注意力仍放在猫身上。我很怀疑他没听到身后的响动，必须得提醒他。我担心他在慌乱中会无意把孩子碰掉到树下。现在他们离地面有四米多，虽说下面是长满厚草的泥地，也有把脑袋撞进胸腔的危险。

“有个小孩在你身后。”我呼叫，“小心。”

已然来不及了，孩子一脸紧张兴奋，咬着下唇开始向小猫靠近。不出意料，他一头撞上了一号的背。

当你穿着一套奇怪的电子服装，坐在一根刚能承受你体重的高空细枝上，全部注意力都放在前面的一头长牙小兽上时，背后突然有股大力一顶，绝对是件令人魂飞天外的事。一号的反应和普通人一样，自卫性地回头一扫，孩子没料到身侧会有股外力推来，加上自身撞上了明明不存在的东西带来的反冲力，身子一晃失去了重心，惊呼一声往树下掉去。

我不忍心看。

“他拉住了！”K尖声大叫道。

我睁眼看，用准确的词语说，他们正在空中悬停。小孩表情呆怔，挂在空中，一只胳膊被看不见的手紧紧抓住。

我腿都软了。一号的声音传过来：“别害怕。”

“你是隐身人。”小孩大叫，声音里哪里有惊恐，欢快得简直像接到通知明天就开始放暑假。

“猜对了。”一号哑声说，估计也吓得够呛。

“我还以为你走掉了。”

“我拉你上来。”

“看！”小孩的声音突然变得尖锐，眼睛变大了，“我的猫！”

小猫受到了刚才剧烈震动的惊吓，退向了更远的枝端，现在看上去像个发育过头的巨大水果一样吊着。若是一号再一发力将小孩拽上去，八成这只猫就掉下去了。虽然传说中猫有九条命，但一只巴掌大的毛球从高空直摔到地下，即使没事，也使我们整个节目组看上去像没心没肺的虐待狂。

我凑近通话器：“要帮忙吗？我们可以搞软垫接住小孩。别让猫直接掉到地上，影响太坏。”

“先等等。”一号的声音有点犹豫，“你们可以准备接住他，让我想想——”

“它要掉下去了。”小孩说，“我们不能想点儿办法吗？”

“我倒有个主意。你能再坚持半分钟吗？”

“没问题。”

“注意，当我说接住时，你抓住它。我会一直抓住你的。”

猫蹲伏的那根树枝断开了，枝条猛然向着悬吊的小孩反向弯折，孩子“哇”的大叫一声单手抓住了树枝的端头。猫行云流水般跳上了孩子的肩膀，团在那儿不动。

“按住它，我要拉你上来了。”一号说，他略微耸动肩膀，提示我们取消隐身模式。

一分钟后，他们并肩坐在树枝上晃悠着腿。小猫挣扎着想从孩子手里逃走，显然是徒劳的。

本来一片死寂的围观人群中突然爆发出口哨声和掌声。

我呼出一口一直憋着的气，扶着K的肩坐下来。那根断得恰到好处的树枝是他一掌拍断的。

6

那天夜里我们加班到深夜。第一遍粗略地剪辑出来后，每个人都觉得棒极了。小孩儿非常上相，目光清澈的小脸表情丰富。他被一号抱下树，胳膊下夹着仍然挣动不已的虎斑猫仔。

“机智。”K评价道。

“有风险。”我说。

“比等我们拿垫子好。”K说，“但你还是得找他谈谈。”

“我知道。”

我用掌心揉揉脸。我们的男主角确实挽救了整个场景，使我们看上去不像一堆傻瓜。出戏、有趣，但也有风险。我不知该不该鼓励他的行事风格。

节目五天后排上了档期。

我们聚在一号家里看首播，自然这也是个准备记入影像资料的场景。晚上八点半，一堆可怕的广告后轮到了我们的片头。

一号在飞行训练场摔得鼻青脸肿；一号在办公室和同事开玩笑。他爬上树，他和孩子的父母交谈，虎斑猫远远地趴在客厅一角躲着我们的镜头。接下来是他在超市门前被拒后落寞的表情。还有他第一次试超人紧身服和K一起捉弄整个摄制组时的情景。

尽管这些片段我都温习过数十次了，但想到这次是与全球无数观众一起看，仍手心出汗。猜想他们会不会喜欢。半小时后，我们的手机此起彼伏地响了。收视率百分之十二，仍在上涨。官网上的投票数已然十多万，没有一边倒的情势，赞成他保留超人服声音和反对的声音一样大。这更好。

我接完几个电话回到客厅，发现节目已然到了片尾。一号陷在沙发里，抬眼看我：“情况怎么样？”

“网上投票会在今天午夜截止，现在支持你的人多一点。”

“有多少人会投票？”他皱眉。

“十八万。”我低头看了眼手机上的网页，发现自己正咧嘴笑，“伙计，你火了。”

“十八——万？”他瞪大眼，像被惊到了。

他闯过了第一关。最后半小时里支持率不断上升，他仍是下周的超人。

接下来发生的事像干草场上燃起的大火。先是一个电话求助，惊慌的单身母亲请求超人从反锁的车库里救出一个失明小孩。我们和L细细斟酌后决定出发。

他利用了飞行技能，从气窗翻了进去。盲孩知道他是真人秀里穿隐身服的超人后很兴奋，随即他承认自己不明白隐身是怎么回事。我们当时都有点发愣，原本这场景该挺心酸的，但一号解决得很得体。

“我们来试一下，”他让盲孩握住自己的胳膊，“现在我要隐身了。”

“没什么区别嘛。”孩子说。镜头里他凭空握着一个人的手。

“我的这个功能对你来说没用。”一号重新显形，蹲下搂着盲孩的肩拍了两下，“对于其他人来说刚才我不见了。但对你，我一直都在。”

这集播出后，一号的支持率开始一路飙升。我暗自承认，原先设想的“头脑简单的肌肉男”形象也许错了。观众喜欢他，也许正因为他是个普通人，紧身衣下的肚皮上有“救生圈”，会从攀爬了一半的墙头跌下来摔得四仰八叉，善意和同情心都表达得平平淡淡，有小聪明，也偶尔犯错。他开始真正意义上的红了，有了纸媒的专访，走在马路上会被路人认出来，要求合影与签名。小学邀请他穿着超人服出现在开学典礼上。网络上开始卖周边纪念品。我们一边拍着自己的脑袋，一边加紧推出正版玩具。

现在回想起来，那三个月简直是我们的黄金岁月。

7

但很快我们发现自己成了求助中心。当收视率攀升到了百分之二十八时，情况开始有点失控。一天能接到百来个电话或电子邮件，火灾、公路车祸、抢劫，其中有真正的受害者，也有喜欢逗弄公众人物的谎报情况的无聊汉。我们从节目组专门抽了人来处理这些事情，情况严重的，第一时间转接给警察局或消防队。L建议在节目中用醒目字体警示，危急情况必须找官方机构，我们只是娱乐节目。我们照做了，情况没多大改善。

L找我谈了一次。

当时我正坐在节目组中心，又从总机转来个哭爹喊娘的电话，说他的前妻雇了私家侦探想偷走他们的儿子，求隐身超人帮帮他们揍那个该死的偷窥狂一顿，像捏碎杯子一样捏碎那坏蛋的胳膊。

我听不下去了，让总机挂断。一回头看到L正面容阴沉地盯着电话。

“我们有麻烦。”她说。

“嗯？”我说，看着手中纸簿上的涂鸦。一些选题，一些我们也许能带上一号去现场的事件。坐在这里过滤求助电话已经成了我的主要工作。

“这个月我们接到了十三个真正的火警电话和六个入室盗窃电话。卖出国际转播权后，还有人不断建议我们去帮助那些正闹洪灾和饥荒的国家。”L靠到我面前的桌沿上，双臂抱在胸前，“尽管我们第一时间把电话转到该转的地方去了，他们还是很不满意。”

“我能想象。”我点头。

观众遇到麻烦时更愿意求助于虚拟的娱乐形象，而不是官方。要我是个警察或消防员，也会觉得深受侮辱。在节目策划之初，我们保证过不让这些专业人士显得像废物。

我们正在食言。

“他们暗示再这样发展下去，我们会被——”L抬起双手做了个猛烈折断的动作。

我用铅笔头敲桌面，我们不能接受这样的退场仪式。真人秀节目总有结束的一天，但若是以妨碍社会治安的恶名为由被腰斩，航天局正在筹划推出的游戏服会永远拿不到营业许可。他们正找人在郊外投资大型实弹游戏场，打算让穿着全息服的成年人在里面玩捉迷藏。

“我们可以故意输几次。”我说。

“嗯？”

“挑个比较严重的场面，让警察和我们一起去。一号搞不定，让他们出面解决事情。”我说。

L垂下肩膀：“听上去值得一试。”

8

“听着，这次我们只是表演性质的。”我双手按在一号的膝盖上，“你只要做出努力尝试过的样子就行。也用不着太过火，出去转一圈就回来。”

他看着转播车屏幕上的影像，一时没回过神。

我拍拍他的肩，“听清楚了，别插手救人，别碍着消防员的事儿，露个面然后回来。这是真正的火灾现场，有危险。”

一号转过头来看我，艰难地吞咽，喉结动了动。我能看出他的紧张和焦虑，我能理解。

外面两个街区外，有座仓库正在熊熊燃烧，两个人被困在上面。

上头觉得这个机会不错，各方面的因素都适合来场表演：着火的仓库里存放的都是轻质合成木材，烧起来又快又猛，却没什么后劲儿，也不会散发化学毒雾。仓库本身的建材是防火的，不会有建筑倾塌的危险。二楼困着的两个管理员要做的只是把房门锁上，开着窗呼救，等消防队的云梯把他们接下来。我们的超人可以试着爬上离地十多米的窗台去救人，自然——他会以失败告终。于是轮到英勇的官方消防员上场。

更有利的是火场在郊外工业区，不会有闲散人等围观，用手机拍下视频回去放到网上流传。所有的影像剪辑权都在我们手里。

我们台的新闻组摄像师已跟着消防队冲过去了，他们传回的图像在转播车里的屏幕上不停抖动，无线信号在郊外不太稳定。建筑的虚景在高热的空气中扭动，两条粗大的水管像进攻状态的蛇一样窜了出去。穿着橙色制服的消防员迅速跑动，还有各种声音——细碎的脚步声和噼啪作响的声音。我简直能闻到那种炙热的焦炭气味。

这可不是布景。这是真正的火场。

“如果你不想去，也可以拒绝。”我突然扭头对一号说，K瞪我。

“装个样子而已。不会有危险的。”一号笑笑，拉着车门把手要跳出车外。两个已经整理完装备的摄像师也站直了身子准备跟上去。

“他们会救人的。”我重复一遍，觉得自己的状态也不对劲儿，婆婆妈妈的。

“我只是不想让他签合同时附送的那张人身保险生效。”他们下车离开，我一回头看到K正皱眉，用一种“你刚才在干什么傻事”的神情看我。

“你预感不好。”K挥了挥手，“要不要叫他们回来？你明白的，有新闻组的图像素材，那几个镜头后期电脑做也用不了几分钟，真要人出了什么事才是大麻烦。”

我想了想，摇头。

后来证明我的预感是正确的，那天确实搞得一塌糊涂。

一号奔向着火的仓库时，三辆消防车已经各就各位，长长的银色水龙和大量泡沫喷雾将火势压了下去。空气中充满了细小的噼啪作响燃烧的细小粒子和水汽。其中一个摄像师担心镜头损坏，还停下来拧上了保护镜。地上布满了大大小小的水洼，边缘浮着脏兮兮的泡沫。他们一路踏得水花四溅，向困着人的窗口跑去。

我在屏幕上看着，感觉自己真是多虑了：这个场面，怎么看都像火灾已经收尾，只需要——爆炸就是在这当儿发生的。震动传到两个街区外，把我和K从座椅上颠了下去。一时间我的脸贴上了黏糊糊的粗纤维地垫，腰腹部一阵冰凉。在那个糟糕的瞬间我还以为是血。一排滚动的闷雷巨响随即赶到，又让我头晕眼花了半分钟。K恢复镇定比我快，按他后来的说法，是前一阵在宇航中心，近距离围观发射卫星的次数太多了。他骂骂咧咧地把我从座椅的夹缝里拽上来，我喘了半天，摸了摸肚子上的湿处，发现只是一杯水翻在了身上。

“怎么回事？”我拍打几下视频控制台上的电源按键，屏幕全黑了。应急电源红灯闪烁，得需要几分钟才能重建回路。

“可能是火场爆炸。”K说，抓起通话器轮番呼叫一号和摄影师。从他摇晃话筒的焦躁动作来看没回音。

我推开车门跳出去，外头安静得吓人，似乎整个世界空空荡荡的，只剩下我们这辆车了。K跟着我下来，同时拨手机：“我联系台里，让他们再派两辆新闻部的车过来。”

“再报一次警？”我提议。

他点头。

我们向火场小跑前进，空气越来越热，混合着一种盛夏被晒化的橡胶制品的气味。转过街角，我略放下心，仓库主体建筑还在原地，不是想象中的一片废墟瓦砾。现在已经没什么明火了，只有黑烟不断涌出。仓库靠近北面的一侧墙体上有个大洞，大小能开进一辆中型货车。这幢楼还能屹立不倒，也真是个奇迹。

洞前那堆奇怪的金属让人想起现代艺术品，或者经过挤压处理的废车。我愣了一秒后反应过来，那是辆被毁的消防车。与之相联的几根管子全部裂开，消防栓里的水突突冒出，形成了几个小喷泉。

穿橙色防火服的人正慢吞吞地集合，大声呼叫。看他们互相打手势的样子，我意识到他们可能全被刚才的爆炸震得暂时失聪了。我扯住一个看上去像头儿的，冲他大喊有没有看到我们的人。

结果他皱着眉一脸厌恶地把我推开，显然认为我是个碍事儿的。K跑过来，拉我：“嘿！他们在那里！”

一号正站在离仓库不远的地方，仰头向上看。万幸的是这窗口位置朝南，远离爆炸点，他似乎没受到什么伤害。

我一边冲他跑过去，一边随着他的视线抬头，上面狭小的窗户里正伸出条疯狂挥舞的胳膊，远远看去像濒死的苍蝇那条唯一挣脱了捕蝇纸的细腿。

K冲我大叫，他找到了不远处蹲在地上的两个摄影师，俯身和他们交谈几句后，冲我比了个“人没事，机器够呛”的手势。我心里暗叹一声，“一号！”

“嗯。”他应了声。

“向后撤！”我叫道，“爆炸过后这种房子随时可能塌下来！”

“上面有人。”

“这儿没摄像机，连个观众都没有。”我一把抓住他的肩，迫使他侧过身来看着我，而不是上头呼救的人，“我们已经报警了，消防系统也会马上派更多的人过来。今天没咱们的事儿了。”

“我们至少得试一试。”他的眼神相当坚定，“那上面的人知道我们来了。如果我们没试过就走了，他们会怎么想？”

“顶多上网站骂两句，我们会删掉的。”这时一大块剥落的墙体从我们身边呼啸而过，砸在地上，碎片四射。我跳着脚躲开。

“我想试试。”他说，“我能不能带一个人飞下来？一次带一个？”

“不可能。”K照料完受惊的摄像师后过来了，插入我们之间，“你没受过负重飞行的训练。”

“你的意思是有可能。”

“听着，你明白你身上这套装备的价值吗？不是用来让你逞英雄玩儿的。”我很少看到K的脸阴成这样，他一把抓住一号的胳膊，“今天到此为止。你不能进入建筑，你身上的装备不耐高温，你也不能飞上去带人下来，这样会把你们全摔死的。你要明白自己的界线在哪里。”

上面传来的号哭声打断了我们的僵持。

“不要！”我禁不住尖叫出声。窗户里受困的人居然正试图爬出窗口。不知是受不了里面的高热烟尘，还是无法忍受楼板随时会塌的恐惧。工业仓库的外墙上没有任何装饰或附着物，可以让他落脚慢慢下来。我看他是准备直接跳了，保守估计离地也有十五米，这绝对是疯了。

“我要上去。”一号说着挣开K的手。

“中止他的功能。”K冲我叫，我一愣。然后我们都傻了。

只有在转播车里的设备联结系统上，我们才能这么干。现在一号是完全自主的。

他看了我们一眼，转身略斜身体，用微动作开启飞行预热模式。我和K互看，然后做了我们唯一能做的事：拿出手机开始拍摄这个过程。无论画质有多差，也比没有好。

接下去的过程没什么可说的，一号成功地把他带了下来。姿势难看，飞行过程摇摇晃晃惊险百出，但最终还是安全落地了。他们一屁股瘫坐在地上的泥水里，两人都直发抖。我以为一号会再上去一次，他摇头，“没必要。”

等被救下的人看上去恢复理智，能说话了，我让K举着手机退后，尽量收进整个场面。

我蹲下身去，问他：“没事儿吧？”

他使劲儿摇头，干咳。

“你刚才为什么想要跳下来？”

“你们在下面。”他说，声音仍嘶哑，“我认出来了，他是那个超级英雄。我知道你们会想办法的。每集他都想出办法来了。”

“为什么不等消防车过来？他们早已经到了。”

“等不下去了。”他用手背擦擦嘴角，“老金，跟我一起困在上头的那个，说这个街角消防车过不来，几年前也失过火。他知道。车太长了，转不过来。楼梯一炸掉他就说完了。我能感觉到楼面在往下沉——”

看一个五十多岁的中年男人哭真有点尴尬。我提醒自己这是生活中真实的受害者，伸出胳膊搂住他的肩连拍带晃。他瑟缩一下躲开了，大概不想接受一个拍电视的毛头小青年安慰。我暗自松口气，放开他站起来。

“我知道你们会救我的。”他抽泣着，断断续续。

我回头看一号，他没有一点儿高兴或得意的神色，站在距K几步的地方，神色警醒。

二十分钟后救护车和警车的大队人马过来了。爆炸是由管理员藏在楼梯拐角处的两个燃气罐引发的——某种威力巨大的工业用压缩罐，而他们居然用它半夜做饭吃。另一个管理员老金，被爆炸时弹出的一条金属框击中脑袋，还没等到一号上去就死了。楼梯大部分已经消失，他们只得把他的尸体从窗口吊下来。

死里逃生的中年人被救护车拉走，去接受失职调查。我趁警察和消防员过来之前收起了拍摄手机，尽量低调地带着自己的人离开。混乱的现场中也没人注意我们。爆炸使一个消防员丧生，一个轻伤。我们的新闻组居然没什么损失，除了只能暂时打几天手语沟通的摄像人员。

我们爬回车里，每个人都双腿发软。K一上车就拨动了某个开关，我背后一冷，所谓的超级英雄的力量又重新在我们的控制下了。所有的事回归正轨。

一号耸肩，垂下眼睛，开始脱掉身上的紧身衣。为了贴合皮肤感应电极，紧身衣底下是赤裸的。不过看上去他全然不在乎。把褪下的衣服往后座上一扔，他动手套上自己的衬衫和牛仔裤。我和K默不作声地看着他。

“我不想干了。”他宣布。

我没觉得意外。

9

“他们找到了你们昨天救的人。”L说。

我撑着脑袋坐在自己的办公室里。回家洗了三次澡，身上还是留着火灾现场难闻的烟味，也许是心理作用。昨天的事糟糕透顶，这场表演原本是为了挽回我们已经岌岌可危的公众关系，事情却演变成了我们救了消防队没能救下来的人。不幸中的万幸是没人知道。

可眼下这点儿底也掉光了。

“是哪家？”

“金星电台。”

“见鬼。”

我们的节目要是倒了，他们会深表同情，然后立马动手做仿制系列。

“他们准备怎么放出来？”

“我有他们的样片。”L拿出手机，一小段视频，“别问我是怎么搞来的。”

一间略显凌乱的出租房，我们昨天救下的中年男人坐在床上，被子拉到膝盖，身后垫了几个枕头。金星电台的记者凑到他跟前：“你相信联合电视台的超级英雄会来救你？为什么不等待消防队就往下跳？”

“我对他们更有信心！”中年男人咧开嘴笑得一脸天真。

我叹口气，这人不知道他在干什么，倒不怪他。光这段采访就可以断送我们的节目。

“还有个麻烦，我们的一号超人不想干了。”我说。

“为什么？他正红得发紫。”

“他觉得我们没人性。”

“见死不救？”

我耸肩：“K当时要保护的是设备，也是想保护我们自己的人。他没错。”

“你觉得当时该出手吗？”L扬起眉毛。

“这种问题没意义。”我立即回答。

当时一号想做什么都由得他自己。那种情形回想起来真是不寒而栗。如果我们还有机会拍下去，绝不允许这种事再发生了。

L叹气：“确实没意思。”

“我今天早上跟他在电话里谈了谈，现在不是换角儿的好时机，我们整个节目组都会因此惹上麻烦。我们需要他和我们站在一起应付过去。”我边说边拿起写字台上的一支圆珠笔，在指间转动。这是剧组出的周边之一，上面有一号穿着紧身衣的卡通图形。

“他怎么说？”

“他提醒我合同规定，当我们任何一方想中止参与时，都有权立即退出。”我苦笑，一号的确有权利想走就走。只要他五年内不参与其他电视台组织的同类节目，或不将全息紧身衣的技术细节告诉他人。我们完全没理由强迫他为我们做任何事。

我和L又扯了半天，没想出什么法子能救回这个节目。我们失去了审查方的信任，竞争对手正要向我们下绊儿，而唯一一个我们捧红的明星在这当口转身走人了。平心而论也不能怪他，不是每个人都能接受娱乐制造业的奇异道德观。最后我们的对话开始陷入互相指责的恶性循环，大家情绪都开始烦躁。我挥手建议中止话题，叫上K，一起去六路居吃午饭。

结果正是吧台边的电视新闻联播，送出了压断骆驼背的最后一根稻草。

今天一名16岁的少年因为穿着奇装异服受到枪击——

我们仨抬头看壁挂式小电视上的画面。一桩普普通通的超市抢劫案，劫犯已经勒令所有顾客和店员都蹲伏下来，准备掏空钱箱。这时玻璃门前经过一个少年，他穿着网络上卖的仿真超人服。劫犯以为他是一号，感觉深受威胁，直接开了枪。

孩子还没送到医院就死了。

遇害少年穿着的服饰来源于最近一档火爆的真人秀节目，有线电视网制造了一个真实版的正义超人形象——

女主播公事公办的口吻让我感觉像在念悼词。

现在不用金星电台来掺一脚，我们也完蛋了。

10

第二天我甚至没有准点上班。带着宿醉的头痛从噩梦中醒来时，已是将近中午时分。我打开手机，十多个未接来电，大部分是L的，还有些来自电视台更上层的头头。我晃晃脑袋，慢吞吞地去冲了个淋浴，弥漫全身的脱力感和自我厌恶，使我想起当初为何下定决心和酒精分手。

开车到电视台时，我已经做好了为这个节目收尾的心理准备，以及如何面对悲惨的个人前景：可能得换个行业混了。

L在过道上一把揪住我的胳膊："你跑哪里去了！我找你一上午了。"

"嗯？"

"我们得找个地方谈谈，马上。"她说，眼睛闪闪发亮，"也许我们还有救。"

我皱眉，昨天的案件都在全国广播网上发布了，我看不到还有什么挽回的余地。

L把我拖进办公室，反扣上门。

"有人向我们求助了。"她说。

"现在我们最不应该做的事就是——"我没来得及把"再揽下一个烂摊子"这句话说出口，L已经调出手机中的通话记录。

我听完，默然。

“我们可以跟他们做笔交易。”L说。

“就算没有行政命令掐死我们的节目，我也看不出还有接着做下去的价值。”我说，“我们可以换角儿，我们有一大堆想当超人的家伙投来的简历，但就没几个正常人。一号是正常人，被我们逼跑了。不是说我们不对，整件事就不对。这世上没有超级英雄能待的地方。”

L等我发泄完，静静地说：“我们可以找专业真人秀演员。”

自然她是对的。我闭上眼迫使自己冷静，因为少年误杀案，现在收视率和网络关注跳到了新的高位，放弃太可惜了。我们可以让编剧班子写剧本，租用场地，事先协调好各层关系。不再让情况失控。这是在我手里炒起来的最火的一档节目。我想救它。

“你和他们谈条件。我去和一号谈谈，”我说，“他会回来帮我们最后一次的。”

11

厢式货车开过夜色中的街道。一号、我、L和K四个人都保持着沉默，另外两个是军队那边派来的人，虽说穿了便装，还是压不住军人特有的气势。

事情涉及一桩带有政治色彩的劫持事件。我平时不太看报纸的国际版，不太清楚欧盟和南极洲之间最近有什么芥蒂。现在有一队武装分子潜入了南极使馆，把大使囚禁在了地下室一间小储藏室里，威胁说如果不对贸易条例做出修改，就把他切成一块块扔出来。

这事已经发生两天了，对外界严格保密。军方的人说在草地上已经捡到了大使的两根手指。和恐怖分子的任何谈判都收不到回音。

大使馆是前几年建的老式房子，只有前门可以出入。救援专家也想不出方法，在不惊动劫持者的情况下，接近地下室的换气窗。研究解救方案时，有人小声说了句：要是我们能隐身就好了。在场的人里居然有看过我们节目的。

他们一开始和电视台接触，只是想借用我们的装备。在看了一号的训练录像后，明白光有装备是不够的：最好的特种兵也无法在一夜间灵活操控全息服。从宇航局那边借人的路子也不通，接受过全息服适应训练的人都退役十多年了。眼下能找到的，对全息服最熟悉的人选，只有一号。

他们对让平民和娱乐媒体介入营救行动有相当顾虑，但挡不住草坪上发现的第三根手指。

L和军方谈了我们的困境。他们答应事后会跟那边的系统打个招呼，给我们再开一次绿灯。而说服一号的过程更简单：这里有个人需要你去救，非你不可。没有录像，没有观众，不是作秀。

一号果然来了。我说过，他是个不错的人。

K告诉一号，在这次行动中，全息服不会有功能限制。理论上他可以隐身三个小时以上，防护功能也调整到了最高级。按原来的设计，它能抗击太空中小型高速陨石的撞击，对抗地面上的轻型武器更是没问题。问题出在如果所有功能全开，我们车载计算机的运算能力和反应速度跟不上。宇航中心支持一套全息服用的可是大型机。

所以一号在行动中面临一个功能选择的问题。他必须随机应变。他们交谈了很久，直到军方催我们出发。他就地换上了全息服，把穿来的夹克和长裤都留在了电视台。这回不用伪装成是正好巧遇了。

大使馆在郊区绿树掩映的别墅区。现场没有想象中的黄色警戒线之类的物品。几辆没有特殊标识的大型车停在使馆前的草地上，一些穿黑色西服的人来回走动，从他们臃肿的背影看，都穿了防弹背心。军方的人问我们，要使全息服达到最好的工作状态，我们的最佳停车距离是多少。

K说千米范围之内即可，但我们可能用到大量电源。他点头，跳下车跑开，十分钟后有人拿来了移动电源和无线信号增强装置。

一号拉上他的面罩，调试着和军队那边的通信讯号。他今晚不归我们指挥，军队那边的解救专家会现场指导他的行为。全息服的控制权仍在我们手里，军方的人提出过要让他们的人来接手，K和一号都坚决拒绝。毕竟我们已经合作了数月，协调性更高些。军方的人没再坚持，只要求让一个决策专家待在我们的车上。我们接受了。

他们说他的任务非常简单，会有人负责引开劫持者的注意力，只需要他在隐身状况中靠近建筑，将四个微型炸弹黏在特定的墙角位置上即可。其中一些装的是炸药，另一些是烟雾式麻醉剂。

这些炸弹能成为谈判专家手里的筹码，或强力救援行动时的掩护。

说实话我看不出这主意有多聪明，不过这儿也没我们说话的份儿。

通讯器里传来军部指挥中心的行动倒计时。隔着车窗，军部派来的专家腋下夹着小笔记本，正朝我们一路小跑过来。

“昨天的事很抱歉。”K开口说，“我不是不信任你。”

“别放在心上。”一号点头，转向我，“早上我的态度也糟透了。”

我们都笑起来。

“你还愿意接着回来吗？”我问，“等这事儿完了？”

一号摇头，“不。我觉得我尝试够了。”

他跳下车，两个军方的人等在车外，隐身程序已经开始起效，军人装作正常的巡逻，向使馆走去。一号跟着他们，渐渐开始融入环境。两名军人早被告之过，还是惊讶万分地伸手过去，企图去触碰正在消失的一号。这里的灯光背景加上夜风引起的树影交错摇晃，使隐身程序占用的数据计算量相当大。我看着车内计算机屏幕上一路爬高的内存线峰值，不由得有点担心。

“没问题？”

K点头。

军方谈判代表开始走向使馆，再次请求他们更改条件，或者先释放生病或状态不好的人质。回答他的是脚前一米处飞溅起的泥土草屑。代表在子弹前毫无仪态地直跳脚。

我转向屏幕，今晚我们自然不可能有摄影师跟着，这次行动不会有任何官方记录。我们有的只是一号肩部的微型摄像头传回的图像，为了尽量少占用数据流，已经调到了最低分辨率。从模糊晃动的画面上，能看到的只有一号已经踏上了领事馆门前的草坪。他走得相当慢，不时停下，四下张望。

这是对的，让全息服有更多时间分析响应四周的环境图像。

车外有人拍门，我一惊，想起是军部派来坐镇的专家，起身拉开车门放他进来。那是个秃头的中年学者范儿的家伙，耳朵里塞着硕大的蓝牙通信器。他冲我们胡乱点了头，在后座坐下。

一号离使馆越来越近了，四周嘈杂的声音都开始退去，让位于一片寂静。居然还有微弱的虫鸣。

领馆大部分窗户都黑着。从营救队这几天搜集到的情报看，劫持分子们大部分集中在地下室，他们派了两个狙击手驻守在顶层阁楼里，另两个在楼内不断巡逻。几次潜行接近都失败了，导致大使手指的数量渐渐减少。军部怀疑他们配备了夜视镜，和人体热量感应装置。

一号的全息服出发前调整到了与外界温度一致，以免暴露行踪。K说这种设计是用来应付外太空正负数百摄氏度的环境温度的，眼下情况属于小菜一碟。

他已经走到了大使馆侧面的墙下，那儿有一溜矮矮的冬青树篱。从车上的通信频道上，可以听到军方的救援专家让他再往前走几米，就能到达第一个炸药盒的安放位置了。

那只该死的狗就在这当儿窜了出来。后来我们得知那是领事馆用来看门的黑贝，专门受过训练的，自从劫持者入侵后一直躲在屋侧灌木丛中。它每次企图跑出草地，屋顶上困得无聊的狙击手便用一串子弹将之赶回树丛，以此取乐。被困几天后，一号遇上的是一只严重受惊、饥渴难耐的利齿巨兽。

黑贝一头将他撞翻在地，军方专家惊呼起来，警戒线外的枪手无能为力——一号还处于隐身状态中，他们不能冒着误击一号的危险打死狗。全息服的计算能力眼下全被隐身功能占据，防护能力基本为零。更糟的是这场混乱可能引起楼里劫持犯们的注意。

K拉下通话器，盖过了营救专家们的大呼小叫：“一号，听着，现在进入五秒钟的进攻模式，隐身状态关闭。你有五秒！”

一号解决那条狗没用五秒钟。我们只能看到阴影中一团挣动的黑影，随即“咔”的一声脆响。事后解剖证明他利落地一把捏碎了狗的颈骨。他没立时站起来，继续和死狗伏在一起，直到重新隐身。劫持分子们暂时没特别的动静，我背后一身冷汗。

这时车内的通信频道传来一号的声音，勉强还算保持着镇定，“我想他们发现我了。”

从屏幕中一号的视野中，可以看到一个持枪的黑影动作麻利地翻出了底楼的落地窗，直接向一号的方位走了过去。

“他们果然有热能感应装备。”军部专家在我们身后轻声说。

我想了想明白了他的意思，如果他们监视着整个领馆范围内的生物热能分布，黑贝死去后温度迅速下降，必定会引起他们的注意。

“现在尽量不要动。”K说，“你身上的环境纹样现在定格了，不要动。你的防御功能现在正升高，再过三十秒，他就是顶着你开枪也伤不到你。保持镇定。”

“收到。”一号悄声说。

黑影走近了一号正趴着的地点。他是个瘦高个儿的年轻人，脸色苍白，穿着一套比他的身形大一号的黑色迷彩服，头上扎着同色的绑带，像是上一次世界大战时的军备遗留物资。他带着把长步枪，伸长了枪口去捅狗尸。狗自然没反应，年轻人蹲下，把枪翻背到身边，伸手顺着狗头重重摸按，像在检查死因。

我们都屏息凝神。他不知得出了什么结论，略侧过头低声咕哝了句，在向什么人汇报。

“让他撤回来。”我们身后的军部专家开口。

“现在？”K叫起来，“你疯了？”

“他们已经发现不对劲了。”专家说，“前两次他们认为我们潜行接近时，立时往草地上扔了炸药。那两个坑在屋子的另一侧，从这里看不到。”

我和K对看。

“一号，你听到我们的话了吗？”K凑近通信器说，“撤回来。”

“嗯。”

“你想要隐形还是防护？”

“先等等。”一号用气声说。黑衣年轻人正站在离他不足一米的地方，两只穿着军靴的大脚充满了屏幕。

“攻击。最大化。”他说。

我们都一愣。

“不行！”军部专家一下站起来，把脑袋伸到前座，“让他立刻撤出来。”

K推动了某个按键。

“你干了什么？”专家瞪K，瞪完了又怒视我。

“要是他每一步都得征得我们的同意，会死在里面的。”K说，“我们得给他完全的自主权。”

专家难以置信地看着控制面板，又再次瞪视我们，最终缩回后座，开始和耳机里的某些人窃窃私语。

我背后一阵发冷，事情开始脱离控制了。我曾经指望他会在眼下极度危险的环境下，能克制住冒险的欲望。但现在也没有退路。

屏幕上的军靴正越来越大，一号等年轻人走得足够近时，伸手劈断了他的脚踝。年轻人轻轻喊了一声侧翻在地，把步枪压在了自己身下。一号跳起来在他脑袋上补了一巴掌："应该只是打晕了。"他向我们汇报，"我要进去了，他刚才汇报了，我听到他说他们怀疑已经有人进了房子，要干掉人质中的一个警告我们。"

他从落地窗里翻了进去。见鬼，我重重地揉额头。这时我们的车外有人"砰砰"拍门。

"你们在干什么？！"随着我们押车而来的军官之一冲我们大吼。

"我们是平民，"我心平气和地说，"一号有忽视风险自行其是的倾向，我们一直都知道。眼下不是分裂自己这边战线的时候。"他愣了愣。

"你们都下来。我们的人会接管这里。"

"我们是平民。还是媒体工作者。"我再次和和气气地提醒他。

军官无声地做了个口形，这个词若是发出声来，绝对得搁到少儿不宜的深夜档里。这时他身上某个通信装置响了，他迅速半侧过身去，十几秒后回过头，招呼已经爬下车的所谓决策专家，两人离开了。

我和K转回去看一号的进展。

发现不知何时，屏幕全黑。

12

"情况怎么样了？"

K用气声问。屏幕下角的液晶时间数字仍在不断跳动，他正处于完全的黑暗环境中，我们刚才差点儿以为视频传输断了。

“我躲在一道帘子后头。”一号同样用最小的音量回答，“他们在大厅里，一共有五个人，都带着武器。他们说的不是通用语。”

“稍等。”K打开另一个音频过滤窗口，从背景中分离出对话，降噪并做锐化处理。我联上了和军方的通讯，“我们需要一个翻译。”

对方咕哝了几秒，还是接受了文件。

“军队的人说他们说的是挪威语，正准备搜查全楼。他们怀疑已经有人潜进来了，准备干掉一个不重要的人质警告我们的不守信用。”一号顿了顿，“给我防护能力。不用隐形了。”

背景传来硬底皮靴散开的脚步声。

“你没准备硬上吧？”我说，虽说在防御值满格的情况下，枪弹确实伤不了他什么。但我仍然无法想象他单打独斗放倒一整楼的劫持犯，这可不是在拍电影。

“我有个想法。”一号说，“相信我。”

我和K对视，K耸肩：“完成。从现在开始你没必要再向我们请示，直接微动作控制。”

“明白。”

几秒后，屏幕亮了起来，一号掀开藏身的帘子走了出去。顿时传来一团惊呼声和枪械上膛的声音。画面里仍是一团灰暗中的人影摇移。K试着增加图像的亮度和对比度，能看到对方脑袋上都戴着笨重的红外眼镜。影影绰绰共有四五个人。我碰了下K的肩，问他全息服有没有夜视能力，K摇头。

“别伤害人质。”一号大声说着向前走去。他的通用语带着学校教学磁带的生硬味道。

“站住。待在那儿。”劫持者中的一个出列，说话带着浓重的鼻音。

整个视界亮了起来。劫持者方面启动了光源，这下终于能清晰地看到对方的形象了。装扮和一号在室外劈倒的年轻人差不多。K小声提醒我看他们旧军服的肩部，标准肩章被扯掉了。代表他们等级地位的也许是系在胳膊上方巾的不同颜色。刚才开口出声的男人年龄在四十岁左右，佩戴着特殊的红色方巾，和他周围一圈系黑色方巾的小毛孩相比，明显是头儿。他摘下红外眼镜，露出一张肤色偏黄的长脸，细眼高鼻，留着淡淡的络腮胡，眼眶四周细纹密布。与其说像占领使馆的恐怖分子头目，更像是个疲惫的中年学者。

“你们一共有几个人？”

“就我一个。”

头目瞪视他。

“搜他的身。”他说。黑巾小孩儿们迟疑地凑上来，对一号有所忌惮。

“我没带武器。”一号平举起双臂。

一个青年上来重重拍摸他的腋下腹侧，他们的头儿似乎意识到了他在外形上的怪异之处。

“你怎么进来的？”头目眯起眼，“我们的监视系统没有死角。你们已经黑进来了？”

一号在犹豫。

我和K都在车里屏息。

“我身上的装备。”一号承认，“它能隐藏我的体温。”

搜完身的年轻人冲老大摇头，表示没找到什么隐藏的东西。

另一个黑市小孩突然惊异地叫起来，头目皱眉侧头看他："什么事？"

小孩凑上来叽叽咕咕说了一通。再次望向一号时，头目脸上混合着好奇与厌恶。

"他说他在电视上见过你。"他走近一号，同时保持着安全距离，"你们国家的电视上，你是个——"他停下来，通用语还没来得及收进这些俚语，他终于找到了个类似的词，"万能者。"

"是的。我出现在电视里。"

"那些不是特技？他说你可以隐身——"头目恍然大悟，"你就是这样进来的。你是电视明星，也是秘密警察。"

一号不置可否。

"你还能干些什么？"头目指向一号翻进来的落地窗，"那条狗是你打死的？"

"是的。"

"能打。能隐身。有趣。"

他们沉默了几秒。

"你是——特殊的。"头目像是下了个结论。

"嗯？"一号身体一僵。

"如果你身上的东西，每个警察都能得到。我们不可能占领使馆长达一星期。"头目偏头示意左手边的黑市小孩，"去打开通信频道，告诉他们说，多谢又送来一个人质。"

他转回来："把你身上的东西脱下来。"

一号防卫性地向后退了一步。

“不愿意？”头目冲手下做了个手势。其中两人像是得到了命令，快步走开。

在紧绷到凝结成块的空气里又过了几分钟后，大厅后侧传来杂乱的脚步声与拖动重物声。一号侧头看去，那两个黑巾青年拖着一团重物过来了。待近了才能看出萎靡在地上的那堆物体其实是个人。黑巾青年一松手，他顺势翻仰在地上，眼中一片空白。从脸上的胡茬和衣服的皱污程度都能看出来，他已经被囚禁了好几天。

“不脱下来，就打死他。”头目垂下手中的长步枪，枪口顶着地下男人的脸颊。

“等等。”一号举起手做了个下压的手势，“能和你私下谈谈吗？”

“我没这么愚蠢。”头目第一次露出了笑容，“你能一掌劈死那条狗。”

“我不会用武力威胁你。”一号说，“大使还在你们手上。”

头目略略耸肩。

“我会把装备脱下来。”一号作势把双手放在领口，“但在交给你之前，给我几分钟时间和你单独谈谈。”

“也许我会考虑的。”他再次用枪口粗鲁地顶了顶地上男人的太阳穴，“脱下来。”

后面的场景我们只能通过声音和事后口供材料来推论了。一号脱下全息服后折叠了起来，肩头的摄像头被卷进衣料里，我们的屏幕上只有一片黑暗。

“OK，我脱下来了。”一号的声音。此前他窸窸窣窣地折腾了很长一

段时间。

“把它放在地板上。”

“好——”然后是一号退开的脚步声。

“你们到地下室去。”头目对着那群黑巾青年人说。

安静了一会儿。

“你要求单独谈谈。他们要你带来什么消息？”

“是关于这件装备。”一号说，“它能做很多事情。”

“你说过了。”头目轻笑，“难道里面没人时它还有威胁性？”

“你最好破坏它。”一号轻声说。

在车里K一听这句话脸色就绿了。我抓住他的肩：“嘿。”

“我知道。我不会干涉他的。”K嘶声说。

“为什么？”头目拖长了声音。

“你手下的年轻人对它很感兴趣。”一号说，“你没有看过我的节目。他们看过。”

“他们不会为了这东西背叛我。我们这些人之间不仅仅是雇佣关系——你为什么要替我考虑？”

“我们不想形势再复杂化了。”一号说，“和你谈判至少比和他们中的一个谈判更理性。”

“那么最简单的解决方法是，干掉你，把这件东西毁掉。”头目又笑起来，声音冷淡。

一号不出声。

我和K都僵在车里动弹不得。他在扮演一个他完全不熟悉的角色。

“你不会自断退路。”一号重新开口。

“你只是个电视明星。”头目讽刺一笑，提醒他，“我们手里的是大使。”

“我的意思是它能隐身。”一号指指地下团成一小堆的全息服。“你可以走出警方的包围圈。”

“得了吧。”头目大笑，“这种东西里面怎么可能没有定位或控制装置。我如果穿上它逃走，就是自投死路。”

“改编程序很容易。”

“凭什么相信你？”

“我不是军队或警察的人。我只是个平民，只想脱身出去。”

从脚步声判断，头目来回走了几步。

“眼下是僵局。”他承认，“我们绑架了大使，但你们的政府明显认为这分量不够。你们在积极营救他，但从不正式考虑我们提出的条件。你看，甚至连拍电视的都参与进来了。”

“如果你们要求的只是平安离开——”

“带着人质走，到国境线以外再放了他？”头目哼了一声，“太过时了。这楼外有很多狙击手。只要我们一走出去，就会全被射死。不会伤到——”他语速慢了下来，随即笑了，“你说得对。你送来的装备是有用的。”

半小时后，他们一行人出现在使馆正门。大使被匆匆塞进了全息服，一号教他们如何将全息调至隐身。我和K全神贯注地进入随时准备操作系统模式，我已经隐约想到了一号所谓的想法是什么。劫匪一共有七个，略呈分散队形走出使馆。最后两个黑巾青年扭着一号和另一个使馆工作人员。在即将离开使馆门廊时，他们俩被猛力推开。显然劫持者们认为一个重量级人质足够了。

军方的人早已接到劫持者的通知，大使和他们在一起，但他们无法看到他。他们有了个隐身的人质在手，狙击手也不能设计射击轨迹。劫持者要求提供一辆小型货车，他们将直接开到海港，与接应者会合。如果确定没有追踪者，他们会在合适的时间、地点放开人质。

只用了十分钟，军方的人便准备好了货车。劫持者们准备上车时，大使的身影在空气中显形。那是一个小个子男人，全息服在他身上像一层过大的皮肤般松松垮垮地挂着。他夹在两个黑巾青年之间，身形佝偻地站着，但眼下地球上的子弹是没办法伤到他了。一号向劫持者们隐瞒了这个重要功能。

我和K将全息服的模式调到了防守，一号在帮大使穿上全息服时，低声指示了我们。军方的人迅速讨论后认为这个计划可行。他们设下了埋伏。

劫持者在发现大使显形的一瞬间即反身开始射击。军方的回击肆无忌惮。

枪战几分钟后即结束了。现场是一片我至死不愿回想的血腥，大使没事，只是由于身处枪火交织的正中心，吓得瘫软在地。

他们找到一号时，发现他在流血，有人给他盖了件衣服。他头上的伤口太可怕没人敢动，救护人员赶来前他就死了。其实他离枪战现场足够远，劫匪推开他后，他又自己跑开了几十米，找了个隐蔽处蹲了下来。

他的死只能说是流弹不长眼。

后来法医告诉我，他被直接击中后脑，没什么痛苦，可能还没反应过来就过去了。大概这是唯一可以安慰我们的事情。

13

辞职前，我得交出手里所有的节目资料。尤其是关于超级真人秀场的，新的节目制作人和班底正等着接手。这次的超人是个年轻漂亮的单身母亲，专业演员，整个节目走温情路线。

我重新看了遍那天和一号谈合同时的录像。

我们手捧着一次性咖啡杯，坐在折叠椅上。

“对我们来说也是新尝试。”我笑得假模假样，“你为什么会对这个主意感兴趣？很多人对于上真人秀节目会有顾虑。”

“实际上我平时很少看电视。”他看了我一眼，低下头，“收到你们的邮件后，我上网找了些你们以前出的节目看了看。感觉上——”他停下来寻找措辞，“你们在帮助那些参与者，用一种比较激烈的方式。我喜欢这种氛围。”

关掉视频，我承认我一开始就忽略了。一号表面上是个最平淡不过的普通人，但他的确在寻求帮助。也许是想找些生活的意义或诸如此类的该死的东西。他有帮助其他人的念头，三个月的超人秀激发了他的幻想。我们也难辞其咎。我本该在那天火灾现场他的情绪爆发里看出这种趋势。在应激状态下，他的那种英雄主义已经超出了自我保命的本能。我不该再把他拖进来的。

最后那个晚上，不知他有没有想到会把自己的命搭进去。说到底我们都是些平民，对子弹横飞场景的严酷性都不了解。

有人敲门。

“进来。”

是L。

“今天就准备走？”她看我桌子上堆着的大小纸盒。

“嗯。”

“我知道你不愿意再和这件事搅和在一起，但有没有兴趣看看这个？”她抽出纸盒里的膝上电脑，动手开机，插闪存，播放一段视频。

警车环绕，白色大使馆在树影摇移中亮起了灯。

“这是什么？”

“那天的录像，K做了些处理，有可能引起麻烦的具体细节都处理过了。但整个故事轮廓还在，既然你要走了——”她微微一笑，“不介意把它发到网上去吧？”

“自然不介意。”我点头，“他不该死得悄无声息。”

“会火起来的。真有人追究的话，你还是会有大麻烦。”L提醒我。

我大笑，做手势冲头虚开了一枪：“反正不会是这种类型的麻烦。”然后我站起身来，和她拥抱告别。

我们也只能为他做到这步了。

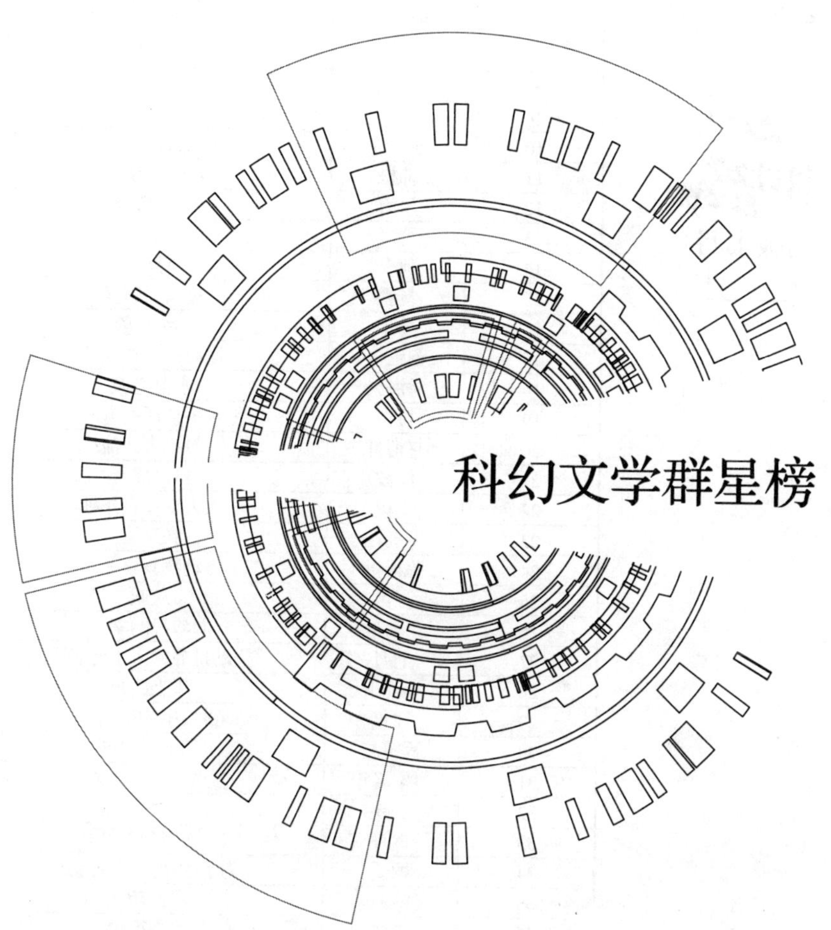

科幻文学群星榜

出版书目

序号	作者	书名
1	郑文光	侏罗纪
2	萧建亨	梦
3	刘兴诗	美洲来的哥伦布
4	童恩正	在时间的铅幕后面
5	张静	K 星寻父探险记
6	程嘉梓	古星图之谜
7	金涛	月光岛
8	王晋康	生死之约
9	刘慈欣	纤维
10	潘家铮	子虚峡大坝兴亡记
11	韩松	青春的跌宕
12	星河	白令桥横
13	凌晨	猫
14	何夕	异域
15	杨鹏	校园三剑客
16	杨平	神经冒险
17	刘维佳	使命：拯救人类
18	潘海天	永恒之城
19	拉拉	永不消逝的电波
20	赵海虹	月涌大江流
21	江波	自由战士
22	宝树	人人都爱查尔斯
23	罗隆翔	朕是猫
24	陈楸帆	动物观察者
25	张冉	灰城
26	梁清散	面包我的幸福
27	七月	撬动世界的人于此长眠
28	杨晚晴	天上的风
29	飞氘	讲故事的机器人
30	程婧波	第七种可能
31	万象峰年	点亮时间的人
32	长铗	674 号公路
33	迟卉	蛹唱
34	顾适	为了生命的诗与远方
35	陈茜	量产超人
36	刘洋	单孔衍射
37	双翅目	智能的面具
38	石黑曜	仿生屋
39	阿缺	收割童年
40	王诺诺	故乡明
41	孙望路	重燃
42	滕野	回归原点